Manuela Martini

Kristallträne

Weitere Bücher von Manuela Martini im Arena Verlag:

Die Insel

Die Rache der Insel

Sommernachtsschrei

Sommerfrost

Puppenrache

Wenn es dunkel wird

Flieh in die Nacht, mein Herz

Manuela Martini

Kristallträne

Arena

FSC
www.fsc.org
MIX
Papier aus verantwortungsvollen Quellen
FSC® C110508

1. Auflage 2016

Dieses Werk wurde vermittelt durch die Literarische Agentur Thomas Schlück GmbH, 30827 Garbsen
Covergestaltung: Frauke Schneider, unter Verwendung eines Fotos von © shutterstock
Gesamtherstellung: Westermann Druck Zwickau GmbH
ISBN 978-3-401-06873-2

Besuche uns unter:
www.arena-verlag.de
www.twitter.com/arenaverlag
www.facebook.com/arenaverlagfans

NOCH 14 TAGE

1.

»Würdest du dem Gericht bitte deinen Namen sagen?«

»Laurie Rigaud.«

»Wie alt bist du, Laurie?

»Fünfzehn.«

»Fünfzehn. Ein schönes Alter. Als ich vierzehn war, habe ich am liebsten spannende Geschichten von Wölfen und Ungeheuern gelesen. Was liest du am liebsten, Laurie?«

»Ich ... Fantasy ...«

»Einspruch!«

»Einspruch abgelehnt! Fahren Sie mit der Befragung der Zeugin fort, Herr Staatsanwalt!«

»Sehr wohl, Euer Ehren. Vor vier Monaten, am elften Juli, bist du, Laurie, mit deiner Mutter und deinem kleinen Bruder Olivier auf den Campingplatz im Nationalpark Jacques Cartier gefahren.«

»Ja. Ja.«

»Ohne deinen Dad.«

»Ja, der musste arbeiten. Er hatte gerade wieder einen Job gefunden ...«

»Ihr wart schon öfter dort, nicht wahr?«

»Ja, aber das erste Mal mit Olivier.«

»Olivier war dein Bruder, ja? Er war zu dem Zeitpunkt erst sechs Monate alt, richtig?«

»Ja.«

»Warum seid ihr nicht zu Hause geblieben, wenn dein Vater nicht mitkommen konnte?«

»Einspruch! Die Frage gehört nicht ...«

»Einspruch abgelehnt. Fahren Sie fort, Herr Staatsanwalt.«

»Danke. Also, Laurie, warum seid ihr trotzdem gefahren? Wolltest du unbedingt auf den Campingplatz?«

»Nein! Nein! Ich wollte gar nicht, ich wollte mit meinen Freundinnen ... aber Mom ... Mom wollte unbedingt ...«

»So? Und warum?«

»Weil sie ... na ja, sie hat gesagt, sie muss mal wieder raus in die Natur, sie hält es zu Hause nicht aus ...«

»Aha. Und warum hat sie es zu Hause nicht ausgehalten?«

»Ich weiß nicht.«

»Oh doch, Laurie, du weißt es. Du stehst hier als Zeugin vor Gericht und du musst alles sagen, was du weißt. Hörst du? Alles!«

»Einspruch, Euer Ehren! Einspruch!«

»Stattgegeben. Mäßigen Sie sich ein bisschen, Herr Staatsanwalt.«

»Sehr wohl, Euer Ehren. Nun Laurie, deine Mutter war ... sagen wir mal gestresst?«

»Ja.«

»Und sie war auch ein bisschen ... wütend?«

»Ja.«

»Warum?«

»Weil ... weil Dad nicht mitkommen konnte und weil ... weil alles so ... schwierig war.«

»Hatten deine Eltern oft Streit?«

»Ich ... nein ... äh ... also ... manchmal, manchmal hatten sie Streit.«

»Und worüber haben sie gestritten?«

»Na ja ... über ... über Geld. Dass es nicht reicht, dass Dad seinen Job verloren hat und nicht mehr genug verdient, dass wir aus unserem Haus ausziehen mussten, dass Olivier geboren wurde, dass Mom deshalb nicht mehr arbeiten kann und wir nicht genug Geld ...«

»Dein Brüderchen kam also zu einem völlig unpassenden Zeitpunkt zur Welt und brachte euer ganzes Leben durcheinander. Ihr habt euch sicher öfter gewünscht, dass Olivier nicht da wäre, stimmt's?«

»Einspruch!«

»Stattgegeben. Fahren Sie fort, Herr Staatsanwalt!«

»Neiiiin! Schluss! Lasst uns in Ruhe. Lasst uns endlich in Ruhe! Es war ein Wolf!«

Laurie fuhr so heftig im Bett auf, dass die Katze mit einem erschrockenen Fauchen von Lauries Füßen auf die Fensterbank sprang. Und Laurie wäre beinahe mit dem Kopf an die Dachschräge gestoßen. »Sorry, Mousie!« Ihr Herz hämmerte und der Angstschweiß stand ihr auf der Stirn. Wenn sie nur endlich diesen Albtraum los wäre. Doch er kehrte wieder. Immer und immer wieder. Nacht für Nacht. Es würde niemals aufhören, da war sie sicher. Erst wenn sie tot wäre.

Auf Mousies seidigem schwarzem Fell schimmerte das silbrige Licht des Mondes.

Laurie stellte sich vor, ihre Katze wäre eine Zauberkatze und sie könnte mit ihr hinaus in die Nacht und hinauf zu den Sternen fliegen, und wenn sie wieder zurückkäme, wäre alles gut. Olivier wäre wieder da und ihre Mutter, und es würde sich herausstellen, dass sie all das Grauen nur geträumt hatte.

Auf einmal begann Mousie zu knurren. Ihr Fell sträubte sich und wurde ganz stachelig. Laurie schlug die warme Decke zurück und ging zum Fenster. Die abgetretenen Holzdielen waren kalt und knarrten leise unter ihren nackten Füßen. Mousie hörte nicht auf zu knurren. Beruhigend strich Laurie der Katze übers Fell und folgte ihrem Blick.

Nirgendwo in den Nachbarhäusern, allesamt zweistöckig, allesamt aus Holz und mit schneebedecktem Giebeldach, brannte Licht. Kein Wunder, es war kurz vor Mitternacht. Nur in einem Fenster flimmerte der bunte Widerschein eines Fernsehers, wie jede Nacht. Ein paar wenige Laternen tauchten die Straße mit ihren parkenden Autos und den Mülltonnen in ein fahles Licht. Eine dünne Schneedecke hatte sich über den Asphalt und die Autos gelegt. Laurie spürte die Kälte durch die Fensterscheibe dringen. Es schneite nicht mehr wie noch am Abend, doch der Nachthimmel war milchig von Wolken, die Schnee bringen würden. Die Katze knurrte wieder. Und da entdeckte sie den Hund. Er war braun – oder zumindest dunkel –, ziemlich schmal und hatte einen buschigen Schwanz. Geduckt, mit zu Boden gesenkter Schnauze lief er zwischen den parkenden Autos hindurch, als folge er einer Witterung.

Ein leiser Schauder rieselte Laurie über den Rücken. Was war das für ein Hund? Noch nie hatte sie hier einen streunenden Hund bemerkt. Die Leute ließen ihre Hunde nachts nicht frei herumlaufen. Was wollte er hier? Kam er wegen der Mülltonnen? Und ... und warum schlüpfte er ausgerechnet bei ihnen durch den Zaun?

Sie riss das Fenster auf und spähte hinunter. Zu spät.

Sie konnte den Hund nur noch im Schatten des dunklen Buschs vor ihrer Haustür verschwinden sehen.

Eiskalte Luft schlug ihr ins Gesicht und trieb ihr sofort Tränen in die Augen. Mousie war zurückgewichen und wieder aufs Bett gesprungen. Schnell schloss Laurie das Fenster, doch die feuchte Kälte hatte sich schon wie ein Netz über alles im Zimmer geworfen. Minus acht Grad hatte das Thermometer am Küchenfenster gestern Abend gezeigt. In diesem Haus waren die Fenster älter und schlechter als in dem Haus, in dem sie vorher gelebt hatten. Und durch den Spalt zwischen der Tür und dem ausgetretenen Fußboden zog kalter Wind herein. Ob ihre Mutter wohl fror? Bekamen sie dort warme Decken? Laurie hatte bei ihren Besuchen nie gefragt. Ob sie überhaupt schlafen konnte? Und welche Albträume hatte sie?

Mousie war schon wieder vom Bett gesprungen und kratzte nun auf ihre typische Art an der Tür. Sie tat es nicht mit den Krallen, sondern mit den Pfoten, sodass es wie ein Trommeln klang.

»Okay, okay. Gehen wir runter in die Küche«, gab Laurie sich geschlagen. Sie konnte sowieso nicht mehr schlafen.

Fröstelnd zog sie sich dicke Socken an, schlüpfte in den warmen Sweater, der eigentlich ihrer Mutter gehörte, und öffnete die Tür. Die schmale, steile Holztreppe vom Dachgeschoss hinunter in die Küche ächzte, obwohl Laurie sich Mühe gab, leise zu sein. Sie wollte ihren Dad nicht wecken, wenn er denn endlich mal schlief. Er sprach nie über seine Albträume, aber sie wusste, dass auch er welche hatte.

Rasch ging sie an der Schlafzimmertür ihrer Eltern – oder besser ihres Vaters – vorbei und blieb vor dem Kinderzimmer stehen. Sie wusste, wie es darin aussah. So oft schon hatte sie den Türgriff in der Hand gehabt und gehofft, wenn sie die Tür aufstoßen würde, wäre alles wie – ja, wie vorher. Olivier würde in seiner Wiege liegen, über ihm das Mobile mit den bunten Ringen, nach denen er so gerne griff und dabei glucksend lachte. In der Kommode die Strampelanzüge, Hemdchen und Strümpfchen, alle gewaschen und gefaltet und nach Waschmittel duftend. Der Fußboden mit Spielzeug übersät, bunten Plastikklötzen, Bällen und flauschig süßen Stofftieren. Laurie seufzte.

Sie wusste, der Waschmittelduft war längst verflogen und die Spielsachen hatte sie selbst in Kisten gepackt und an die Wand geschoben. Und wie immer, wenn sie an die Vergangenheit dachte, setzte sich ein dicker Kloß in ihrer Kehle fest.

Wie lang würde ihr Dad das Zimmer so lassen?

Würde er irgendwann hineingehen und alles in Müllsäcke stopfen und die Sachen wegfahren? Oder würde er diese Tür einfach nie wieder öffnen?

Olivier ... Laurie versuchte, sich an sein Gesicht zu erinnern. Aber alles, was ihr geblieben war, war das Bild eines pausbäckigen Babygesichts mit dunklen Haaren, blauen Augen und einem glücklichen Lachen. Wie lange sie sich wohl noch daran erinnern konnte? Würde es eines Tages auch verblassen?

Manchmal sah sie sich Fotos an und prägte sich sein Gesicht ein. Und manchmal fragte sie sich, ob sie eifersüchtig auf ihn gewesen war. Schnell wandte sie sich ab und ging weiter.

Auf dem letzten Treppenabsatz blieb Mousie plötzlich stehen und machte einen Buckel. Laurie lauschte. War der

Hund vielleicht in ihrem Garten? Oder hockte er gar vor der Haustür? Sie bekam eine Gänsehaut.

Da streckte sich Mousie und marschierte zielstrebig in die Küche. Entwarnung. Laurie folgte ihr und bemerkte den flackernden Schein, der aus dem Wohnzimmer auf die Holzdielen im Flur fiel. Dann hörte sie auch die leisen Stimmen.

Heute hatte ihr Vater tagsüber in der Spedition gearbeitet. Obwohl er abends immer total müde war, konnte er nicht einschlafen und sah bis morgens fern.

Ihr Vater lag auf der Couch. Der Fernseher lief. Laurie bückte sich nach der Fernbedienung, die ihm aus der Hand gefallen war, und drückte auf den roten Knopf. Der Moderator verstummte und verschwand im Dunkel. Anschließend nahm sie ein Kissen vom Sessel, schob es ihrem Dad unter den Kopf und breitete die blaue Fleecedecke über ihn. Ständig war er überarbeitet und trotzdem reichte das Geld nicht. Auf seinen Wangen lagen dunkle Schatten, genau wie unter seinen Augen. Eine Weile betrachtete sie ihn und stellte sich vor, wie er früher gewesen war, bevor das alles passiert war. Früher war er von montags bis freitags ins Büro gegangen und abends um sieben nach Hause gekommen. Er hatte meistens etwas Lustiges zu erzählen gehabt, und weil er die Leute so wunderbar nachmachen konnte, hatte er sie und ihre Mutter immer zum Lachen gebracht.

Ihr könnt euch nicht vorstellen, was Ann für ein Gesicht gemacht hat, sagte er zum Beispiel und zog eine komische Grimasse. *Du bist albern,* erwiderte ihre Mutter dann manchmal – mit Tränen vom Lachen auf den Wangen. Ja, auch ihre Mutter konnte lachen, ganz laut und fröhlich, sodass jeder mitlachen musste.

Aber das alles war vorbei. Schon lange.

Die leere Bierflasche brachte Laurie in die Küche, wo Mousie auf der Arbeitsplatte thronte und sie vorwurfsvoll ansah.

»Gleich, Mousie. Du kannst sowieso froh sein, dass ich nicht mehr schlafen kann und du mitten in der Nacht was kriegst.«

Die Katze beeindruckte das ganz und gar nicht, im Gegenteil, sie fing an, ungeduldig zu miauen.

Als sie sich schmatzend über das Futter hermachte und Laurie den Rest der Dose in den Kühlschrank stellte, stach ihr wieder der schwarze Kringel auf dem Kalender ins Auge, der mit zwei kleinen Magneten an der Kühlschranktür festgepinnt war. Donnerstag in zwei Wochen. Der Tag war wie ein dunkler Abgrund, dem sie jeden Tag einen Schritt näher kam. Eine Bewegung lenkte ihren Blick vom Kühlschrank zum Fenster. Mousie hatte nichts bemerkt; sorgfältig leckte sie die letzten Reste aus dem Napf. Laurie sah abwesend zum Fenster. Und wie sie durch die Scheibe sah, lief der Film in ihrem Kopf wieder an.

»Ihr seid also am elften Juli nachmittags um circa sechzehn Uhr auf dem Campingplatz angekommen, du, deine Mutter und Olivier. Was habt ihr dann gemacht, Laurie?«

»Wir haben uns einen Platz für unsere Zelte gesucht und haben sie aufgebaut.«

»*Zelte* ... Du hast also ein eigenes gehabt?«

»Ja, ich hatte ein eigenes.«

»Und wo war dein Bruder Olivier?«

»Auf einer Decke im Gras, bei uns.«

»Aha. Als ihr dann fertig wart, war es dunkel, ja?«

»Nein.«

»Aber später wurde es dunkel. Und in der Dunkelheit sieht alles ein bisschen unheimlicher aus, nicht wahr? Und war nicht auch Vollmond?«

»Einspruch, Euer Ehren! Das ist nicht relevant.«

»Einspruch stattgegeben. Fahren Sie fort, Herr Staatsanwalt!«

»Nun, es war also noch nicht dunkel. Aber vielleicht waren die Schatten schon länger – und ein bisschen unheimlich ... und deine Mom hat Olivier zum Schlafen ins Zelt gelegt.«

»Ja. Das heißt nein.«

»Nein?«

»Nein. Sie hatte das Milchpulver für Olivier vergessen und musste noch mal zum Supermarkt.«

»Ist sie allein gefahren?«

»Ja ... ich meine nein.«

»Du musst dich schon entscheiden, Laurie.«

»Mom hat Olivier mitgenommen, weil ...«

»Weil?«

»Weil ich im See schwimmen wollte. Ich hatte mich schon so darauf gefreut!«

»Verstehe. Und dann ist deine Mutter ohne Olivier zurückgekommen.«

»Nein! Nein! Sie ist mit Olivier zurückgekommen.«

»Aha? Hast du ihn denn gesehen? Hat er geschrien?«

»Nein. Nein, er hat nicht geschrien.«

»Dann hast du ihn also gesehen? Aber hatte sie ihn nicht in eine Fleecedecke gehüllt? Konntest du da seinen Kopf überhaupt sehen?«

»Nein ... ich meine, ich weiß nicht ...«

»Du hast also den Kopf von deinem Brüderchen vielleicht gesehen, vielleicht aber auch nicht. Hat er geschlafen?«

»Weiß ich nicht.«

»Du weißt nicht, ob er geschlafen hat? Kann es sein, dass du sein Gesicht gar nicht gesehen hast, weil er in die Fleecedecke eingehüllt war?«

»Ja ...«

»Deine Mom hat dann die Decke ...«

»Die Decke mit Olivier!«

»... in ihr Zelt gelegt. Und dann habt ihr mit sechs anderen Gästen gegrillt, während das Zelt ... wie weit weg stand? Was würdest du sagen, Laurie?«

»Ich weiß nicht ...«

»War es so weit wie von hier, dem Zeugenstand, bis ... bis zu einer der Zuschauerreihen? Oder bis dahin, wo die Anwältin mit deiner Mom sitzt?«

Da stoppte der Film. Die Bilder gefroren, die Stimmen verstummten, aber sie hallten weiter in ihrem Kopf. Laurie kauerte sich in die kalte Ecke neben den Kühlschrank und weinte, bis irgendwann ihr Dad hereinkam.

»Laurie?«, flüsterte er. »Was machst du denn mitten in der Nacht in der Küche?«

Sie konnte nicht sprechen. Ihr war, als hätte sie ihre Stimme verloren, letzten Herbst, dort in diesem Gerichtssaal.

»Komm, ich bring dich ins Bett.« Ihr Vater bückte sich zu ihr. Er roch nach Bier und ein bisschen nach Rasierwasser.

»Ich hab solche Angst«, brachte sie schluchzend heraus. Er setzte sich neben sie und legte ihr den Arm um die Schulter. Laurie drückte sich fest an ihn. Ihr war so furchtbar kalt.

»Hast du keine Angst, dass sie Mom wieder verurteilen? Endgültig diesmal?«

Ihr Vater strich ihr die Haare aus der Stirn, so wie er es früher oft gemacht hatte, wenn sie weinte.

»Ich weiß nicht«, murmelte er und schüttelte den Kopf. »Es hätte nicht so kommen dürfen.« Laurie hörte die Verzweiflung in seiner Stimme. »Das alles hätte nicht so kommen dürfen ...«

»Warum kann man die Zeit nicht einfach löschen?«, sagte Laurie leise. In ihrem Buch, das oben in ihrem Zimmer lag, konnte man das. Alexa, die Heldin, konnte das. Wie gern wäre sie so wie Alexa. Sie würde alles dafür geben. Alles.

NOCH 13 TAGE

2.

Das nervige Piepsen des Weckers erlöste Laurie aus einem dieser fürchterlichen Träume, die sie beinahe jede Nacht träumte. Sie schaltete den Wecker so lange nicht aus, bis auch das letzte Bild – der vor ihrer Nase abfahrende Zug, die vor ihrer Nase geklaute Tasche – verblasst war. Die Träume liefen jedes Mal nach einem ähnlichen Muster ab:

Mit einer schweren Tasche hetzt sie eine endlos scheinende Straße hinunter. Rechts und links stehen Häuser, aber weit und breit ist kein Mensch zu sehen. Auch kein Auto. Niemand ist da, der sie zum Bahnhof mitnehmen könnte. Denn dorthin muss sie. Und sie muss den Zug erwischen. Es ist der letzte Zug. Sie weiß noch nicht einmal, wohin. Aber es ist der letzte. Die Strecke dehnt sich, die Sekunden pochen mit ihrem Herzschlag um die Wette, ihr Atem rasselt. Die Füße kann sie kaum noch heben, aber sie weiß, sie darf auf keinen Fall stehen bleiben, sie muss diesen Zug erwischen. Und dann hat sie es geschafft. Endlich ist sie in der Bahnhofshalle. Doch auf dem Weg zum Gleis wird sie von einer Menschenmenge aufgehalten. Die Leute drängen sich dicht an dicht. Als hätte sich die ganze Stadt ausgerechnet auf diesem Bahnsteig verabredet. Laurie drückt und schiebt und boxt, aber sie kommt nicht weiter, wird hierhin und dorthin geschoben, muss ihre Tasche festhalten, damit sie ihr nicht entrissen wird. Irgendwann steht sie tatsächlich auf dem Bahnsteig. Der Zug ist längst eingefahren und wieder muss sie sich den Weg durch eine schier undurchdringliche Menschenmenge zu einer der Türen bahnen.

Plötzlich weiß sie, warum sie diesen Zug erwischen muss: Ihre Mutter schaut aus einem Fenster heraus. Sie hat ihren Arm herausgestreckt und ruft: »Laurie! Hierher!« Sie winkt so verzweifelt und Laurie kämpft sich noch verzweifelter durch die dichte Menge.

Sie hat es fast geschafft, da ertönt ein schriller Pfiff. Der Zug setzt sich in Bewegung, die Türen schließen sich, Laurie läuft, läuft dem fahrenden Zug hinterher, läuft schneller und schneller, schafft es fast, ihren Fuß in die sich schließende Tür zu stemmen – da reißt ihr jemand die Tasche aus der Hand. Und in diesem Moment weiß sie, es ist zu spät, es ist alles verloren. Sie kann nur noch dem Zug hinterhersehen, wie er mit ihrer Mutter im Dunkel des Tunnels verschwindet ...

Endlich streckte Laurie die Hand nach dem Wecker aus und drückte die Stopp-Taste. Ihr Herz raste wieder, und obwohl es im Zimmer kalt war, stand ihr der Schweiß auf der Stirn. Sie atmete noch dreimal tief durch, dann schaltete sie das Licht an und zwang sich, die Beine aus dem Bett zu strecken. Mousie saß auf der Fensterbank und begrüßte sie mit einem ausgiebigen Gähnen.

Sieben Uhr. Um diese Zeit war ihr Dad schon längst aus dem Haus. Früher – früher, als er noch seinen alten Job hatte, nahm er sie zur Schule mit und fuhr dann ins Büro. An den Wochenenden hatte er frei und Urlaub hatte er auch. Doch jetzt hatte er zwei Jobs, arbeitete am Wochenende, hatte keinen Urlaub – und verdiente weniger.

Als Wachmann stand er sich samstags am Eingang eines Kaufhauses die Beine in den Bauch, sonntags bewachte er die Gemälde im Musée de la Place Royale und unter der Woche arbeitete er im Büro einer Spedition. Laurie wusste, dass ihm das alles keinen Spaß machte und dass er es nur tat, um Geld zu verdienen. Für die Familie. Die es jetzt aber eigentlich gar nicht mehr so richtig gab.

Genau. Damit hatte es angefangen. Mit der Kündigung bei der Bank, wo ihr Dad fünfzehn Jahre lang gearbeitet hatte. Ihre Eltern hatten seitdem dauernd gestritten. Laurie konnte es jedes Mal kommen sehen. Es fing an mit einer Bemerkung von ihrem Dad oder ihrer Mom. Eine gereizte Antwort folgte. Dann gab ein Wort das andere. *Du hast gesagt! Nein, du hast gesagt!* Da flüchtete Laurie schon auf ihr Zimmer, warf sich aufs Bett, drehte die Musik auf und steckte sich die Stöpsel in die Ohren.

Das Haus war kalt und still. Von draußen drang das Brummen und Scheppern des Müllautos herein. Lustlos ging Laurie nach unten. Auf der Treppe lief ihr Mousie dauernd vor die Füße, sodass sie beinahe über sie stolperte.

»Mousie, he!«, beschwerte Laurie sich und schlurfte in die Küche. Dort war es genauso ungemütlich wie in der Nacht.

Das Katzenfutter im Kühlschrank war zu kalt. Laurie machte eine neue Dose auf. Die alte würde sie Mousie dann am Abend geben.

Ihr Dad hatte wie immer Krümel von seinem Toast auf der Arbeitsfläche liegen lassen. Seinen Teller stellte er in die Spülmaschine, aber das mit den Krümeln überließ er ihr. Wahrscheinlich bemerkte er sie noch nicht einmal.

Früher hatte ihre Mutter immer alles aufgeräumt und

auch geputzt und Staub gesaugt. Jetzt hatten sie und ihr Vater sich die Aufgaben irgendwie geteilt. Aber es funktionierte nicht richtig. Und ihr Dad vergaß fast immer was.

Laurie schloss die Kühlschranktür. Sie hatte keinen Hunger. Bevor Olivier auf der Welt war, hatten sie alle zusammen gefrühstückt. Wenn auch nur kurz. Aber immerhin hatten sie gemeinsam in der Küche an dem Tisch gesessen, an dem jetzt keiner mehr saß. Laurie hatte sich einen Multivitaminsaft eingeschenkt und nippte daran, als ihr Blick abwesend über den Tisch schweifte und dann hinunter zum Eimer für Altpapier glitt. Ein Teil der Lokalzeitung ragte heraus. *...nal* konnte sie gerade noch entziffern. *nal* von *Québec Journal.* Und darunter konnte sie genau zwei Dinge erkennen: das Foto ihrer Mutter. Und das Wort *Mörderin.*

Sofort zog sich ihr Magen zusammen und der Saft brannte in ihrer Kehle wie Säure.

Wütend trat sie gegen den Eimer. Mousie duckte sich und sah sie dann mit ihrem vorwurfsvollen Katzenblick an. Ihr Vater hatte es gut gemeint. Aber er hätte die Zeitung zum Restmüll stopfen sollen. Dann wäre sie jetzt in der großen Abfalltüte und Laurie hätte sie bestimmt nicht gesehen.

Als Laurie die Haustür aufmachte und gegen die Wand aus eisiger Schneeluft prallte, hielt sie nach Reportern Ausschau. Wochenlang, vor und nach dem Prozess, hatten Journalisten ihr und auch ihrem Dad aufgelauert, hatten sie einfach fotografiert und ihnen ein Mikrofon ins Gesicht gehalten. An manchen Tagen hatte sich Laurie gar nicht aus dem Haus getraut oder war hinten zum Garten rausgeschlichen. Sie hatte sich die Haare wachsen lassen, den

Scheitel von links nach rechts gelegt und oft eine Sonnenbrille aufgesetzt.

Würde das jetzt alles wieder von vorn anfangen?

Wenn sie erwachsen wäre ... dann ... dann würde sie diese Journalisten anzeigen! Sie hatte schon öfter ihren Dad gefragt, warum er es nicht tat. Aber er hatte nur müde abgewinkt und behauptet, die Presse würde sowieso tun, was sie wollte. *Und wenn man denen was verbietet, dann zahlen sie es einem anders heim.* Vielleicht hatte er ja recht.

Mörderin ... Das Wort brannte immer noch vor ihren Augen.

Noch einmal schaute Laurie die Straße entlang, konnte aber nichts Verdächtiges entdecken. Nachdem sie sich die Kapuze ihres alten Parkas tief in die Stirn gezogen hatte, stapfte sie über den glatten Bürgersteig, den Blick auf die Stiefelspitzen gerichtet, damit ihr der kalte Wind nicht so ins Gesicht schnitt. Wenigstens war die Bushaltestelle nicht weit, sondern gleich an der nächsten Ecke. Hier warteten fünf oder sechs andere aus ihrer Schule. Um sich warm zu halten, trat Laurie von einem Bein auf das andere.

Plötzlich erschrak sie.

Da. Da war er wieder. Der Hund! Wie aus dem Nichts war er aufgetaucht, stand auf der anderen Straßenseite und sah sie an. Oder sah er vielleicht woandershin? Nein. Ganz sicher nicht. Er sah niemand anders an als sie, Laurie Rigaud.

Ihr wurde kälter, noch kälter, als ihr sowieso schon war.

Da kam der Schulbus am oberen Ende der Straße um die Kurve, der Hund machte auf der Stelle kehrt, schlüpfte unter einem Gartenzaun hindurch und verschwand zwischen einer Reihe schneebedeckter Büsche.

Laurie schüttelte den Kopf. Warum schenkte sie diesem Hund so viel Aufmerksamkeit? Es war einfach ein Hund, der vielleicht weggelaufen war oder den jemand ausgesetzt hatte. Mehr nicht. Kein Zeichen, nichts Übernatürliches. Und er hatte nichts mit dem zu tun, was im letzten Sommer passiert war.

Laurie stieg ein und setzte sich in die dritte Reihe hinter dem Busfahrer. Niemand schien von ihr Notiz zu nehmen. Weder rissen Gespräche ab, noch wurde es vollkommen still, noch erhob sich Getuschel. Eigentlich fühlte es sich so an, als würde sie gar nicht existieren. Und das war manchmal noch schlimmer, als wenn sie auf sie gedeutet und getuschelt hätten. Obwohl das auch schlimm war.

Als ein Mädchen in der Reihe vor ihr ein Heft aus der Schultasche zog, fiel ihr der Mathetest wieder ein. Sie hatte ihn völlig vergessen, dabei wusste sie es seit einer Woche. Ihr Kopf war einfach mit anderen Dingen beschäftigt. Zum Lernen war es jetzt zu spät. Und sollte es ihr nicht auch egal sein, welche Note sie bekam? Sie hatte wirklich andere Sorgen. Also ließ Laurie das Matheheft in ihrem Rucksack und sah stattdessen durchs Fenster auf die matschigen Straßen hinaus. Über einigen hing schon die Weihnachtsbeleuchtung, Sterne und Weihnachtsmänner, aber um diese Tageszeit waren die Glühbirnen nicht angeschaltet und wirkten dadurch trostlos.

Warum konnte nicht alles warm und blau und sonnig – und in Ordnung – sein? Langsam kämpfte sich der Bus durch den Berufsverkehr, bis er endlich vor dem abweisenden Schulgebäude ankam.

In letzter Zeit erschien ihr der alte Kasten mit dem von Abgasen zerfressenen Verputz und den kleinen Fenstern noch mehr wie ein Gefängnis – oder eine Burg mit Verliesen. Wer ging da schon freiwillig rein? Und das auch noch fünf Tage die Woche – und jahrelang?

Ihr Leben kam ihr vor wie ein einziger Zwang. Als hätte eine dunkle Macht es in Besitz genommen.

Beim Aussteigen schlug ihr wieder die Kälte ins Gesicht. Und gleichzeitig sprang sie aus einer Handtasche die Schlagzeile des *Québec Journal* an. *Mörderin …*

Laurie presste die Lippen zusammen, um nicht loszuheulen. Oder vor Wut zu schreien. Den Blick stur auf den Weg gerichtet eilte sie zum Schultor und dann durch die Pforte mit den Metallbeschlägen, wo sie sofort der typisch süßliche Geruch nach Steinputzmittel und Wachs für die Treppengeländer anfiel. Sie zwängte sich durch die Gruppen lärmender Schüler, die vor den Türen im Parterre warteten, und stieg dann die Treppe hinauf in den ersten Stock, wo gerade die Klassenzimmertür geöffnet wurde und ihre Mitschüler langsam und widerwillig ins Zimmer schlurften.

»Laurie!« Natalie stand an der Wand neben der Tür und winkte ihr zu. Natalie – ihre beste Freundin seit der ersten Klasse. Natalie, die zu ihr hielt.

»Hi!«, sagte Laurie hastig. »Ich hab den Mathetest ganz vergessen!«

Natalie machte eine wegwerfende Handbewegung. »Ach, komm schon, du kannst bei mir abschreiben.«

Natalie war das genaue Gegenteil von Laurie – nicht nur was das Aussehen anging. Während Laurie schulterlange, glatte blonde Haare und einen blassen Teint hatte, hatte Natalie einen schwarzen Wuschelkopf und dunkle Haut. Trug Laurie in letzter Zeit meistens Blau oder Schwarz, kombinierte Natalie am liebsten mehrere Lagen schrillbunter Klamotten. Heute hatte sie ein oranges Kleid mit kurzen Ärmeln an, darunter ein langärmeliges grünes Baumwollshirt.

Wie jeden Morgen ging Annie an Laurie und Natalie vorbei, als wären sie Luft. Dabei waren sie bis vor einem Jahr eng befreundet gewesen. Doch seit dem *Ereignis* – so nannte es Laurie für sich – sprach Annie nicht mehr mit ihr. Wie die ganze Clique um Susan, mit der Annie nun seit über einem Jahr rumhing und die in dem Moment hinter ihr auftauchte.

Susans falsches Lächeln versetzte Laurie sofort in Alarmbereitschaft, da neigte sich Susan auch schon zu ihr, strich sich eine blonde, seidige Haarsträhne hinters Ohr und sagte: »Sag mal, was wir uns die ganze Zeit schon fragen: Darfst du überhaupt auf der Schule bleiben, Laurie?«

Laurie verschlug es für einen Moment die Sprache, und während sie noch nach einer Erwiderung suchte, sagte Natalie, die neben ihr stand: »Weißt du, was *wir* uns die ganze Zeit schon fragen: Darfst *du* überhaupt auf der Schule bleiben, Susan? Kommt man mit 'ner Vier in Mathe und Französisch nicht auf die Sonderschule?«

Laurie hätte beinahe laut gelacht. So war Natalie. Ungemein schlagfertig. Kein Wunder, bei drei älteren Brüdern hatte sie früh lernen müssen, sich durchzusetzen.

Susan strafte Laurie und Natalie mit einem gehässigen Blick, den Natalie lediglich mit einem gleichgültigen Schulterzucken quittierte.

»Guten Morgen, die Damen, wären Sie nun so freundlich und würden Ihre Plätze einnehmen?« Monsieur Nadzam, der Mathelehrer, lächelte süffisant.

»Wenn es sein muss ...«, gab Natalie gedehnt zurück.

»Es muss leider sein. Ich habe einen netten Test für euch dabei, an dem vielleicht auch du dir zur Abwechslung mal die Zähne ausbeißt.«

Natalie, die Klassenbeste war, erwiderte die Bemerkung mit einem lässigen »Na, dann mal her damit!« und raunte Laurie zu: »Mensch, bin ich froh, wenn wir das mit der Schule endlich hinter uns haben!«

»Ich bin erst mal froh, wenn ich den Prozess in zwei Wochen hinter mir habe! Ich hab solche Angst«, gab Laurie zurück.

»Ach ... das ...« Natalie biss sich auf die Lippen. »Meinst du wirklich, sie verurteilen deine Mom wieder?«

Laurie schluckte. »Ich weiß es nicht. Wenn du die Zeitung liest ...«

Natalie schnaubte missbilligend. »Die schreiben doch eh nur Mist! Die müssen jeden Tag ihre Seiten vollkriegen und am besten verkauft sich die Zeitung, wenn was Furchtbares drinsteht!«

»Trotzdem, die meisten Leute glauben, was dadrin steht.«

»Weißt du, was, Laurie«, Natalie legte ihr den Arm um die Schulter. »Ich komme mit dir. Ich schwänz die Schule.«

»Echt?«

»Na klar! Du bist doch meine beste Freundin!«

Laurie hätte ihr gern gesagt, wie gerührt sie war, aber sie brachte solche Worte einfach nicht heraus. Und so lächelte sie nur, drückte Natalies Hand – und wischte sich verstohlen über die Augen.

3.

Irgendwann war auch an diesem Tag die Schule vorbei. Der Mathetest vom Morgen lag schon so weit zurück, dass sich Laurie am Nachmittag kaum noch daran erinnerte. Natalie hatte sie abschreiben lassen, ohne dass Monsieur Nadzam etwas bemerkte. Sie waren eben ein eingespieltes Team.

In Literatur hingegen half Laurie Natalie manchmal auf die Sprünge, wenn sie ein Gedicht interpretieren mussten und Natalie hilflos auf die Verse starrte. Laurie mochte Lyrik. Auch wenn das vielleicht uncool und altmodisch war. In einem Gedicht bekamen Worte oft eine viel tiefere Bedeutung, wurden zu etwas Besonderem. Berge von Jahren zum Beispiel, das hatte sie mal gelesen. Oder diamantener Schnee ...

Den ganzen Tag schrieb und benutzte man doch Worte, ohne wirklich über sie nachzudenken.

Wie die Journalisten vom *Québec Journal,* dachte sie, die schrieben auch Worte, ohne darüber nachzudenken, was diese anrichteten.

Laurie bekam gerade noch ihren Bus zum Diner. Ein leichter Schneeregen hatte eingesetzt und die Menschen eilten unter ihren Regenschirmen durch die Straßen, in denen jetzt die Weihnachtsbeleuchtung brannte. Als sie ausstieg, wäre sie um ein Haar in eine Schneematschpfütze getreten. Sie konnte gerade noch einen großen Schritt darüber hinweg machen. Den ganzen Nachmittag mit nassen Füßen zu bedienen, wäre bestimmt kein Spaß geworden.

Sie drückte die Glastür auf und wurde vom vertrauten

Duft nach Kaffee, Kuchen und gebratenen Hamburgern empfangen. Mathis, der hinter der Theke stand, sah auf und hob lässig die Hand zum Gruß.

Hier herrschte so etwas wie ein normales Leben. Hier bei der Arbeit kam es Laurie manchmal vor, als hätte dieser fürchterliche Tag in ihrem Leben niemals stattgefunden. Als wäre er gelöscht.

An der Kasse drehte sich Julie zu ihr um. »He, Laurie, ich hab gehofft, du bringst ein bisschen Sonne mit!«

»Tut mir leid, nichts zu machen, war ausverkauft!«

»So ein Mist aber auch!«

Sie lachten. Dann ging Laurie durch die schmale Tür neben der Theke in den engen, stickigen Raum, der mit ein paar Spinden, einem Putzwagen und einem riesigen Vorrat an Toilettenpapier vollgestopft war. Sie schloss ihren Spind auf, zog die schwarze Uniform an, tauschte ihre Straßenschuhe gegen ein Paar bequeme Sneakers, kämmte sich vor dem winzigen Spiegel die Haare, schloss den Spind zu und ging hinaus.

Etwa drei Viertel des Lokals waren besetzt. So wie meistens freitags um diese Uhrzeit. Ein paar Mütter mit Kinderwagen saßen an dem Tisch hinten an der Wand. Sie aßen Kuchen und tranken Kaffee und unterhielten sich angeregt.

»Heute ist, glaub ich, Stunk in der Küche«, raunte Julie ihr zu. »Die Chefin hat deswegen miese Laune. Am besten nicht drauf eingehen.«

»Alles klar.«

»Super. Dann wünsche ich dir einen dicken Batzen Trinkgeld. Ach ja, Tisch vier hat mich gefragt, wann du Dienst hast.« Julie hob bedeutungsvoll eine Augenbraue und ging nach hinten, um sich umzuziehen.

Laurie drehte sich um. An dem Tisch am Fenster saß ein junger Typ vor einem Kaffee. Sie schätzte ihn auf siebzehn oder achtzehn. Er sah zu ihr herüber.

Kannte sie ihn?

Er nickte und lächelte dann. Sie konnte sich wirklich nicht erinnern, ihn schon mal gesehen zu haben. Er wäre ihr ganz sicher im Gedächtnis geblieben, mit den blonden Haaren und dem Bart und dem Blick, der ein bisschen schüchtern wirkte. In diesem Moment kam Charlotte herein und brachte einen Schwung kalte, feuchte Luft mit. Laurie teilte sich mit ihr den Service. Charlotte zog erst ihre Pudelmütze vom Kopf, dann die Stöpsel aus den Ohren und schüttelte ihre schwarzen, halblangen Haare. Laurie beneidete Charlotte um ihre blasse asiatische Haut. Selbst im Winter wurde ihre Nase nur ein ganz kleines bisschen rot, wohingegen schon der erste kühle Herbstwind Lauries Wangen zum Glühen brachte.

»Wie viele Busse gibt's hier wohl? Fällt doch meiner glatt wegen Motorschaden aus!«

»Shit happens«, erwiderte Laurie grinsend. Sie staunte oft über sich selbst, wie ungezwungen sie hier war. Wie oft sie lachte. Als wäre das letztes Jahr nie passiert.

»Jaja ... Schicksal!« Charlotte verdrehte die Augen und eilte zur Umkleide.

»Ganz genau, jeder hat sein Schicksal!«, sagte Mathis mit einem Kopfnicken und schob Laurie die beiden Teller mit Kuchen über den Tresen. »Dein Schicksal, Laurie: Tisch drei.«

»Bin schon unterwegs.« Laurie schnappte sich die Bestellung. Ihr Blick streifte den blonden Typ von Tisch vier. Er war voll und ganz in sein Buch vertieft.

Warum er wohl nach ihr gefragt hatte? Einen kurzen Moment fühlte sie sich geschmeichelt, doch da schrillten schon die Alarmglocken in ihr. War er Journalist?

»Danke, Darling«, sagte die Frau von Tisch drei, als Laurie ihr den Kuchen hinstellte, und sah sie dabei aus unwirklich hellblauen Augen an. Irgendetwas war mit diesen Augen, dachte Laurie, während ihr ein Schauder über den Rücken lief. Eine Sekunde später fiel es ihr ein. Hatte nicht ein Husky solche Augen?

Ein »Hallo!« riss sie aus diesen merkwürdigen Gedanken. Schnell stellte sie den zweiten Kuchenteller vor dem Mann ab, der mit der Frau am Tisch saß, und drehte sich zu dem Typ mit dem Bart um. Der lächelte sie ein wenig unsicher an. »Ich hätte gern noch einen Kaffee.«

Seine braunen Augen hatten etwas Offenes, das sich aber sofort wieder verschloss. Oder täuschte Laurie sich? Dann fiel ihr Blick auf das Buch.

Königin der Zeit.

»He, das lese ich auch gerade!«, sagte sie völlig verblüfft.

»Wirklich?«, fragte er erstaunt und betrachtete das Cover, als sähe er es zum ersten Mal.

»Ja!« War das nicht ein Zufall? In diesem Augenblick fiel ihr ein, dass er nach ihr gefragt hatte. Kein Zufall ... Aber woher sollte er wissen, was sie gerade las? Sie merkte, wie sie innerlich auf Abstand ging.

»Du hast nach mir gefragt?« Plötzlich war sie ganz sicher, dass er Journalist war, und wurde ärgerlich. Beinahe wäre sie auf die Tour reingefallen. »Ich werde jedenfalls keine Fragen beantworten, und wenn du das warst, der heute dieses Zeug geschrieben hat, dann haust du am besten ab!«, blaffte sie ihm entgegen, lauter als beabsichtigt.

Ein paar Sekunden war es still. Damit hat er nicht gerechnet, dachte sie. Danke, Natalie!

Er wirkte ein wenig verdattert. Aber Laurie ahnte, dass das nur eine Masche war.

»Ich ... ich weiß nicht, was du meinst ...«

Sie zuckte die Schultern. »Wolltest du jetzt noch was bestellen oder nicht?«, fragte sie professionell höflich.

»Ja ... ich habe nur von einem Freund gehört, dass er am liebsten von dir bedient wird.«

»So?« Das klang nicht sonderlich überzeugend, fand Laurie. »Kenne ich deinen Freund?«

Jetzt lächelte er wieder. Dieser Mistkerl, dachte sie.

»Ich weiß nicht. Er ist ziemlich schüchtern. Also, er hat sich bestimmt nicht vorgestellt oder so.«

Sein Lächeln erweichte sie ein wenig. Auch wenn sie immer noch nicht sicher war, ob er nicht nur eine Show abzog.

Sportlich sah er aus. Nach Snowboard und Mountainbike. Und er las das gleiche Buch wie sie.

Das konnte dieser Freund ja nicht wissen.

Eine kleine Testfrage stellte sie ihm dann doch noch.

»Und wie findet Janina den Eingang zur geheimen Welt?«

Er sah sie irritiert an. Dann grinste er. »Das ist ein Test, oder?«

Sie hob die Brauen. »Also ...«

Er blätterte mit dem Daumen die Seiten auf.

Erwischt!, dachte sie. Er hat keinen blassen Schimmer!

»Also, eine Janina ist mir noch nicht über den Weg gelaufen. Und geht es nicht ums Löschen der Zeit?«, sagte er da.

»Laurie?«

Laurie drehte sich um.

Ihre Chefin stand hinter der Theke. Unverrückbar und drohend in ihrem schwarzen Kleid und der dunkelroten Lockenmähne. Sie wirkte ziemlich ungehalten, wie sie so die Arme in die kräftige Taille stemmte und ihre rot geschminkten Lippen zusammenpresste. Ihr Doppelkinn zitterte Unheil verkündend und ihre dunklen Augen – ihre Familie war irgendwann mal aus Griechenland gekommen – flackerten gefährlich. Stunk in der Küche, hatte Julie gesagt, erinnerte sie sich.

»Félix«, sagte er noch schnell.

»Laurie.«

Er machte eine Bewegung zur Chefin hin. »Ach – und ich glaube, ich nehme doch keinen Kaffee. Ich hätte lieber was zu essen. Einen Vegan-Burger.«

»Gute Wahl. Wir haben die besten Vegan-Burger im Viertel.«

»Ich weiß.« Wieder dieses Lächeln ... Manche wirkten auch besonders jung. Vielleicht war er ja doch Journalist, von einem Online-Journal oder so.

Félix also. Laurie wusste nicht, was sie von ihm halten sollte. Sie betrachtete ihn unauffällig. Aber was hatte es mit dem Buch auf sich? Zufall – oder nicht? Dass er über den Inhalt Bescheid wusste, hieß gar nichts. Er brauchte ja nur den Klappentext gelesen oder ein bisschen darin herumgeblättert zu haben.

»Laurie, die Tees hier für Tisch sieben werden kalt! Und was ist damit?« Mit ihrem rot lackierten Zeigefinger deutete die Chefin auf die drei Teller, die vor ihr auf der Theke standen. Ihr breites Goldarmband reflektierte das helle Deckenlicht.

»Die sind für Charlotte«, sagte Mathis und verdrehte hinter ihrem Rücken die Augen.

»Dann seht zu, dass sie noch warm an den Tisch kommen!« Die Chefin stöhnte genervt. »Kinder, so geht das nicht!«

Mathis zog heimlich eine Grimasse, sodass Laurie beinahe gelacht hätte.

»Ach ja, und ... ich brauche jemanden für den Grill«, fiel der Chefin in dem Augenblick ein.

»Kriegt José eine hübsche Assistentin?«, fragte Mathis. Er konnte sich so einen Ton mit der Chefin erlauben. Er war schließlich ihr Sohn. Auch wenn man es nicht vermutete, so blass und schmal, wie er war. Nur die dunklen Augen hatte er von ihr.

»José hat gekündigt!«, erwiderte seine Mutter und fuhr sich entnervt durchs Haar. Wie auf Stichwort flog die Küchentür auf und José, der Koch, marschierte hoch erhobenen Hauptes zur Theke, legte seine Kochmütze und die ordentlich gefaltete Schürze auf den Tresen und ging dann durch die schmale Tür zur Umkleide – wo er gleich darauf wieder im dicken Parka herauskam. Mit würdevoll langen Schritten ging er zum Ausgang, ohne sich von irgendjemandem zu verabschieden. Die Glastür schwang hinter ihm zu und José, der sich gebrüstet hatte, die besten Vegan-Burger in ganz Québec zu braten, war weg.

»Wer mir Ersatz besorgt, bekommt fünfzig Dollar«, sagte die Chefin grimmig. Das war für die Chefin äußerst großzügig. Kein Wunder, dass sich ihr teigiges Gesicht dabei säuerlich verzog.

»Tisch vier will einen Vegan-Burger«, sagte Laurie vorsichtig und befürchtete eine Explosion ihrer Chefin.

»Er soll was anderes nehmen«, erwiderte die kaltschnäuzig. »Sag ihm, wir haben gerade technische Probleme mit dem Grill.«

Mathis nickte. »Wir haben leckeren Kuchen. Und Eiscreme! Sieht echt süß aus, der Typ.« Mathis spitzte die Lippen.

»Also keinen Burger?«, fragte Laurie noch mal.

»Keinen Burger«, kam es von Mutter und Sohn wie aus einem Mund. Laurie ging zum Tisch zurück und sagte ihren Spruch auf.

»Es gibt leider keine Burger. Der Grill macht Probleme.«

»Ach so!« Félix grinste. »Und ich hab schon gedacht, der Koch macht Probleme. Sah nämlich ganz danach aus ... Ich meine, so wie der Typ die Kochmütze und seine Schürze abgelegt hat ...«

»Er ist manchmal so«, sagte Laurie ausweichend, konnte jedoch nur mit Mühe ein Schmunzeln unterdrücken. »Also, wir hätten Brownies, Käsekuchen, Eis ...«

»Hm.«

»Tut mir leid«, fügte sie hinzu.

»Was?«

»Dass es keine Burger gibt.«

»Nicht so tragisch. Der Typ wirkte sowieso ein bisschen cholerisch. Er hätte mir sicher das Patty verbrannt oder so.«

Nun musste Laurie gegen ihren Willen lachen, wurde aber gleich wieder ernst. Vielleicht war das einfach seine Masche, um ihr Vertrauen zu gewinnen.

»Du hast übrigens recht«, erzählte sie ihm dann schließlich doch. »Er hat gekündigt. Und deshalb gibt's keine Burger.«

»Schade ... wobei ... dann kann ich mir meinen ja selbst

braten, oder? Davon hab ich schon immer geträumt. Ich als Koch im bekanntesten Diner weit und breit.«

»Ich glaube nicht, dass die Chefin das gut fände.« Laurie kämpfte mit sich. Dieser Félix hatte eindeutig Humor – was sie nicht gerade von allen Gästen behaupten konnte. Trotzdem warnte sie eine Stimme in ihrem Kopf, vorsichtig zu sein. »Also, soll ich dir was anderes bringen?«

Er schüttelte den Kopf. »Nein danke.«

Sie ging wieder zum Tresen zurück.

»Und?« Mathis sah sie erwartungsvoll an.

»Er wollte einen Burger und keinen Kuchen.«

»Der Typ hat Charakter.«

»Mann, Mathis«, stöhnte Laurie. »Dann geh du doch zu ihm …«

»Nein, nein, nein!«, wehrte Mathis ab. »Dazu bin ich viel zu schüchtern!« Er strich sich affektiert über die Augenbrauen. Bei ihm wusste Laurie nie so recht, wie ernst er etwas meinte.

»Er fragt, ob er seinen Burger selbst braten darf«, sagte sie.

»Oh mein Gott!« Theatralisch schlug Mathis die Hände über dem Kopf zusammen. »Ich sag's ja: was für ein Charakter!«

Gerade als Laurie ihm spielerisch einen Klaps auf den Arm geben wollte, beugte Mathis sich über den Tresen und zischte: »Halt, halt, halt! Frag ihn doch mal, ob er einen Job sucht.«

»Spinnst du?«

»Nicht mehr als andere, glaub ich …«

»Nein, ich frag das nicht.«

»He, ich hab nicht verlangt, dass du ihn fragst, ob er mit dir heute Nacht …«

Laurie hielt sich gespielt empört die Ohren zu. »Hör auf, Mathis!«

»Laurie, bitte. Tu es mir zuliebe.«

»Und was hast du davon?«

»Es wäre nett, ihn hierzuhaben. So jeden Tag ...«

»Dann frag *du* ihn doch.«

»Nein! Nein! Auf gar keinen Fall! Wie klingt das denn? Nein! Du musst das tun.«

»Wieso sollte ich?«

Bedeutungsvoll hob er die Brauen und flüsterte: »Wegen der fünfzig Mäuse ...«

Laurie seufzte. »Hat dir schon mal jemand gesagt, dass du ein Mistkerl bist, Mathis?«

Er strahlte. »Ja. Und nicht nur du.«

»Okay, ich frag ihn«, sagte sie. »Ganz unverbindlich«, schob sie hinterher und machte sich auf zu Tisch vier.

Félix hatte das Buch aufgeschlagen und las.

»Also, sie machen 'ne Ausnahme«, fing sie an. »Du kannst dir deinen Burger selber braten.«

»Echt?«, fragte er ungläubig und schlug sofort das Buch zu.

Sie nickte. »Allerdings ...«

»Ja?«

»Allerdings müsstest du dann auch für andere ein paar Burger braten.«

»Moment, Moment. Ist das gerade ein Jobangebot?«

»Sozusagen, ja. Es war nicht meine Idee, okay?«

Er lachte kurz und wurde dann plötzlich ernst.

»Wie gesagt, war nicht meine Idee«, sagte sie noch mal.

Er nickte. »Okay.«

»Okay, was?«

»Okay, ich mach's. Ich versuch's.«

»Du willst den Job?« Verblüfft musterte Laurie Félix' Gesicht mit dem hellen Bart und den warmen braunen Augen.

»Ich wollte mir eh was zum Geldverdienen suchen«, sagte er schulterzuckend. »Und ich hab schon Stressigeres gemacht, als Burger zu grillen.«

Sein Blick ruhte einen Moment in ihren Augen, dann sah er weg. Irgendetwas stimmte nicht mit ihm, oder?

Eine Minute später klatschte Mathis begeistert in die Hände und ging mit Félix gleich ins Büro. Als er zurückkam, schob er Laurie einen Fünfzigdollarschein zu.

»Man kann ihr ja viel nachsagen, aber sie hält ihr Wort«, meinte er. »Wenn auch zähneknirschend.«

»Für mich?«

»Klar«, erwiderte er achselzuckend. »Du hast ihn gefragt.«

Nachdem ihre Schicht zu Ende war, zog Laurie sich grübelnd um. Ob es eine gute Idee war, Félix nach dem Job zu fragen? Zerstreut machte sie den Reißverschluss ihres Parkas zu, als ein Stück Papier auf den Boden flatterte. Sie bückte sich. Es war ein Ausriss der Zeitung von heute Morgen. Die Schlagzeile fiel ihr sofort ins Auge. *Mörderin ...*

Mit einem Schlag fühlte sich Laurie elend. Wie gelähmt starrte sie auf dieses Wort in ihrer Hand. Wo kam der Zettel her? Aus ihrem Parka? War er schon in der Schule dadrin gewesen? Oder hatte ihn ihr hier jemand in die Tasche oder in den Spind gesteckt?

Hier im Diner wussten nur die Chefin und Mathis darüber Bescheid, wer sie wirklich war und welche Vergangenheit sie hatte. Charlotte? Nein. Inzwischen hatte Laurie sich die blonden Haare wachsen lassen und trug Kontaktlinsen anstelle einer Brille. Das veränderte ganz schön und weder Charlotte noch Julie kannten ihren Nachnamen. Außerdem fiel sie nicht besonders auf. Sie war nicht übermäßig hübsch, sie war Durchschnitt. Nicht so wie Natalie zum Beispiel. An die erinnerte sich jeder, der sie mal gesehen hatte.

Früher wäre sie auch gern so wie ihre beste Freundin gewesen, aber jetzt war sie froh, dass sie in der Menge einfach untertauchen und sich unsichtbar machen konnte.

Die Tür öffnete sich. Félix zuckte zurück, als er sie sah.

»Sorry ...«

»Ich bin schon fertig, kein Problem. Ich wollte gerade gehen.« Sie schluckte und versuchte durchzuatmen.

Félix zupfte an seinem Ärmel. »Mann, den Geruch krieg ich in zehn Jahren nicht mehr weg, oder?« Er lachte ein bisschen.

Sie wollte etwas Lustiges erwidern, aber ihre Gedanken steckten fest. *Mörderin ...*

»Danke übrigens, dass du mich gefragt hast.«

»Was?« Sie wusste gar nicht, was er meinte.

»Das mit dem Job.«

»Schon okay. Ich hab Geld dafür gekriegt.« Laurie biss sich auf die Zunge. Warum hatte sie das jetzt sagen müssen?

»Ach ja?«

Klang da eine Spur Enttäuschung mit? Sie zuckte die Schultern und machte einen Schritt auf die Tür zu.

»Sag mal«, fing er an, »könnten wir uns mal treffen?«

Treffen. Das ging aber schnell ...

Sie sah in seine braunen Augen. Und dann passierte dasselbe wie vorhin. Sein Blick verschloss sich.

»Ich meine, vielleicht könnten wir etwas zusammen unternehmen«, sagte er jetzt, als wäre sie schwer von Begriff. Als hätte sie noch nie jemand zu einem Date eingeladen. Wobei das tatsächlich erst einmal passiert war.

Treffen. Das hieß: Er war Journalist und wollte etwas aus ihr herauskriegen. Und wenn er *kein* Journalist war und sie bei ihrem *Treffen* nicht nur lügen wollte, müsste sie ihm früher oder später einen Teil ihrer Geschichte erzählen ...

»Alles okay mit dir?«, fragte Félix.

»Jaja«, antwortete sie schnell. »Ich hab nur gerade an etwas denken müssen.«

»Oh, hoffentlich nichts ... nichts Schlimmes.« Er war auf einmal wieder unsicher geworden.

»Nein. Ich musste nur an meine Mom denken ...«

»Oh«, machte er wieder. »Ist sie ... krank?«

»Sie ist gestorben.«

»Das tut mir leid«, murmelte er betroffen. »Wirklich. Sehr leid.«

»Du kannst ja nichts dafür.« Sie machte einen weiteren Schritt zur Tür, damit er ihre brennenden Wangen nicht sah. Wie konnte ihr diese Lüge nur einfach so über die Lippen flutschen?

»Bis nächste Woche dann«, sagte er ein bisschen enttäuscht. Aber das war wahrscheinlich auch nur gespielt.

Warum nur musste diese Geschichte immer dazwischenstehen? Zwischen allem!

Sie brauchte nicht lang auf den Bus warten. An der Haltestelle vor dem Diner stiegen immer viele Leute aus und sie bekam meistens einen Sitzplatz. Heute gleich den hinter dem Fahrer. Um diese Jahreszeit wurde es so früh dunkel, dass sich der Abend schon wie die Nacht anfühlte. Finster, kalt und einsam. Heute fühlte er sich ganz besonders einsam an. Sie sah immer noch den Ausriss mit dem schrecklichen Wort vor sich, es ätzte sich in ihre Eingeweide. *Mörderin* ... Sie wollte das alles nicht mehr ertragen, sie wollte am liebsten aus dem Bus springen, bei voller Fahrt, jetzt! Damit endlich alles ein Ende hätte.

Laurie unterdrückte ein Gähnen. Eigentlich sollte sie nach der Schule nicht jobben. Am nächsten Morgen war sie immer total müde. Aber die Arbeit lenkte sie ab. Sonst würde sie dauernd brüten. Ganz besonders jetzt, so kurz vor dem Berufungsprozess. Sie nahm ihre Schularbeiten heraus und versuchte, sich darauf zu konzentrieren. Ab und zu sah sie auf.

Die Scheinwerfer der Autos blitzten und blinkten, bunte Leuchtreklamen zuckten, schrille Werbung flackerte über Videowände und in den hellen Schaufenstern der Geschäfte wetteiferten die Puppen in ihren schicken Klamotten um die Aufmerksamkeit der vorübereilenden Passanten.

Früher war sie mit ihrer Mutter öfter shoppen gegangen. Manchmal auch mit Natalie. Aber jetzt hatte sie keinen Spaß mehr daran. Seit dem »Ereignis« hatte sie sowieso kaum noch an etwas Freude. Ihr kam es vor, als hätte sich eine dicke Folie über die Welt gelegt und sie ausgeschlossen. Sie konnte nur noch zuschauen. Und ganz egal, wie der Prozess auch ausging, ihr Leben würde nie wieder normal werden. Selbst wenn ihre Mutter freigesprochen wurde. Olivier war nicht mehr da. Und ihre Eltern würden sich auch nicht besser verstehen, ihr Vater hätte keinen besseren Job und in der Schule würde sie immer diejenige bleiben, deren Mutter im Gefängnis gesessen hatte, weil man ihr vorwarf, sie habe ihr Baby umgebracht. Das Leben war so gemein und ungerecht.

Schnell vertiefte sie sich wieder in ihr Buch. Musste ja nicht jeder die Tränen in ihren Augen sehen.

Als sie um die Straßenecke bog, sah sie Licht im Küchen fenster. Das hieß: Ihr Dad war da. Sie wusste noch nicht, ob sie sich darüber freuen sollte. Oft war er so deprimiert, dass er sie damit ansteckte. Sie merkte, wie ihre Schritte langsamer und schwerer wurden, bis sie schließlich doch vor der Haustür stand und ihr nichts anderes übrig blieb, als sie endlich aufzuschließen. Kaum war sie jedoch im Haus, kam er ihr mit Schürze und Kochlöffel entgegen und gab ihr gut gelaunt einen Kuss auf die Wange.

»Ich hab gedacht, es ist mal wieder Zeit, zusammen was Vernünftiges zu essen.«

Er sah tatsächlich viel jünger und lebendiger aus als sonst. Seine dunklen Haare waren verstrubbelt, seine Augen blitzten wach und er lächelte

Jetzt roch sie auch den Duft aus der Küche.

Sie sah, wie viel Mühe er sich gab. Aber heute fühlte sie sich so niedergeschlagen, dass sie einfach kein freudiges Lächeln hinbekam, sosehr sie sich auch anstrengte. Und der Duft nach Tomaten und Kräutern drückte ihr die Kehle zu. Zu viele Erinnerungen an gemeinsame Abende mit ihrer Mutter waren damit verbunden.

»Ich hab nicht so viel Hunger«, sagte sie, ohne ihn anzusehen. »Ich muss erst mal duschen.«

Ihr Vater nahm ihr den Parka ab und hängte ihn an die

Garderobe. Sein Blick bekam etwas Besorgtes. »Du musst was essen, Laurie. Es tut mir leid, dass ich so wenig für dich da bin. Aber heute wollte ich dich überraschen. Ich mach dir dein Lieblingsgericht.«

Er ging voraus in die Küche. Der Ofen war schon vorgeheizt und auf dem Herd köchelte die Tomatensoße.

Ihr wurde es ganz schwer ums Herz. Komm schon, Laurie, gib dir ein bisschen Mühe. Dein Vater braucht dich auch. Also setzte sie ein Lächeln auf und fragte: »Lasagne?«

»Erraten! Und ich mache sie genau wie ...«

»Wie Mom?«, fiel Laurie ihm ins Wort und hörte, wie sich ihre Stimme überschlug.

Das plötzliche Schweigen stand wie eine Wand zwischen ihnen.

Ihr Vater nickte müde. Auf einmal war er wieder wie sonst. Müde, niedergeschlagen und traurig.

Mit zwei Wörtern hatte sie alles kaputt gemacht. Plötzlich fühlte sie sich noch schlechter als vorhin.

»Morgen ist ihr Geburtstag«, brachte sie hervor. »Kommst du mit? Sie würde sich so freuen und ... und du hast sie schon so lange nicht mehr gesehen ... und jetzt vor dem Prozess würde es ihr sicher helfen ...« Bitte, bitte, sag Ja, flehte sie stumm. Sie braucht dich, wollte sie sagen, und du brauchst sie. Und ich brauche euch und warum können wir das nicht zusammen durchstehen? Aber sie sagte nichts, sondern sah ihren Vater, dessen Lippen bebten, nur an. In seinen Augen standen Tränen. Bitte, flehte sie, bitte, sag Ja.

»Ich ... ich kann nicht«, sagte er schließlich, schüttelte den Kopf, legte den Kochlöffel weg und band sich die

Schürze ab. »Mein Gott, Laurie ...« Er ließ sich auf den Stuhl am Küchentisch sinken und vergrub das Gesicht in den Händen.

»Warum hab ich euch drei bloß allein fahren lassen?«, schluchzte er.

Auf Laurie senkte sich diese vertraute dunkle Schwere herab, unter der sie kaum noch atmen konnte. Sie stand neben ihm und legte den Kopf auf seine Schulter. Sie spürte sein Herz schlagen und sie hörte ihn schluchzen. Ihre Tränen machten seinen Pullover nass.

***

Félix ging nachdenklich durch die Stadt. Überall leuchteten Sterne und erklang nerviges Weihnachtgedudel. Eine Scheißidee, das mit dem Job! Es machte alles nur noch schlimmer! Wie hatte er ihn bloß annehmen können? Wütend trat er gegen den Müllsack neben der Laterne. Was hatte er sich nur dabei gedacht? Er hätte gleich wieder aufstehen und gehen sollen. Warum hatte sie ihn auch angelächelt? Hatte sie ihn überhaupt angelächelt? War nicht vielmehr er es gewesen, der sie angelächelt hat? Verflucht noch mal, warum war er überhaupt in das Café gegangen und warum hatte er angefangen, sie zu suchen? Er hätte einfach alles vergessen sollen. Andere konnten das doch auch, oder? Aber da war dieser Schatten in ihm. Der nicht verschwinden wollte. Im Gegenteil. Er wurde Tag um Tag größer und dunkler.

Zeit löschen, ja, das war es, was er wollte. Einen Tag. Einen einzigen Tag in seinem Leben wollte er löschen. Nur einen einzigen.

Etwas riss ihn an der Schulter herum. Es quietschte und hupte.

»He, willst du dich umbringen?«, schrie eine Stimme ihm ins Ohr.

Da bemerkte er den Bus und dass er gerade bei Rot auf die dreispurige Straße gelaufen war.

Irgendeine Entschuldigung murmelnd kehrte er um.

NOCH 12 TAGE

4.

Trüb glomm der Himmel in der fahlen Vormittagssonne. Hinter dem Busfenster zogen graue Häuser und kahle Vorgärten vorbei, über allem lag eine schmutzige Schneeschicht. Sogar noch heute Morgen hatte Laurie gehofft, dass er es sich anders überlegen und doch ins Gefängnis mitkommen würde. Aber als sie aufgestanden war, war ihr Dad schon weg zur Arbeit.

Laurie saß auf dem Fensterplatz. Neben ihr döste ein älterer Mann. Das Kinn war ihm auf die Brust gesunken, seine Brille auf die Nasenspitze gerutscht. Laurie zog den Rucksack auf ihrem Schoß höher. Sie hatte sich solche Mühe mit dem Nusskuchen gegeben. Er war ihr auch gut gelungen und nicht in der Backform angeklebt. Nun wollte sie nicht mit Bröseln ankommen. Es war doch ein Geburtstagskuchen. Auf den Parkplätzen der Shoppingcenter war die Hölle los. Ihre Mom hatte meistens freitags alles eingekauft, damit das Wochenende frei war. Für Unternehmungen. Und im Sommer für die Zeit auf dem Campingplatz im Nationalpark.

Laurie schloss die Augen. Da waren die grünen Bäume, der See, der Duft nach Gräsern und das Zwitschern der Vögel. Sie spürte das kühle Wasser auf ihrer Haut beim Eintauchen in den See und wie die Sonne sie trocknete ... Gerade noch rechtzeitig riss sie die Augen auf. Nie wieder wollte sie dorthin. Nie wieder auf einen Campingplatz. Nie wieder wollte sie überhaupt in die Natur. Nie, nie wieder. Der Bus hielt. Sie war heute die Einzige, die hier ausstieg. Verstohlen warf sie einen Blick über die Schulter. Nein, da waren keine Journalisten, die sie verfolgten. Wenigstens das.

Am Tor mit den Stacheldrahtrollen auf den Mauern legte sich wieder diese eiskalte Hand um ihr Herz. Wie jedes Mal. Dann war ihr, als würde sie innerlich erfrieren. Tatsächlich konnte sie kaum noch die Finger bewegen, als sie auf die Klingel drückte. Das Summen der Kamera, die sich auf sie richtete, bereitete ihr eine Gänsehaut. Ihr war so schrecklich kalt, dass sie kaum den Mund öffnen konnte, um ihren Namen zu nennen.

Endlos lang dehnte sich die Zeit, bis das Tor langsam aufschwang und sie in den Warteraum mit den Stühlen an den Wänden eintreten konnte. Sogar hier hing schon Weihnachtszeug.

»Hallo, Laurie«, sagte die Pförtnerin hinter der dicken Glasscheibe und lächelte sie freundlich an. Mit den blonden kurzen Haaren, dem roten Lippenstift und der hellgrünen Bluse war sie der einzige Farbtupfer in dem tristen grauen Raum. Laurie gab ihren Ausweis ab und setzte sich auf einen der kalten, unbequemen Plastikstühle. Gegenüber saßen zwei asiatisch aussehende junge Männer in grauen Anzügen, die auch fast jeden Samstag da waren. Brüder vielleicht. Sie blickten so finster, dass Laurie sie noch nicht mal nach der Uhrzeit hätte fragen wollen. Ob sie auch ihre Mutter besuchten? Und ob sie auch unschuldig war?

Laurie konzentrierte sich auf die große Uhr an der Wand. Minute für Minute rückte der lange Zeiger vorwärts und zitterte ein wenig beim Stehenbleiben. Sie versuchte, an nichts zu denken, aber das gelang ihr nicht. Sie dachte an den Zeitungsausschnitt und an Félix und an ihren Vater und an Olivier und an das Kinderzimmer und ... Je mehr sie sich darauf konzentrierte, an nichts zu denken, umso mehr Bilder und Gedanken kamen. Da konnte sie nichts machen.

Als ihr Name aufgerufen wurde, zuckte sie kurz zusammen und stand dann auf. Hinter der Sicherheitsschleuse wurden ihre Taschen und ihr Rucksack genau untersucht.

Stumm, aber innerlich vor Wut bebend sah sie zu, wie der Beamte den Kuchen aus ihrem Rucksack holte und ihn mit einem Messer in viele kleine Stücke zerschnitt.

»In Ordnung«, sagte er noch.

Laurie hätte ihm am liebsten ins Gesicht geschrien: Haben Sie geglaubt, ich hätte eine Pistole da reingebacken? Stattdessen schlug sie wortlos die Alufolie wieder zu und folgte der Beamtin in den Besucherraum.

Kaum hatte ihre Mutter sie entdeckt, erhellte sich ihr Gesicht. Erleichtert stellte Laurie fest, dass sie viel besser aussah als letzten Samstag. Ihre langen, dicken braunen Haare, auf die sie so stolz war, waren frisch gewaschen und glänzten. Sie hatte sich die Augen geschminkt und Lippenstift aufgelegt und sah eigentlich fast so aus wie früher, als noch alles in Ordnung war und sie bei der Versicherung arbeitete. Wären da nicht die dunklen Schatten um ihre Augen gewesen, die eingefallenen Wangen und der orangefarbene Kittel.

»Laurie, mein Schatz!«

»Herzlichen Glückwunsch zum Geburtstag, Mama!«

Ihre Mutter war aufgesprungen und umarmte sie fest.

»Ich hab dir einen Nusskuchen mitgebracht!« Laurie

kämpfte gegen die Tränen an und würgte den Kloß in ihrem Hals hinunter. »Ist leider ein bisschen kaputtgegangen.«

Sie packte den Kuchen aus.

»Macht doch nichts.« Ihre Mutter steckte sich ein Stück in den Mund. »Wunderbar! Ach, mein Schatz ...« Ihre Mutter strich ihr über die Haare. Einen kurzen Moment sah sie traurig aus. Aber schnell setzte sie wieder ein Lächeln auf. »Und wie geht's so zu Hause?«

Laurie wusste, wie weh es ihrer Mutter tat, dass ihr Vater nicht mitgekommen war, ausgerechnet an ihrem Geburtstag.

»Na ja ...«, sagte Laurie mit wackliger Stimme.

Sie gab sich solche Mühe, nicht loszuheulen, dass sie nicht mehr weitersprechen konnte und ihre Hände zitterten.

Da legte ihre Mutter die Hand besänftigend auf Lauries.

»Süße, glaub mir, es wird alles gut. Ganz bestimmt. Sie können mich nicht einfach wieder verurteilen.«

Laurie holte Luft, ganz tief Luft und schluckte den dicken Kloß in ihrer Kehle hinunter. Aber als sie wieder an das dachte, was im *Québec Journal* stand, da hielt sie es nicht mehr aus. »Wenn du wüsstest, was sie in der Zeitung schreiben!«

Ihre Mutter beugte sich weiter zu ihr. »Isabelle ist ganz sicher«, sagte sie mit leiser Stimme, »dass die Indizien nicht ausreichen. Sie müssen mich freilassen!« Und dann setzte sie wieder dieses zuversichtliche Lächeln auf, das Laurie ihr nicht so recht abnahm. »Glaub mir, mein Schatz, bald bin ich wieder zu Hause. Vielleicht ja schon zu Weihnachten!«

Laurie hätte so gern eine Garantie dafür gehabt. Aber die gab es nicht.

»Schau mal, ich hab Geburtstagspost bekommen«, wechselte ihre Mutter das Thema, griff in ihre Kitteltasche und legte drei Postkarten auf den Tisch.

»Die ist von Vincent. Geschmacklos wie immer.« Ihre Mutter drehte die auf lustig gemachte Karte von Lauries Onkel um, die eine Figur hinter Gittern zeigte, und las: *»Lass die Ketten rasseln! Alles wird gut – verlier nicht den Mut! Alles Liebe zum Geburtstag! Vincent.«* Sie griff zur nächsten. »Die ist von Karine. Die treue Seele. Und die hier, hör mal ...« Sie nahm eine Karte, auf der Luftballons und ein blauer Himmel zu sehen waren. *»Wir beten für Sie und wünschen Ihnen viel Kraft. Wir wissen, wie es sich anfühlt, ein Kind zu verlieren. Gott ist mit den Gerechten.«* Ihre Mutter legte die Karte mit dem Text nach oben auf den Tisch. »Du siehst: Es gibt Menschen, die mich unterstützen und die überzeugt sind, dass ich unschuldig bin.«

Ihre Mutter sah sie so eindringlich an, bis Laurie nickte.

»So, und jetzt erzähl mir von dir!«

Wie machte ihre Mutter das nur? Wie konnte sie nur so tun, als wäre alles okay?

Laurie erzählte nur kurz von der Schule, dann vom Diner, wie José einfach gekündigt hatte, Félix so unverhofft zu einem Job kam und die Chefin fünfzig Dollar Prämie herausrückte.

»Ist er nett, dieser Félix?«, wollte ihre Mutter wissen.

Laurie zuckte die Schultern. »Ja, schon ...«

»Aber?«

»Aber nichts.«

»Nichts?« Ihre Mutter legte den Kopf schief. »Wirklich nichts?«

»Nein.« Er liest das gleiche Buch, fiel ihr noch ein, aber

sie sagte es nicht. Was hatte das schon für eine Bedeutung? Ihre Mutter saß im Gefängnis. *Das* hatte Bedeutung.

»Soso, Laurie ...« Ihre Mutter sah sie vielsagend an und zwinkerte ihr zu.

Laurie spürte, wie sie auf einmal doch wütend wurde.

»Wie kannst du nur so tun, als wäre alles okay?«, platzte sie heraus. »Ich hab ihm gesagt, du wärst tot! Ich hab ihn angelogen, verstehst du? Weil ich von jedem, der sich für mich interessiert, glaube, dass er ein Journalist ist, der sich mein Vertrauen erschleichen will, damit ich ihm was erzähle, was noch nicht in den Zeitungen steht! Und Dad gibt dir die Schuld, weil du Olivier allein ins Zelt gelegt hast! Und er gibt sich selbst die Schuld, weil er uns an dem Wochenende allein hat fahren lassen. Nichts ist okay, Mom. Gar nichts!«

Ihre Mutter sackte in sich zusammen. »Laurie ...«, fing sie an, doch dann versagte ihre Stimme und Tränen schossen ihr in die Augen. Mit einem Mal schien sie um Jahre gealtert. Laurie spürte einen schmerzhaften Stich in ihrem Herzen. Ihr Ausbruch tat ihr leid. Wie hatte sie sich nur so gehen lassen können?

»Laurie ...« Ihre Mutter griff wieder nach ihrer Hand. »Glaubst du auch, dass ich schuld bin?«

Die Hand ihrer Mutter fühlte sich ganz heiß und schwer an und Laurie hätte fast Ja geschrien, aber ihr Verstand sagte, dass ihre Mutter nichts dafürkonnte. Wenn allerdings Olivier nicht im Zelt gelegen hätte und wenn ihr Vater mitgekommen wäre ... Wenn, dann ... Wie satt Laurie diese Grübeleien hatte.

»Laurie?« Das Gesicht ihrer Mutter war ganz nah. Ernst fragte sie noch einmal: »Gibst du mir auch die Schuld?«

Laurie rutschte auf dem Stuhl hin und her und sah auf den Tisch, wo ihre Mutter immer noch ihre Hand festhielt. »Nein«, murmelte sie.

Langsam zog ihre Mutter die Hand weg. »Ja. Wenn ich ihn nicht ins Zelt gelegt hätte, wäre er noch bei uns und ich wäre nicht hier – und du hättest diesen Jungen nicht anlügen müssen – und Dad ...«

»Mama!«, unterbrach Laurie sie.

»Doch, Laurie, genau so wäre es!«, sagte ihre Mutter entschieden. »Jeden Tag denke ich: Hätte ich ihn nur nicht ins Zelt gelegt! Und manchmal denke ich auch: Dein Vater ist schuld. Warum ist er nicht mit uns gekommen? Warum hat er alles mir überlassen? Warum, verflucht noch mal, musste er seinen Job verlieren?« Energisch wischte sich ihre Mutter die Tränen mit dem Handrücken weg. »Entschuldige, Laurie.« Sie versuchte zu lächeln und tätschelte ihr die Hand. »Ich mute dir ganz schön viel zu.«

»Schon okay, Mama«, brachte Laurie heraus – und atmete auf, als die Beamtin das Ende der Besuchszeit verkündete.

»Laurie«, sagte ihre Mutter zum Abschied und umarmte sie. »Du bist das Einzige, was mir geblieben ist ...«

Laurie wollte auch noch etwas sagen, aber sie ertrug das alles nicht mehr – die Trauer, die Qual, die Angst, die Mauern und die Gitter. Sie wollte nur noch raus, raus ins Freie.

Die Kälte vor dem Gefängnistor schnitt Laurie ins Gesicht, brannte in ihren Lungen und gefror die Tränen, die aus ihr herausbrachen.

Benommen von all den Worten und Gefühlen stieg sie in den fast leeren Bus, setzte sich ans Fenster und sah hinaus ins trostlose Grau. Sie fröstelte, dabei blies die Heizung warme Luft an ihre Füße.

Das Haus war dunkel und kalt. Ihr Vater war nicht daheim. Sie schaltete das Licht an und sah die Katze, die sich auf der Kommode in einem Schal eingerollt hatte. Sie gähnte, streckte sich, sprang herunter und strich schnurrend um Lauries Beine.

Laurie bückte sich, nahm Mousie hoch und streichelte sie. Die Worte ihrer Mutter brannten in ihrer Seele. »Du bist das Einzige, was mir geblieben ist.«

Lebenslänglich bedeutete fünfzehn Jahre. Da wäre ich einunddreißig, dachte Laurie mit Entsetzen.

Sie zog Parka und Schuhe aus und ging in die Küche, wo die Katze sich auf eine heruntergefallene Rolle Küchenkrepp gestürzt hatte. Fast die Hälfte hatte sie schon auf dem Küchenboden aufgerollt. »Hör auf, Mousie! Du kriegst ja gleich was zu fressen!«

Als Laurie den Schrank mit dem Katzenfutter aufmachte, hörte Mousie sofort auf zu spielen, sprang auf die Küchentheke und strich miauend um den leeren Napf.

Gedankenverloren sah Laurie der Katze beim Fressen zu. Was würde sie darum geben, wenn sie diesen einen Tag einfach löschen könnte, so wie Alexa in ihrem Buch. Dann wäre alles gut. Jetzt lebte sie schon sechzehn Jahre, das waren 365 Tage mal 16, und sie wünschte sich nur einen Tag weniger. Diesen einen Tag. Das war doch nicht zu viel verlangt, oder? Ohne Appetit aß sie ein paar Cracker mit Käse. Zum Hausaufgabenmachen hatte sie keine Lust. Zum Fernsehen auch nicht. Sie hatte zu überhaupt nichts Lust. Schließlich ging sie in ihr Zimmer unter dem Dach und sah aus dem Fenster in den schneeverhangenen Himmel, der immer dunkler wurde. Wie sollte das nur alles weitergehen?

NOCH 10 TAGE

5.

»Du siehst total fertig aus, Laurie.« Natalie sah sie mitfühlend an, als sie am Montagmorgen ins Klassenzimmer gingen.

»Es war ihr Geburtstag, Natalie! An ihrem Geburtstag sitzt sie im Gefängnis!« Laurie ließ sich auf ihren Platz sinken. Ihre Schultasche war ihr auf dem Weg tonnenschwer vorgekommen.

»Glaub mir, ihren nächsten Geburtstag feiert sie bestimmt wieder daheim.« Natalie setzte sich auf ihren Platz neben Laurie und nahm ihr Schreibzeug aus der Tasche.

»Ich weiß nicht«, murmelte Laurie niedergeschlagen. »Es wird nie wieder so, wie es mal war.«

Natalie seufzte. »Ich kann dich verstehen. Aber ich bin ganz sicher, dass sie freigesprochen wird. Ganz sicher.«

Natalie hörte auf, die Stifte und Hefte vor sich herumzuschieben, und sah ihr in die Augen. »Ich weiß es einfach«, erwiderte sie ernst.

Laurie war ihr dankbar, dass sie an die Unschuld ihrer Mutter glaubte, auch wenn sie keinen logischen Grund dafür angeben konnte. Anders als Annie, die Laurie mit einem feindseligen Blick streifte, als sie an ihrem Tisch vorbeiging. Natalie hatte den Blick auch bemerkt und sagte laut: »Beachte die blöde Kuh einfach nicht! Die plappert doch nur das nach, was ihre Eltern sagen.«

Annie lief rot an und ihr Ausdruck wurde noch feindseliger. Und auch wenn Laurie es nur widerwillig zugab: Dass die Freundschaft mit Annie in die Brüche gegangen war, schmerzte sie. Sie hatten immer viel Spaß zusammen gehabt, zu zweit und auch zu dritt, zusammen mit Natalie. Laurie hatte sogar immer noch ein paar Fotos von sich und Annie auf ihrem Handy. Sie kannte auch Annies Eltern. Annies Mutter hatte Laurie ab und zu mit in die Schule genommen, sie wohnten damals nur zwei Straßen weiter. Auch wenn Natalie recht hatte, machte es die Sache nicht weniger schlimm. Denn genau solche Leute wie Annies Eltern waren unter den Geschworenen. Solche Leute kauften das *Québec Journal* und sprachen ihre Mutter schuldig, dabei hatten sie überhaupt keine Ahnung. Gar keine.

Es war alles so ... so schrecklich aussichtslos. Mit ihren klackenden Pfennigabsätzen betrat Madame Holland, die Französischlehrerin, das Klassenzimmer. In dem adretten Kostüm, mit den hochgesteckten Haaren und dem unverbindlichen Lächeln kam sie Laurie vor wie diese Politikerinnen aus dem Fernsehen, die nur in Mikrofone sprachen und nie in die echten Gesichter von Menschen – und nie zu ihren Herzen.

Madame Hollands Blick schwebte fast die ganze Zeit einige Zentimeter über ihren Köpfen, um sich dann ganz plötzlich wie ein Raubvogel auf sein Opfer herabzustürzen.

Was tue ich eigentlich hier?, dachte Laurie. Wozu lerne ich das alles, wenn ein Moment das ganze Leben zerstören kann?

Was lernen wir hier überhaupt über das Leben? Wird in irgendeinem Fach darüber gesprochen, wie es sich anfühlt, wenn die Mutter im Gefängnis ist oder der eigene Bruder verschwunden?

Wie es ist, wenn nichts mehr einen Sinn hat?

Während die Gedanken in ihrem Kopf herumwirbelten, verschwand der Unterricht immer mehr im Nebel und die Stimme Madame Hollands schien wie durch Watte zu ihr zu dringen.

Aber auch dieser Schultag ging irgendwann zu Ende. Natalie hatte es noch eiliger als sie, sie musste nämlich zum Kieferorthopäden und ihre Mutter wartete schon im Auto vor dem Schultor mit laufendem Motor.

Laurie winkte ihr nach. Sie dachte an das einsame Haus und an ihren niedergeschlagenen Vater und war froh, dass sie wenigstens erst zum Arbeiten gehen würde. Obwohl sie sich heute so kraftlos fühlte, dass sie es sich kaum vorstellen konnte, ein beladenes Tablett herumzutragen.

Sie zog ihren Parka an, steckte die Hände in die Taschen und stutzte.

Zuerst hoffte sie, das Papier in ihrer Tasche wäre ein alter vergessener Einkaufszettel. Eilig faltete sie ihn auf. Sie irrte sich.

Es war ein Stück kariertes Papier, herausgerissen aus einem Heft oder einem Collegeblock. In krakeliger Handschrift stand da:

Deine Mutter hat die Todesstrafe verdient! Todesspritze! Elektrischer Stuhl!

Die Wut schoss in ihr hoch. Reichten nicht die Schlagzeilen der Journalisten? Fingen nun auch die Leute an ihrer Schule wieder an? Wie viele solche Zettel hatte sie schon bekommen? Acht? Zehn? Laurie wusste, eigentlich durfte sie sich nichts mehr daraus machen. Aber sie machte sich was daraus. Jedes Mal wieder. Und jedes Mal war es wieder genauso schlimm wie das Mal davor. Sie zerknüllte den Zettel und warf ihn auf den Boden. Da lag er, ein weißes Knäuel, das jedem auffallen musste.

Ihre Hand zitterte, als sie es wieder aufhob und zurück in die Parkatasche steckte. Sie würde es in eine Mülltonne werfen, irgendwo. Dann rannte sie los, sie durfte den Bus nicht verpassen.

Schon von draußen sah Laurie, dass im Diner die Hölle los war. Alle Tische waren bis auf den letzten Platz besetzt.

Laurie stieß die Drehtür auf. Eine lautstarke Mischung aus Stimmen, Geschirrklappern und Musik empfing sie – und der vertraute Duft nach Kaffee.

Hier fühlte sie sich wohl, denn ihre Geschichte blieb da draußen vor der Tür – normalerweise. Heute allerdings war es anders. Heute wäre sie am liebsten wieder gegangen und in der Menge untergetaucht, die sich durch die weihnachtlich geschmückten Einkaufsstraßen schob. Julie hatte heute Dienst. Sie kam an die Theke und bestellte vier Latte und drei Käsekuchen. Ihre kurzen roten Haare standen in alle Richtungen ab. Sie sah aus, als wäre sie beim Sport gewesen.

»Hi, Laurie, viel Spaß heute!«, brummte sie. »Haben die Leute fünf Wochen vor Weihnachten nichts anderes zu tun, als ins Café zu gehen?«

»Hör auf zu meckern«, sagte Mathis, der Sahne auf die Teller mit den Käsekuchen spritzte. »Dein Trinkgeld kann sich heute bestimmt sehen lassen.«

Julie verdrehte die Augen. »Geld ist nicht alles, Mathis!«

»Jaja, Julie, wissen wir doch alle! Es zählen auch die inneren Werte.« Mathis grinste Laurie an, die lachen musste.

»Übrigens, dein Freund, Laurie, stellt sich gar nicht so dumm an.«

»Mein Freund?«

Mathis und Julie tauschten bedeutungsvolle Blicke, schüttelten dann den Kopf und zuckten die Schultern. »Hoffnungslos«, stellte Julie fest. Und Mathis sagte: »Einfach hoffnungslos.«

»Ach, was ihr euch alles einbildet!« Laurie machte eine wegwerfende Handbewegung und wollte sich umdrehen, da erschien Félix' Gesicht in der Küchenluke. Irrte sie sich oder zuckte er kurz zurück?

Laurie dachte an ihre Lüge. Dass sie behauptet hatte, ihre Mutter sei gestorben. Und bekam ein schlechtes Gewissen.

Sie nickte ihm zu. Er nickte zurück.

»Kinder! Was wird das hier? Ein Kaffeeklatsch?« Ihre Chefin kam aus ihrem Büro hinter der Theke. »Jetzt aber mal ein bisschen Tempo, Herrschaften!«

Félix zog schnell den Kopf zurück, Mathis wandte sich der Kaffeemaschine zu. Julie eilte mit ihrem Tablett davon und Laurie ging zum Umziehen.

Die erste Stunde verging wie im Flug. Routiniert trug Laurie Tabletts mit Kaffee, Kuchen, Smoothies oder den berühmten Vegan-Burgern zwischen den Tischen hindurch, nahm Bestellungen auf, räumte Tische ab und wechselte ab und zu ein Wort mit Mathis und Julie.

Auf einmal schwang die Tür auf und eine laute bunte Gruppe von neun oder zehn Frauen mit Kinderwagen fiel ein. Sie schwärmten förmlich durchs Lokal, um sich am einzigen langen Tisch, der hinten an der Wand unter dem abstrakten Bild aus Blautönen stand, niederzulassen. Er gehörte in Lauries Service-Bereich. Die Babys lachten und plärrten. Die Babys … das eine, das mit dem Schnuller … das sah doch aus wie Olivier …

Es kam allmählich, nicht sofort. Zuerst stach ihr etwas ins Herz und sie konnte das Tablett mit den vier Chai Latte und den drei Flaschen Mineralwasser gerade noch ausbalancieren, doch dann verschwamm alles vor ihren Augen, der Boden unter ihren Füßen gab nach, das Tablett machte sich selbstständig und dann hörte sie bloß noch ein fürchterliches Scheppern und Klirren. Ihre Hände griffen irgendwohin, bekamen etwas zu fassen, woran sie sich festhielten, und dann – dann war es so schlagartig vorbei, wie es gekommen war. Sie stand da, auf eine Tischplatte gestützt, zwei Frauen sahen sie erschrocken an. Laurie atmete tief durch und rang sich ein entschuldigendes Lächeln ab.

Mathis war schon zur Stelle und legte besorgt den Arm um sie. »Alles okay?«

Vor ihr breitete sich eine Pfütze mit Glasscherben aus.

»Ich mach's gleich weg«, murmelte sie.

Im Umkleideraum schnappte sie sich Eimer und Putzlumpen, und als sie heißes Wasser einlaufen ließ, sah sie wieder die Babys vor sich. Da fiel ihr der zerknüllte Zettel in ihrer Jackentasche ein. *Deine Mutter hat die Todesstrafe verdient! Todesspritze! Elektrischer Stuhl!*

Leute, die so was schrieben, dachten wirklich, ihre Mutter hätte Olivier umgebracht!

Hatte Annie das geschrieben? Oder Susan? Oder die ganze Clique?

Sie schraubte den Deckel vom Putzmittel auf. Sofort stieg ihr der stechend scharfe Geruch in die Nase. Sie wollte nicht wieder da raus! Sie schloss die Augen und hielt sich die Ohren zu. Sie wollte nicht da raus! Die Menschen warteten doch nur darauf, sie in Stücke zu reißen! Die Panik ließ ihr Herz so heftig schlagen, dass es wehtat. Sie kauerte sich zusammen, machte sich ganz klein und wünschte sich, einfach zu verschwinden, sich aufzulösen ...

Es war der Geruch des Putzmittels, der ihr so ätzend in die Nase stieg, dass sie husten musste – und sie auf die Beine riss.

So ein Quatsch! Es gibt keine Todesstrafe mehr!, sagte sie sich. Dann atmete sie noch zweimal tief den scharfen Geruch ein. Natalie steht zu mir und die Anwältin und bestimmt noch viele andere Menschen! Mom hat Olivier nicht umgebracht. Ich lasse mich nicht zwingen, das zu glauben, nur weil andere es glauben. Niemals!

Entschlossen nahm sie Kehrschaufel, Besen und Putzlumpen und ging hinaus.

»Kümmer du dich um die Bestellungen, ich mach das schon!«, sagte Mathis und nahm ihr den Eimer ab.

Die Bestellungen, genau. Laurie sah zum Tisch mit den Müttern und Babys und kämpfte gegen das Schwindelgefühl an, das erneut in ihr aufzusteigen drohte.

»Laurie?«, fragte Mathis.

Nein, ich lasse mich nicht von ihnen unterkriegen! »Alles okay«, entgegnete sie. Dann setzte sie ein professionelles Lächeln auf und ging mit festen Schritten zu dem langen Tisch hinüber.

Zwei Stunden später, sie hatte noch den langen Tisch abgeräumt, war ihre Schicht zu Ende und sie ging zum Umziehen. Sie hatte es ohne weitere Zwischenfälle geschafft. Trotzdem zitterten ihr immer noch die Hände. Ein Baby hatte wirklich so ausgesehen wie Olivier. Ja, sie hatte sogar gedacht, das sei Olivier! Bis ihr klar wurde, dass ihr Bruder – wenn er überhaupt noch lebte – nicht mehr sechs Monate, sondern schon fast zwei Jahre alt wäre.

Die Tür zur Küche öffnete sich. Félix.

»Oh, entschuldige.«

»Schon okay. Bin fertig«, sagte Laurie und zog den Parka an.

Félix band sich die Schürze ab, legte sie auf den Deckel der Kühltruhe und blieb unschlüssig stehen. »Was war denn vorhin los? Ich hab's bis in die Küche scheppern gehört.«

Sollte sie es ihm nicht jetzt sagen? Das mit ihrer Mutter, die nicht auf dem Friedhof lag, sondern im Gefängnis war? Oder das mit den Babys? Sie spielte mit dem Reißverschluss ihres Parkas.

»Ach, ich ...«

»Félix!« Die durchdringende Stimme der Chefin unterbrach sie.

Félix hob die Schulter und ließ sie wieder fallen.

»Geh lieber. Ist nicht so wichtig.«

»Warte, ich bin gleich wieder zurück!«

Besser so, dachte Laurie. Wer weiß, wie er reagieren würde. Wie kam sie überhaupt auf den Gedanken, ihm ihr Vertrauen zu schenken? Nur weil er das gleiche Buch las und sich vielleicht aus irgendwelchen Gründen auch wünschte, Zeit löschen zu können? Nein, besser, sie hielt Abstand. Sie zählte das Trinkgeld, das sie heute bekommen hatte. Doch als sie fertig war, hatte sie schon wieder vergessen, wie viel es war.

Eine Weile stand sie einfach noch so da, dann beschloss sie zu gehen. In diesem Augenblick klingelte ein Handy. Es kam vom Deckel der Kühltruhe. Es vibrierte und rutschte aus der Schürze heraus und fiel auf den Boden, wo es weiterklingelte. Sie zögerte. Normalerweise gehörte sie nicht zu den Menschen, die in den Sachen anderer herumschnüffelten. Aber diesmal konnte sie nicht anders. Und was wäre schon dabei? Schließlich durchsuchte sie ja nicht sein Handy ... Lauries Blick wanderte zum Display.

Amélie stand da. Amélie. War das seine Freundin? Amélie. Die Amélie, die sie kannte, hatte volle rote, lange Haare, helle, sommersprossige Haut und immer einen verträumten Blick. Die Jungs flogen auf sie. Amélie.

In dem Moment kam Félix aus der Küche. »Sie wollte mir nur sagen, dass ich das Probearbeiten bestanden habe.« Er lächelte ein wenig unsicher.

»Cool!« Sie gab sich Mühe, wenigstens ein bisschen begeistert zu klingen. »Dein Handy ist runtergefallen. Es hat geklingelt.«

»Danke!« Félix bückte sich und blickte aufs Display. Sie bemerkte, wie sich seine Brauen zusammenzogen. »Sorry«, sagte er an sie gewandt, »ich muss schnell zurückrufen.«

»Alles klar, bis morgen dann.« Laurie drehte sich um und ging hinaus.

Leichter Schneefall hatte eingesetzt, als sie an ihrer Haltestelle aus dem Bus stieg. Im Licht der Laternen glitzerten die Schneeflocken. Bald war Weihnachten. Aber daran wollte sie jetzt nicht denken. Und so stapfte sie, die Kapuze über den Kopf gezogen, über die zarte weiße Schneeschicht, die sich auf den Asphalt gelegt hatte.

In dem Viertel, in dem sie früher gelebt hatten, waren überall große Vorgärten vor den Häusern gewesen. Im Winter hatten dort Schneemänner gestanden und überall blinkte teure Weihnachtsdekoration. Hunderte von Lichterketten, haushohe Rentiere und Nikoläuse mit langen Schlitten. Hier blinkten nur bunte Lichter in den Fenstern und die Vorgärten waren so klein, dass zwischen ein paar Büschen und dem Autostellplatz kein Platz mehr für einen Schneemann war.

In der Einfahrt vor ihrem Haus parkte ein roter BMW. Laurie wusste, wem er gehörte. War es ein gutes oder ein schlechtes Zeichen, dass sie da war?

Mit gemischten Gefühlen schloss sie die Haustür auf. Ein schweres Parfüm hing im Eingang und an der Garderobe ein hellgrauer Wollmantel.

Aus dem Wohnzimmer am Ende des Flurs hörte Laurie die Stimme ihres Vaters. Er sprach aufgeregt und kurzatmig. Aus dem Schuhschrank unter der Garderobe kam ein Miauen.

»Mousie?« Kaum hatte Laurie die Tür aufgeklappt, sprang die Katze heraus und landete mit einem lauten Plumpsen vor Lauries Füßen. »Hast du dich dadrin versteckt?«

»Laurie?«, hörte sie ihren Vater aus dem Wohnzimmer rufen. »Bist du da?«

»Ja!« Laurie zog ihre Schuhe aus und hängte ihren Parka auf.

Der Putzeimer stand immer noch da neben der Tür. Natürlich hatte ihr Vater nicht geputzt, genauso wenig wie sie am Wochenende Staub gesaugt und abgestaubt hatte. Wer dachte schon an so was, wenn die Welt um einen herum versank?

Isabelle Deschamps winkte ihr von der Couch aus zu. Kerzengerade saß sie da, die Beine aneinandergestellt, die Hände im Schoß gefaltet. Sie war eine resolute Frau, ein wenig älter als ihre Mutter. Heute trug sie ein dunkelblaues Kostüm und die passenden Schuhe. Ihre Augen waren ein bisschen zu dick geschminkt und ihre Haare ein bisschen zu straff zu einem Knoten gebunden, fand Laurie. Aber vor ihr hatte man Respekt. Mit wenigen Worten konnte sie selbst den schlagfertigsten Journalisten mundtot machen.

Vor ihr auf dem Tisch lagen ihr Smartphone und der Autoschlüssel korrekt nebeneinander. Angeblich gehörte sie zu den toughsten Anwältinnen der Stadt. Wenn sie ihnen zu Hause einen Besuch abstattete, musste es schon einen ganz besonderen Grund geben, denn ihr Terminkalender war bis oben hin voll. Plötzlich hatte Laurie Angst.

»Hallo, Laurie!« Die Anwältin lächelte und Laurie wunderte sich wieder, wie herzlich sie wirken konnte. »Kommst du immer so spät heim?« Isabelle warf einen Blick auf ihre Uhr.

»Ist doch noch nicht so spät«, entgegnete Laurie mit einem Schulterzucken.

»Na ja, du gehst ja noch zur Schule. Schaffst du das überhaupt?«

»Ist schon okay.«

»Monsieur Rigaud, finden Sie nicht, dass Laurie ...«, fing die Anwältin an.

»Laurie wollte diesen Job«, sagte ihr Vater bestimmt. »Und ich bin froh, dass sie ihn hat. Sonst würde sie hier noch mehr Zeit allein verbringen. Und außerdem ...« Er schluckte und sah kurz zu Laurie, »außerdem verdient sie sich ihr Taschengeld und ein bisschen mehr.«

Ja, sie kaufte sich ihre Klamotten selbst und legte Geld zurück. Sie wusste ja nicht, wie es weitergehen würde. Und

Geld, das hatte sie gelernt, Geld entschied über ein Leben.

Wenn sie keine Geldprobleme gehabt hätten, hätten sich ihre Eltern nicht so oft gestritten. Dann hätte ihr Dad nicht auch noch am Wochenende arbeiten müssen und ihre Mutter wäre nicht so gestresst gewesen und sie hätte nicht darauf bestanden, zum Campingplatz zu fahren.

Nur weil sie nicht genug Geld gehabt hatten, saß ihre Mutter jetzt im Gefängnis ...

Laurie schaute ihren Vater an, doch er sah nicht so aus, als hätte er gute Nachrichten erhalten. Und Isabelle? Laurie kannte die Anwältin nun schon seit über einem Jahr. Sie hatte gleich die Verteidigung ihrer Mutter übernommen. Es war ihr ein Anliegen, hatte sie gesagt, ein Leben vor einer Vorverurteilung zu retten. Die Leute reagierten besonders hysterisch und heftig, wenn eine Mutter verdächtigt wurde, ihr Kind getötet zu haben, hatte sie erklärt.

Und sie hatte nur einen Bruchteil ihres Honorars verlangt.

»Setz dich doch zu uns.« Isabelle rückte an den Rand der Couch und klopfte auf den Platz neben sich.

Laurie setzte sich und versuchte, im Blick ihres Vaters zu lesen.

Hatte man vielleicht ... Oliviers Leiche gefunden? In ihrem Magen begann es zu rumoren. Isabelle Deschamps faltete die Hände mit dem breiten goldenen Ring und der dezenten, aber sicher wertvollen Armbanduhr und räusperte sich.

»Ich möchte nichts beschönigen«, sagte sie ernst und ruhig. »Wir werden es nicht leicht haben. Für den Staatsanwalt und die Presse sind wir ein gefundenes Fressen. Die öffentliche Meinung ist gegen uns. Und die Indizien sprechen ebenfalls gegen uns. Das Blut am Kleid deiner Mutter, Laurie, stammt zweifelsfrei von Olivier. Wir wissen zwar, dass es von seinem Nasenbluten war, aber beweisen können wir es nicht.« Sie sah zu Lauries Vater. »Dass Olivier, nun ... nicht geplant war, sich die finanziellen Verhältnisse verschlechterten, weil Sie, Monsieur Rigaud, Ihre Anstellung verloren ...«

Lauries Vater schlug mit der Faust auf die Armlehne. »Ich kann doch nichts dafür, wenn die die Abteilung einfach auflösen! Verdammt noch mal! Ich hab meinen Job gern gemacht. Ich war einer der Besten. Meine Kunden waren zufrieden, meine Kollegen mochten mich. Und dann, zack, schmeißen sie dich raus. Nur weil so ein paar korrupte Bankmanager Mist bauen!« Ihr Vater regte sich jedes Mal wieder auf.

»Natürlich, ich fasse nur zusammen, Monsieur Rigaud«, sagte die Anwältin beschwichtigend und fuhr dann unbeeindruckt fort. »Auch dass Sie und Ihre Frau oft stritten, das sind alles Punkte, die der Staatsanwalt – wie auch im ersten Prozess – anführen wird, um die Klage aufrechtzuerhalten.« Sie wandte sich an Laurie. »Der Staatsanwalt wird nach wie vor ins Feld führen, dass deine Mutter psychisch überfordert war. Dass sie die Nerven verloren, das Baby im Auto getötet und irgendwo vergraben hat, ehe sie wieder zum Campingplatz zurückgekehrt ist, um eine leere Decke ins Zelt zu legen und zu behaupten, Olivier schlafe. Während des Barbecues ist sie dann zum Zelt gegangen und hat geschrien: Mein Baby ist weg!«

»Das wissen wir doch alles.« Die Stimme von Lauries Vater klang gequält. Seine Wut war genauso schnell verpufft, wie sie gekommen war. »Warum müssen Sie uns das alles noch mal erzählen?«

Die Anwältin seufzte. »Es tut mir leid, ich will Ihnen nur klarmachen, wie der Stand der Dinge ist. Und die öffentliche Meinung hat sich hinter den Staatsanwalt gestellt und Ihre Frau zur Kindsmörderin erklärt. Wir müssen davon ausgehen, dass die Geschworenen ähnlich denken. Ich habe einen Blick auf die Geschworenenliste geworfen. Viele Konservative, viele, die keine Ahnung davon haben, wie es ist, arbeitslos zu sein und eine Familie ernähren zu müssen. Da müssen wir harte Überzeugungsarbeit leisten.«

»Das ist Ihr Job«, sagte Lauries Vater mit einem schwachen Lächeln. »Ich vertraue Ihnen voll und ganz.«

»Das ehrt mich, Monsieur Rigaud.« Madame Deschamps lächelte dünn. »Aber hier kriegen die Leute schon wegen anderer Vergehen lebenslänglich. Vielleicht erinnern Sie sich an den Fall mit der Entenfamilie.«

»Entenfamilie?«, fragte Laurie.

»Ja. Eine Tierschützerin hatte auf der Autobahn angehalten, um eine Entenfamilie über die Straße zu lassen. Ein anderes Auto fuhr frontal in ihren Wagen. Die beiden Insassen – Vater und Tochter – starben. Die Tierschützerin bekam lebenslänglich.«

Lauries Vater stöhnte. »Madame Deschamps! Musste das jetzt sein?«

»Aber die Tierschützerin wollte doch nicht, dass die beiden sterben!«, warf Laurie ein. »Sie hat es doch nicht mit Absicht gemacht!« Sie kämpfte mit den Tränen. Dabei kannte sie weder die Opfer noch die Tierschützerin und sie wusste auch nicht, ob die Enten ebenfalls tot waren.

Aber bestimmt waren sie auch tot. Vater, Tochter und die Entenfamilie ...

Lauries Vater legte tröstend einen Arm um ihre Schultern. Doch sie spürte, dass er in Gedanken ganz woanders war. Und sie konnte es ihm nicht verübeln. Seine Nerven lagen blank, umso mehr, je näher der Termin der zweiten Verhandlung rückte. »Musste das sein?«, wiederholte er noch einmal. »Sie wissen doch, was Laurie alles mitgemacht hat. Sie ist erst sechzehn!«

»Das weiß ich«, erwiderte die Anwältin entschieden. »Aber wenn ihre Mutter lebenslänglich bekommt, wird Laurie noch viel mehr mitmachen! Verstehen Sie mich?«

Lauries Vater nahm den Arm von ihrer Schulter und sagte leise: »Dann hat dieser Albtraum vielleicht endlich ein Ende.«

Ein Ende? Laurie starrte ihren Vater an. Doch als er ihren entsetzten Blick wahrnahm, sah er weg und murmelte etwas, das sich wie eine Entschuldigung anhörte.

Isabelle Deschamps, die immer noch genauso unverrückbar dasaß wie zu Beginn des Gesprächs, sagte mit ihrer glasklaren Stimme: »Wir müssen alles in den Ring werfen. Alles, was Ihre Frau entlasten könnte. Das erwarte ich von Ihnen, Monsieur Rigaud!«

»Was sollen wir denn noch tun?«, fuhr er die Anwältin an.

»Sie sollen sich erinnern!«

Er sprang auf. »Was glauben Sie, was wir die ganze Zeit tun! Ich kann nicht mehr schlafen, weil ich mich dauernd erinnere! Außerdem war ich nicht dabei. Verstehen Sie? Ich war nicht dabei!« Stumm sah Laurie ihm nach, als er in die Küche ging.

»Aber du, Laurie, du warst dabei«, sagte die Anwältin

nach kurzem, nachdenklichem Schweigen und sah Laurie an. »Und du musst dich erinnern, so gut du kannst, okay? Nur so können wir deiner Mutter helfen.«

Laurie nickte. Natürlich konnte sie sich erinnern. Sie erinnerte sich jeden einzelnen Tag daran. Genau wie ihr Vater.

»Gut.« Madame Deschamps nahm ihre Hand und hielt sie zwischen ihren warmen, kräftigen Händen fest. Laurie fühlte sich auf einmal zuversichtlicher. Diese Hände hatten etwas Professionelles, Tatkräftiges, sie hatten Tausende von Seiten aus Gesetzbüchern und Akten umgeblättert, Richtern die Hand geschüttelt – und Freigesprochenen gratuliert ...

»Hör zu«, sagte die Anwältin mit sanfter Stimme. »Wir fahren noch einmal zusammen zum Campingplatz. Und du erzählst mir dort alles. Wort für Wort. Vielleicht stoßen wir dabei auf irgendetwas, was wir alle übersehen – oder vergessen – haben.«

»Das kommt überhaupt nicht infrage!« Lauries Vater war aus der Küche zurückgekommen, ein Glas Whisky in der Hand.

»Monsieur Rigaud ...«, fing sie an, aber Lauries Vater ließ sie nicht weitersprechen.

»Ich sage Nein! Laurie hat schon genug durchmachen müssen.« Sein Gesicht glühte und sein Körper bebte. So hatte er in der Zeit vor Oliviers Geburt manchmal ausgesehen, wenn er mit Lauries Mutter stritt. »Wie soll man das in dem Alter wegstecken, ohne durchzudrehen? Können Sie mir das sagen, Madame Deschamps? Es ist alles furchtbar genug – aber Laurie betritt auf keinen Fall mehr diesen verfluchten Campingplatz. Nie wieder!« Die letzten Worte hatte er so laut geschrien, dass selbst Isabelle kurz zusammengezuckt und Mousie vom Bücherregal unters Sofa geflohen war. »Sie werden die Verteidigung auch ohne diese Reise in die Vergangenheit zustande bringen!«

»Sie machen einen schweren Fehler, Monsieur Rigaud.« Zu Laurie gewandt sagte sie: »Wenn dir noch etwas einfällt, ruf mich an, Laurie. Du hast ja meine Nummer.«

Dann erhob sie sich steif und ging grußlos zur Tür.

Oben in ihrem Zimmer warf sich Laurie aufs Bett und weinte. Sie weinte vor Wut über ihren Vater und aus Trauer um ihre Mutter und ihren Bruder. Das Leben war so schrecklich ungerecht. Wieso war der Staatsanwalt so unnachgiebig? So voreingenommen? So böse? Was hatte ihm ihre Mutter denn getan? Er kannte sie doch gar nicht richtig!

Als ihr Telefon piepste, schaute sie nur kurz aufs Display. Félix hatte ihr eine Nachricht geschickt.

Bin gerade bei Kapitel 8, S. 96. So was wünsche ich mir auch. Wie weit bist du?

Was für eine blöde Frage! Ich hab keinen Nerv zum Lesen, dachte Laurie wütend. Ich mache mir Sorgen um meine Mom! Und ich frag mich, wer Amélie ist, obwohl es mir egal sein sollte.

Natürlich schrieb sie das nicht. Ihr Finger schwebte eine Weile über dem Display, aber sie konnte sich nicht entscheiden, was sie schreiben wollte. Schließlich schlug sie Seite 96 auf, dabei war sie längst auf Seite 257.

Sollte sie es wirklich wagen?

Sie konnte es immer noch nicht glauben: Sie war imstande, Zeit und damit Ereignisse zu löschen. Einfach indem sie sich auf den Moment konzentrierte!

Nach und nach wurde ihre Erinnerung daran immer schwächer, bis der Moment in einem dunklen Loch verschwand. Dieser Prozess konnte zehn Minuten oder auch eine halbe Stunde dauern.

Gestern hatte sie – als Test – einen Moment gelöscht. Das Verrückte war, sie konnte sich heute tatsächlich nicht mehr daran erinnern, was sie gelöscht hatte. Was war in diesen Minuten im Gang vor den Pferdeboxen passiert?

Alexa machte eine ungeduldige Handbewegung. Sie konnte es nicht ändern. Etwas sagte ihr, dass sie zurück an den Ort musste, um den Moment wiederherzustellen.

Nachdenklich klappte Laurie ihr Buch zu. Warum schrieb ihr Félix so etwas? Er wusste doch nicht, was passiert war. Und er wusste nicht, dass sie, wenn sie schon die Zeit nicht löschen konnte, sich wenigstens ganz genau an alles erinnern wollte ...

Um halb zwölf schickte sie Isabelle Deschamps eine WhatsApp-Nachricht.

Ich will mit Ihnen zum Campingplatz.

Dann saß sie im Bett und starrte ungeduldig auf das Display. Sie war sicher, Isabelle war eine Frau, die spät schlafen ging. Und tatsächlich, die Antwort der Anwältin kam erst um kurz vor eins.

Laurie, ich kann nicht gegen den Willen deines Vaters handeln. Tut mir leid. Versuch, dich so zu erinnern. Bitte schreib alles auf, was dir einfällt. Du schaffst das. Wir holen deine Mutter da raus. Isabelle

Enttäuscht warf Laurie das Handy auf die Bettdecke. Sie kannte ihren Vater. Es hätte keinen Sinn, ihn noch einmal zu fragen. Sie musste einen anderen Weg finden, die Unschuld ihrer Mutter zu beweisen.

***

Félix lag angezogen auf dem Bett und starrte auf sein Handy. Aber sie rief nicht an. Warum rief sie nicht an?

Ob sie etwas gemerkt hatte? Hatte sie irgendetwas über ihn herausgefunden? Und plötzlich wusste er, was es gewesen sein könnte.

Er griff nach seinem Handy und klickte die Fotos vom letzten Jahr an. Die runden Felsen und er mit der Angel. Verdammt, warum hatte er sie nicht gelöscht?

»Félix?« Die Stimme seiner Mutter drang durch die Tür. »Isst du heute mit uns zu Abend?«

»Ich hab keinen Hunger!«, rief er in der Hoffnung, dass seine Mutter einfach Okay sagen und ihn in Ruhe lassen würde. Dabei wusste er doch, wie seine Mutter war. Sie ließ solche Gründe nicht gelten. Oder schlimmer noch, sie machte sich Sorgen. Als Internistin im Krankenhaus hatte sie ja nur mit kranken Leuten – die meistens keinen Appetit hatten – zu tun.

Natürlich klopfte sie, und noch bevor er Ja sagen konnte, hatte sie bereits die Tür geöffnet und spähte durch den Spalt herein. »Aber, Schatz, du musst etwas essen«, sagte sie. »Ich mach mir wirklich Sorgen um dich. Du bist doch nicht magersüchtig?«

»Seh ich magersüchtig aus?« Er klopfte auf seinen Bauch. »Außerdem arbeite ich doch jetzt in der Küche! Hättest du noch Hunger, wenn du den ganzen Tag Essen riechst?«

»Aber vom Riechen allein wird man nicht satt.«

»Mom! Ich hab dort was gegessen. Keine Sorge, okay?«

Er hatte ihr gegenüber immer ein schlechtes Gewissen. Sie hatte ja keine Ahnung von allem! »Du musst dir keine Gedanken machen.«

Seine Mutter hatte die Tür weiter geöffnet und stand jetzt auf der Schwelle. Mit ihren hochgesteckten, lockigen Haaren und ihrem dezenten Make-up sah sie immer kultiviert aus. Kultiviert und unangreifbar. Sie war gebildet, attraktiv, redegewandt, verdiente gut und hatte Freundinnen, die so waren wie sie selbst. Sie ging regelmäßig zum Friseur, zur Kosmetikerin, zum Yoga, ging in ihren Literaturkreis, in Ausstellungen und in teure Restaurants.

Er war es von Kind auf gewöhnt, alles zu bekommen, was er wollte. Na ja, oder fast alles.

Und dann dachte er an Laurie und an ihre Mutter ...

»Ich mach sie mir aber.« Liebevoll lächelnd stand sie da und sehnte sich nach einer ehrlichen Antwort, das wusste Félix. Aber er konnte es ihr nicht sagen. Er konnte es niemandem sagen. Nur Adrian. Und der wusste es ja sowieso.

»Musst du nicht. Es ist alles okay.« Er sah wieder auf sein Handy. »Wirklich, alles okay.« Warum ging sie nicht endlich?

Doch anstatt ihn in Frieden zu lassen, setzte sie sich auf sein Bett, nahm seine Hand und sah ernst auf ihn herunter.

»Warum sagst du mir nicht, was los ist? Ich spüre doch, dass dich was bedrückt. Ist es vielleicht ein Mädchen? Ist sie vielleicht schwanger und ...«

»Nein! Es ist nichts!«, fuhr er sie an.

»Weißt du, es gibt für alles eine Lösung«, sprach sie einfach weiter. »Es gibt auch Therapeuten, wenn es etwas ist, was du mir oder deinem Vater nicht sagen willst ...«

Mit einem Ruck setzte er sich auf und sah sie böse an.

»Es ist nichts, Mom. Okay? Gar nichts! Und jetzt geh bitte, ich muss noch lernen.«

Endlich stand seine Mutter auf. Sie tat ihm leid.

Weil er gut in der Schule war und Jura studieren wollte, glaubte sie, er sei ehrlich. Weil er sich um Jackson kümmerte, glaubte sie, er sei zuverlässig, und weil er nett zu den meisten Menschen war, dachte sie, er sei ein guter Mensch.

Er schämte sich. Sie wusste ja nicht, wie er in Wirklichkeit war. Sie hatte ein völlig falsches Bild von ihm.

Als sie ging, schlüpfte Jackson herein.

»Nimm ihn mit!«, rief er ihr nach. »Ich kann den Hund jetzt nicht brauchen.«

Seine Mutter drehte sich zu ihm um. »Siehst du, das ist auch anders geworden. Früher wolltest du sogar, dass er bei dir im Zimmer schläft.«

Da konnte er nicht anders und schrie: »Aber jetzt will ich es nicht mehr! Und jetzt lass mich endlich in Frieden!«

NOCH 5 TAGE

6.

Ihr Dad hatte das Haus verlassen, der Automotor verklang gerade, als Laurie ihre Zimmertür öffnete und hinunter in die Küche ging.

Das Thermometer am Küchenfenster stand auf minus fünf Grad und der weiße Himmel sah nach Schnee aus. Sie machte sich zwei Käsesandwichs und Tee, den sie in eine Thermoskanne füllte. Das eine Sandwich aß sie, das andere packte sie mit der Thermoskanne in einen kleinen Rucksack.

Um im Diner anzurufen, war es noch zu früh. Und Natalie schlief sicher auch noch, schließlich war Samstag.

Mousie hatte gefressen und es sich auf dem Sessel im Wohnzimmer bequem gemacht. »Ich bin heute Abend wieder da«, erklärte sie der Katze und legte ihrem Vater eine Nachricht in die Küche, bevor sie die Tür hinter sich zuzog. *Bin heute bei Natalie zum Lernen. Laurie*

Während sie die Straße zur Bushaltestelle hinunterging, musste sie an den Hund denken. Sie hatte ihn seit über einer Woche nicht mehr gesehen. Auf dem Bürgersteig war die dünne Schneeschicht vereist und sie musste aufpassen, nicht auszurutschen.

Sie nahm den gleichen Bus, der auch zum Gefängnis fuhr. Es fühlte sich seltsam an, an der Haltestelle sitzen zu bleiben. Laurie dachte an ihre Mom, die sich über ihren Besuch gefreut hätte, so wie jeden Samstag. Aber heute hatte sie etwas anderes vor.

Der Schnee lag hier draußen außerhalb der Stadt höher. Die Straße war geräumt, aber an den Rändern türmte er sich. Die Strecke führte durch dichten Nadelwald. Selbst im Sommer, wenn die Sonne von einem blauen Himmel schien und alles freundlicher wirken ließ, als es vielleicht war, blieb der Wald düster. Aber jetzt, unter dem grauen Himmel und mit dem Schnee, der auf den Ästen lastete und sie niederdrückte, kam Laurie der Wald geradezu undurchdringlich vor.

Das gleichmäßige Motorbrummen und die warme Luft machten sie schläfrig. Ein paarmal nickte sie ein. Als sie wieder aufwachte, warf sie einen erschreckten Blick durchs Fenster.

Hatte sie die Haltestelle verpasst?

Sie fragte die Frau auf dem Platz schräg gegenüber. Die bestätigte ihr, dass sie vor ein paar Minuten an der Tankstelle vorbeigekommen waren. Verdammt!

Fünf Minuten später hielt der Bus an der nächsten regulären Haltestelle. Ein Unterstand aus Holz, daneben eine weitere Tankstelle, ein paar Häuser mit einem Werkzeugladen, im Hintergrund ein Kirchturm und eine alte Scheune mit drei Futtersilos, die wie Schneekugeln aus der weißen Landschaft ragten. Lauries Atem kondensierte sofort und feuchte Kälte kroch in ihr hoch. Warum musste ich auch wegdösen?, dachte sie. Der nächste Bus zurück würde erst in zwei Stunden fahren, hatte ihr der Fahrer gesagt. Wie sollte sie denn jetzt zum Campingplatz kommen? Zum Laufen war es zu weit. Vor allem bei den Temperaturen.

Sie sah sich um. Sollte sie zur Tankstelle gehen? Vielleicht nahm sie ja jemand mit. Einen Versuch war es wert.

Gespannt stapfte Laurie durch den Schneematsch in die Einfahrt. Ein weißer Lieferwagen fuhr gerade ab. Auf der anderen Seite der Tanksäule hing noch der Schlauch im Tank eines Pkws, doch der Wagen war leer. Wahrscheinlich war der Fahrer im Laden.

Lautes Hupen ließ sie herumfahren. Ein Truck steuerte die Tankstelle an. Er hielt ein Stück weiter vorn an den Diesel-Zapfsäulen.

Laurie nahm all ihren Mut zusammen und ging auf den Lastwagen zu. Natürlich wusste sie, dass sie nicht trampen sollte. Aber sie konnte unmöglich zwei Stunden lang auf den nächsten Bus warten. Das ging einfach nicht!

Der Fahrer sprang aus dem Führerhaus.

»Hi!«, rief sie.

Laurie fand, dass er ganz vertrauenswürdig aussah. Er hatte einen rötlichen Bart, trug eine dunkle Mütze und eine dicke Weste über einem wattierten karierten Hemd. Es lag sicher nicht nur an der Winterkleidung, dass er so stämmig wirkte.

»Ich hab meine Haltestelle verpasst. Fahren Sie zufällig Richtung Québec und könnten mich ein Stück mitnehmen?«

Als sie näher kam, sah sie, dass er viel jünger war, als sie gedacht hatte. Was sie irritierte, waren die kleinen Augen in dem flächigen, runden Gesicht. Vielleicht hätte sie doch lieber den Pkw-Fahrer fragen sollen ...

»Wohin willst du denn?«, fragte der Mann und trat seine klobigen Stiefel ab.

»Eigentlich zum Campingplatz ...«

»Jetzt, im Winter?« Ungläubig kniff er die kleinen Augen zusammen.

»Ja.«

»Und du bist nicht von zu Hause weggelaufen?«

Laurie stieß ein Lachen aus, das sich auch für sie unecht anhörte. »Nein, nein!«

»Ich will keine Probleme kriegen, verstanden?« Geräuschvoll zog er die Nase hoch.

»Ich muss nur zur letzten Haltestelle zurück. Zehn Minuten Fahrt. Ich will nicht an der Straße entlangstapfen.«

Einen Augenblick zögerte er noch, dann sagte er kurz und bündig: »Also dann, rein mit dir. Ich tanke und bezahle schnell.«

Wunderbare Wärme empfing sie im Fahrerhaus. Sie nahm die Mütze ab, zog die Handschuhe aus und hielt die Hände über die Heizung. Es fing ein wenig an zu schneien. Laurie hoffte, dass es nicht mehr würde. Verflixt, sie hätte sich die Wettervorhersage anschauen sollen! Schließlich stand ihr Entschluss, allein zum Campingplatz rauszufahren, schon seit ein paar Tagen und nicht erst seit heute Morgen fest. Da der Fahrer noch mit Tanken beschäftigt war, holte sie ihr Handy hervor und gab erst im Diner Bescheid, dass sie nicht kommen konnte, danach rief sie Natalie an. Falls ihr Vater auf die Idee kommen sollte, bei ihr anzurufen ...

»Warum hast du nichts gesagt, ich wär doch mitgekommen!«, sagte Natalie mit verschlafener Stimme.

»Ich muss das allein machen, Natalie.«

»Hm. Und wann kommst du zurück?«

»Heute Abend.«

»Okay, aber ruf an, wenn irgendetwas ist, versprochen?«

»Klar.«

»Mach's gut, Laurie. Ich find's cool, dass du hingefahren bist.«

»Echt?«

»Ja. Du kannst dich bestimmt an was erinnern, ganz sicher! Es ist, wie wenn du aus dem Zimmer gehst, um was zu holen, und dann vergisst du, was. Und wenn du dann noch mal an die Stelle zurückgehst, fällt es dir meistens wieder ein!«

Ja, das hatte Alexa in dem Buch auch gesagt.

Als Laurie auflegte, fühlte sie sich gleich besser.

Kurz darauf kam der Fahrer mit großen Schritten aus dem Kassenhaus. Als er die Tür aufriss, brachte er einen Schwung eiskalte Luft mit.

Er ließ sich hinters Lenkrad fallen. Wie er jetzt zu ihr herüberblickte ... dieser Blick war irgendwie anders als vorhin. Freundlicher? Weniger skeptisch?

»Auch einen?« Er hielt ihr eine Packung Kaugummi entgegen. Sie lehnte ab.

»Heiße übrigens Déreck.«

»Lau... Lauredana.«

»Okay, Lauredana.« Er schob sich einen Kaugummi in den Mund und sah durch die Windschutzscheibe. »Hm. Ehrlich gesagt habe ich auch gerätselt, ob es ein Wolf gewesen sein könnte.«

»Was?« Laurie war entsetzt.

»Ich hab ein gutes Gesichtsgedächtnis«, antwortete Déreck kaugummikauend. »Die haben mich sogar an die Uni geholt für irgendwelche Studien. Na, ich hab jedenfalls die ganze Geschichte verfolgt«, redete er weiter, als würden sie übers Wetter plaudern. »Und ganz ehrlich, ich hab mich ja schon gefragt, was das für ein Vater sein muss, der seine Familie mit einem kleinen Baby allein zum Campen in den Nationalpark fahren lässt.«

»Er musste arbeiten!«, verteidigte Laurie ihren Vater.

Eben hatte sie sich verraten. Aber egal, er wusste ja sowieso, wer sie war.

Déreck nickte nachdenklich. »Und was machst du hier ganz allein?«

Sie blies sich eine Strähne aus der Stirn. Allmählich fühlte sich die Wärme unangenehm heiß an.

Musste sie diese Frage beantworten?

»Du willst zum Tatort zurück, richtig?«

Sie nickte zögernd.

»Ich bin nicht sicher, ob das eine gute Idee ist, Schätzchen.« Er kratzte seinen Bart.

»Ist ja nicht Ihre Angelegenheit«, entgegnete sie knapp.

»Stimmt. Zum Glück. Mir reichen meine Angelegenheiten.« Er nickte wieder. »Ist verdammt kalt da draußen. Was, wenn du deinen Bus zurück verpasst? Du willst doch hoffentlich nicht wieder einen Lastwagen anhalten.«

»Und wenn doch?« Langsam regte sich in Laurie Widerstand gegen den geschwätzigen Lkw-Fahrer.

»Du könntest an den falschen geraten.«

Sie fühlte sich unbehaglich mit seinen Bemerkungen.

Vielleicht spürte er es, denn plötzlich klatschte er in die Hände, sagte gut gelaunt: »Okay, dann mal anschnallen!«, und fuhr los.

Sie war froh, als er die Musik laut aufdrehte – auch wenn Country nicht unbedingt ihr Musikgeschmack war.

Zehn Minuten später stieg sie vor der Einfahrt mit dem Wegweiser *Nationalpark* aus.

»Viel Glück und pass auf dich auf, Schätzchen«, sagte Déreck, nachdem sie sich von ihm verabschiedet hatte.

Laurie war erleichtert, als der Truck dröhnend davonfuhr. Die Kälte ließ ihren Atem gefrieren und brannte in ihrer Kehle. Sie stülpte sich die Mütze über und schulterte ihren Rucksack. Nein, sie wollte jetzt nicht daran denken, was sie an einem Samstag wie heute tun würde, wenn das alles nicht passiert, ja, wenn ihr Leben ganz normal wäre. Sie dachte trotzdem daran. Sie würde lange schlafen, lesen, Musik hören, sich mit Natalie treffen, Filme schauen, shoppen gehen ... Stopp! Ihr Leben war nun mal nicht »normal«. Punkt.

Entschlossen steckte sie das Handy weg und bog in den Weg ein, der zum Campingplatz führte. Mit großen Schritten stapfte sie los und hinterließ an diesem Tag die ersten Abdrücke auf der dünnen Schneedecke.

Die Stille hatte etwas Unheimliches. Sie schien jedes Geräusch zu schlucken. Kein Vogel war zu hören und auf der Hauptstraße kam auch kein Auto vorbei. Nur Lauries Schritte knirschten und sie hatte das Gefühl, der einzige Mensch weit und breit zu sein. Im Sommer wuchsen an den Rändern der schmalen Straße Gras und Büsche. Laurie erinnerte sich sogar an Wildblumen. Nun türmten sich dort Schneehaufen, von schweren Räumfahrzeugen zur Seite geschoben. Die dunklen Wände des Waldes wirkten jetzt wirklich undurchdringlich. Ab und zu rieselte Schnee von den Spitzen der Bäume, als würden sie von Geisterhand geschüttelt. Laurie ging weiter. Mit dem Auto war die Strecke von der Hauptstraße bis zum Campingplatz recht kurz, jetzt aber, zu Fuß, kam sie ihr fast schon beschwerlich vor. Ihr war auch nie aufgefallen, dass der Weg ein wenig bergauf führte und sich die lange Gerade zum Tor so sehr in die Länge zog. Vielleicht war es gar nicht so schlecht, dass jetzt im Winter alles anders aussah. Dann würde sie die Dinge noch viel genauer betrachten.

Plötzlich vernahm sie hinter sich dumpfes Motorbrummen und das knirschende Geräusch von Reifen auf Schnee. Sie drehte sich um. Ein silberfarbener Geländewagen kam auf sie zu. Offenbar war sie nicht die Einzige, die zum Campingplatz wollte. Oder führte die schmale Straße noch woandershin? Sie wich nach links aus, um das Auto vorbeifahren zu lassen. Der Wagen wurde langsamer. Lauries Herz klopfte härter. Ihr wurde klar: Hier draußen war kein Mensch. Niemand würde sie hören, wenn sie nach Hilfe rief. Sie setzte ihre Schritte fester, ballte die Hände in den Handschuhen und richtete den Blick geradeaus. Eine großartige Idee, Laurie, allein hier rauszufahren! Hast du nur mal eine Sekunde darüber nachgedacht?, sagte da eine Stimme in ihr, die verdächtig nach ihrem Vater klang. Ja, hab ich! Der Prozess ist am Donnerstag, und wenn niemand mit mir hier rausfährt, muss ich es eben alleine tun! Schließlich geht es darum, Moms Unschuld zu beweisen.

Das war es. Jetzt fühlte sie sich besser.

Der Wagen rollte neben sie und sie hörte, wie das Fenster heruntenglitt. Aus dem Wageninnern stampfte House-Musik. Einen Augenblick zögerte sie. Dann blieb sie stehen und sah hinüber.

Zuerst erkannte sie ihn nicht, wegen der schwarzen Wollmütze, die er tief in die Stirn gezogen hatte. Sie hatte ihn immer nur im Sommer gesehen. Und plötzlich fiel ihr auch sein Name wieder ein. Samuel. Der jüngere Bruder des Verwalters.

Er war meistens mit Reparaturarbeiten beschäftigt oder damit, Holz fürs Lagerfeuer und die Kamine in den Blockhütten zu hacken. Noch nie hatte sie ein Wort mit ihm gewechselt, obwohl er nur zwei, drei Jahre älter war als sie. Er war ihr immer ein wenig unheimlich gewesen, mit den dichten dunklen Augenbrauen, die fast über der Nasenwurzel zusammenstießen. Und jetzt war er ihr nicht weniger unheimlich.

Laut Polizeiprotokoll war er an jenem Julitag auch im See schwimmen gewesen. Allerdings später als sie. Er war der Einzige, der ihr zugestimmt und gesagt hatte, er habe auch so etwas wie einen Wolf gesehen.

»Willst du etwa zum Campingplatz?« Er trug eine blaue Daunenjacke, die ihn noch kräftiger erscheinen ließ, als er sowieso schon war, und schwarze Handschuhe.

»Ja.«

»Der ist geschlossen. Wir machen erst kurz vor Weihnachten wieder auf.«

Die Musik stampfte weiter, der Motor lief und Samuel sah sie an, eine Hand auf dem Lenkrad, die andere angewinkelt in der Fensteröffnung.

In der Kälte war er blass, sie kannte ihn nur tief gebräunt, im T-Shirt, mit nackten, muskulösen Armen. Ein Schatten dunkler Bartstoppeln lag über seinen Wangen.

»In fünf Tagen ist der Berufungsprozess«, sagte sie dann.

Er nickte schwach und sah nach vorn.

»Die Anwältin sagt, ich kann mich vielleicht an Ort und Stelle an noch mehr erinnern«, redete sie weiter.

Er wandte sich wieder zu ihr. »An was denn?«

»Geräusche? Stimmen?« In dem Moment wurde ihr bewusst, wie absurd das für andere klingen musste, und ärgerlich darüber fügte sie hinzu: »An irgendwas halt!«

»Willst du mitfahren?«

Sie war heute schon einmal in ein fremdes Auto gestiegen. Warum also nicht noch ein zweites Mal?

»Ich hab echt vergessen, wie weit es von der Straße aus noch ist.« Sie ging um die Kühlerhaube herum. Drinnen war es nicht wirklich warm und es roch nach Pommes-Fett und Zigaretten. Aber immerhin, obwohl das Sitzpolster an einigen Stellen aufgeplatzt war, lag im Auto kein Müll. Und vom Rückspiegel baumelte ein Kreuz aus Holz.

Er wartete, bis sie die Tür zugezogen hatte, und fuhr dann an.

»Und was machst du hier?«, wollte sie wissen, um etwas zu sagen.

Er drehte die Musik leiser. »Was?«

»Was du hier machst, wenn geschlossen ist«, wiederholte sie.

»Wir wohnen hier.«

»Du und der Verwalter? Das ist doch dein Bruder, oder?«

»Ja.«

Durch die beschlagene Seitenscheibe sah sie auf die Wand aus Nadelbäumen neben der Straße. »Gehört der Campingplatz deinem Bruder?«

»Ja«, antwortete Samuel einsilbig.

»Und du arbeitest für ihn?«

»Sozusagen.« Der Wagen holperte über eine Unebenheit.

»Sozusagen?« Musste sie ihm alles aus der Nase ziehen?

»Ich mach die Reparaturen ... alles, was so anfällt.«

»Heißt er nicht ... Luc?«

Samuel nickte und drehte die Musik wieder lauter. Okay,

Signal verstanden. Die Fragestunde war beendet. Laurie fand, Samuel wirkte nicht gerade glücklich. Wahrscheinlich machte es ihm nicht besonders viel Spaß, für seinen Bruder zu arbeiten. Dabei fand sie diesen Luc ganz nett. Sie erinnerte sich an den großen schlanken Typ, der morgens über den Campingplatz joggte, lange Runden im See schwamm und immer gut gelaunt war.

Vor ihnen erhob sich der Bretterzaun, der den Campingplatz zur Straße hin abgrenzte. Dahinter konnte Laurie die schneebedeckten Dächer der Blockhäuser sehen und die Fichten und anderen Bäume, deren Namen sie nicht kannte, weil sie sich nie dafür interessiert hatte.

An vielen Sommerwochenenden, bevor ihre Mutter schwanger geworden war, hatten sie im Schatten der Bäume ihre beiden Zelte aufgeschlagen. Eins für ihren Dad und ihre Mom und eins für sie. Manchmal war Natalie mitgekommen oder Annie – oder beide. Das war lustig gewesen. Bis spät in die Nacht hatten sie sich Horrorstorys erzählt. Tagsüber sonnten sie sich am Waldsee und gingen baden.

Eigentlich hatte Laurie das letzte Mal gar nicht mehr mitfahren wollen. Annies älterer Bruder hatte Geburtstag und gab eine große Party. Laurie war auch eingeladen, aber ihre Mutter wollte unbedingt auf den Campingplatz, um sich zu erholen. Ihr Dad konnte nicht, weil er arbeiten musste, also musste Laurie mit, denn allein wollte ihre Mutter nicht fahren ...

Samuel hielt an, stieg aus und öffnete das Tor. Mit Leichtigkeit schob er die schwere Eisenstange zur Seite.

Dann kam er zurück und steuerte den Wagen vor die Blockhütte mit dem Schild *Rezeption*. Acht weitere Blockhütten standen in einer Reihe daneben, zwischen ihnen erhoben sich Tannen und Büsche. Dahinter waren die Zeltplätze und noch weiter hinten lag der Barbecue-Platz mit dem großen Schwenkgrill und den Baumstümpfen zum Sitzen. Auf denen jetzt der Schnee lag.

Als Samuel den Motor abstellte und die Musik verstummte, erschrak Laurie fast über die tiefe Stille. Ja – sie war nun wirklich wieder hier.

***

Félix sah zu, wie Jackson sein Futter hinunterschlang. In kaum einer halben Minute hatte er den großen Napf mit den Fleischbrocken geleert und auch noch sauber ausgeleckt.

»Brav«, murmelte er und hob den Napf auf. Kurz streichelte er über das graue, buschige Fell des großen Mischlings. Der Hund wollte seine Hand ablecken, aber Félix zog sie zurück.

Er spülte den Napf in der Küche ab und ging dann ins Badezimmer zum Duschen. Seine Eltern schliefen noch, sie waren fürchterliche Langschläfer an den Wochenenden. Früher war er auch so gewesen. Aber seit der Sache letzten Sommer schlief er schlecht ein, wachte mindestens zweimal nachts auf, mit schrecklichen Bildern im Kopf, und fiel jedes Mal nur sehr mühsam wieder in den Schlaf. Seitdem er sie zum ersten Mal persönlich getroffen hatte, wurde alles noch lebendiger – und sein Albtraum ließ ihn gar nicht mehr los.

Sein Handy klingelte.

»Hey, Mann, wie sieht's mit Snowboarden heute aus?«, schallte ihm Adrians durchdringende Stimme entgegen.

»Ich hab einen Job, schon vergessen?«

»Selber schuld. Warum hast du dir den auch aufs Wochenende gelegt?«

»Ging nicht anders.«

»Kannst du nicht blaumachen?«

»Dann bin ich die Stelle am Montag los.«

»Oh Mann ...«

»Ich hab übrigens ...« Félix zögerte plötzlich. Warum hielt er nicht den Mund?

»Was hast du?«, fragte Adrian neugierig.

Er musste es einfach mal jemandem anvertrauen. »Ich hab sie getroffen.«

»Wen?«

»Na *sie!«,* sagte Félix ungeduldig. »Das Mädchen! Die Tochter von der Mutter ...«

»Ach die ...«, sagte Adrian gedehnt und mit einem Unterton in der Stimme, der signalisierte, dass er eigentlich nicht viel darüber wissen wollte.

Doch darauf nahm Félix keine Rücksicht. Warum sollte er den ganzen Bullshit allein aushalten?

»Ich glaub, sie hat ganz schön Stress.« Lauries Lüge, von wegen ihre Mutter sei tot, hatte ihn eiskalt erwischt. Er konnte nur erahnen, wie sehr sie darunter litt, dass ihre Mutter im Gefängnis saß. »Ich schätze mal, sie setzt alles daran zu beweisen, dass es nicht ihre Mutter war.«

»Ja und?«, entgegnete Adrian. Er klang auf einmal angriffslustig. »Sag mal, kann es sein, dass du kurz davor bist, unser kleines Geheimnis auszuplaudern?«

»Nein ... das heißt ...« Félix brach ab. Die Begegnung mit Laurie hatte ihn verunsichert. Viel mehr verunsichert, als er erwartet hatte. Und jetzt war er ziemlich durcheinander.

»Wusst ich's doch!«, sagte Adrian und seine Stimme bekam einen drohenden Unterton. »Mach keinen Scheiß, Félix. Was glaubst du wohl, was passiert, wenn wir jetzt mit der Sache rausrücken, hä? Die Zeitungen werden sich auf uns stürzen! Und nicht nur die. Alle werden uns hassen. Und dann werden wir verurteilt! Willst du das etwa? Ich jedenfalls nicht! Und falls du es vergessen hast, was glaubst du, wie sich so was in einem Lebenslauf macht?«

»Ehrlich gesagt ist mir dein Lebenslauf scheißegal, Adrian.«

»Ich spreche auch nicht von *meinem* Lebenslauf! Oder glaubst du, mit 'ner Vorstrafe kriegst du so einfach einen Jura-Studienplatz oder einen guten Job?«

Félix antwortete nicht.

»Und warum bist du dann damals nicht gleich zur Polizei gegangen?«

»Das weißt du doch!«

»So? Dann sag mir doch mal, was sich jetzt geändert hat!«

Ich halte es einfach nicht mehr aus, es zu verschweigen, wollte Félix sagen, aber da redete Adrian schon weiter: »Ich warne dich, Félix. Wenn du mich in die Sache mit reinziehst, nur weil du dich in dieses Mädchen verknallt oder Mitleid mit ihr hast, dann ...«

»Was dann?«, fuhr Félix ihn an.

»Dann ... dann leugne ich alles! Das mit dem Ausflug und das mit der blutbesudelten Decke. Dann sag ich denen, du machst es nur wegen dem Mädchen, um ihm zu helfen.«

Félix spürte, wie sich ihm eine Faust in den Magen rammte.

»Du bist ein verdammtes Arschloch, Adrian! Ich hab immer gedacht, wir wären Freunde!«

»Du bist es, der unsere Freundschaft verrät, Félix! Du, nicht ich.« Ein Klacken, dann war die Verbindung tot.

Aufgelegt. Wütend starrte Félix auf das Display, auf dem Adrians Name gerade erlosch.

Jackson stand vor ihm und sah ihn fragend an. Früher hätte er den Hund gestreichelt. Jetzt wandte er sich seufzend ab. Er würde mit ihr reden. Heute. Gleich nach der Arbeit. Er würde ihr alles sagen. Alles, wie es gewesen war.

7.

Laurie klatschte mit ihren Handschuhen in die Hände, um die Taubheit in ihren Fingern zu vertreiben. Auf dem Campingplatz schien es noch ein paar Grad kälter zu sein als vor dem Zaun. Wahrscheinlich aber lag es nur an der Wärme im Auto. Samuel hatte die Heckklappe aufgemacht.

Sie sah ihm dabei zu, wie er eine Motorsäge mit einem langen Sägeblatt heraushob und neben sich auf einen Baumstumpf stellte. Als er aufsah, begegneten sich ihre Blicke. Aber nur für einen Moment, denn er sah rasch wieder weg und hob noch eine Kabeltrommel heraus. Irgendetwas war da in seinen dunklen Augen. Etwas, das sich unangenehm anfühlte und sie verunsicherte.

Er holte noch eine Plane aus dem Wagen, warf die Tür zu und sah dann hinauf in den Himmel.

Sie sah auch hinauf. Aber da war nichts. Außer einem leeren grauen Himmel.

»Ich muss das Dach von der Hütte da reparieren.« Er deutete hinüber zu einer der Blockhütten. Ein dicker Ast war aufs Dach gefallen und hatte es einbrechen lassen.

»Ich sehe mich mal ein bisschen um, ja?«, sagte sie.

Seine dunklen Brauen zogen sich noch dichter zusammen. Schon ärgerte sie sich, dass sie ihn überhaupt gefragt hatte.

Schließlich hob er die Schultern und ließ sie wieder fallen, bückte sich nach der Motorsäge und stapfte durch den Schnee zur Blockhütte mit dem eingestürzten Dach hinüber.

Was hatte sie erwartet? Dass er freundlich war? Wie kam sie nur darauf? Schließlich hatte er schon im Sommer kaum ein Wort mit ihr gesprochen.

Ihre Füße fühlten sich an wie Eisklumpen. Sie musste sich dringend bewegen. Entschlossen schulterte Laurie den kleinen Rucksack, holte Luft und ging los.

Im Winter sah alles ganz anders aus, als wäre es ein anderer Ort. Sie hatte geglaubt, alles sofort wiederzuerkennen, aber jetzt hatte sie sogar Mühe, den Platz zu finden, an dem ihre beiden Zelte gestanden hatten. War es nicht hier gewesen? Unter dieser Fichte, an der Grenze zum Wald?

Laurie schloss kurz die Augen.

Es ist noch nicht ganz dunkel. Das Barbecue-Feuer tanzt auf den Gesichtern der Leute, die auf Baumstümpfen um den großen Schwenkgrill hocken. Sie lachen fröhlich und unterhalten sich, auch ihre Mutter. Laurie hat einen Teller mit zwei Würstchen vor sich auf den Knien und denkt an Natalie und Annie, die jetzt auf der Party sind. Wie gern wäre sie bei ihnen!

Dabei liebt sie ihren kleinen Bruder. Sehr. Sie trägt ihn zu Hause herum, gibt ihm sein Fläschchen, bringt ihn ins Bett und liest ihm Geschichten vor, die er bestimmt nicht versteht. Egal. Er schläft jedenfalls ein. Und dabei hält er oft mit seinem winzigen Händchen ihren Finger umklammert. Eigentlich versteht sie gar nicht, warum ihre Mutter so gestresst ist. Olivier ist das süßeste Baby der Welt. Ihre Mutter hätte doch wenigstens dieses Wochenende mal auf ihre »Natur« verzichten können. Laurie zuliebe.

Manchmal hat sie das Gefühl, dass ihre Mutter nur an sich denkt. Wenn es anders wäre, würde sie vielleicht auch nicht so viel mit ihrem Dad streiten. Das Leben der Erwachsenen scheint unendlich kompliziert.

Laurie schaudert. Gerade erst war sie im Waldsee schwimmen. Selbst im Sommer wird das Wasser nie richtig warm.

Fröstelnd, mit einer Decke über den Schultern hockt sie da mit ihrem Teller und fühlt sich schrecklich einsam und unverstanden. Ihr Blick gleitet über das Feuer und die Schatten der Köpfe hinüber zu ihren beiden Zelten, die kaum mehr sind als graue Schemen von der dunklen Wand des Waldes.

Plötzlich glaubt sie, eine Bewegung wahrzunehmen. Ihre Mutter hat Olivier vorhin – als Laurie vom Schwimmen gekommen ist – ins Zelt gelegt und ihm die Flasche gegeben. Sie selbst ist gerade noch mit ihrem Handy zum Holzzaun hinter dem Barbecue-Platz gelaufen, eine der wenigen Stellen mit Empfang, und hat mit Natalie noch ein paar Nachrichten ausgetauscht.

Laurie lauscht. Außer dem Knacken des Feuers und den Stimmen hört sie nichts. Ist da nicht ein Schatten, da in der Nähe vom Zelt?

Ihre Mutter erzählt gerade etwas von früher und ist endlich mal wieder guter Stimmung. Laurie will sie nicht stören und so stellt sie den Teller auf die Erde und geht hinüber zum Zelt. Da verschwindet der Schatten im Wald, genau dort, wo der Pfad zum See beginnt. Sie zögert einen Moment. Dann schaltet sie die Lampe von ihrem Handy an und leuchtet in den Wald. Unheimlich wirken die Stämme und die tausend Schatten der Äste, Zweige, Büsche und Farne und mit einem Mal hat Laurie das Gefühl, sie würden nach ihr greifen.

Die Stimmen vom Campingplatz nimmt sie nur noch von Weitem wahr, sie lauscht auf das Rascheln und Knacken ... und da, sind das nicht Tritte, dumpf und rhythmisch? Etwas zieht sie weiter auf diesen Pfad, tiefer in den Wald hinein. Ihr Handylicht streift Bäume und Wurzeln, als plötzlich zwei brennende Punkte aufleuchten. Laurie zuckt zurück. Katzenaugen? Mousie sieht auch so aus, wenn sie nachts im Garten herumstreift und Licht in ihre Augen fällt. Aber jetzt hört sie ein Knurren. Starr vor Angst bleibt sie stehen. Da gibt ihr Akku den Geist auf. Und mit einem Mal ist es finster um sie herum.

Die Tritte werden schneller, ist da nicht auch ein Hecheln? Sie denkt an Wölfe, an Bären, an alle möglichen Tiere, die sich im Nationalpark tummeln, aber so nah am Campingplatz? Und noch dazu im Sommer? Unmöglich! Nie hat ihr Dad etwas von wilden Tieren gesagt oder der Verwalter vom Campingplatz ... und überhaupt, wahrscheinlich waren es noch nicht einmal Augen, dieses Leuchtende, sondern bloß Steine oder Pilze, die geleuchtet haben, nachdem das Licht ihres Handys daraufgefallen war, so was gibt es doch ... phosphoreszierende Pilze. In Australien gab es einen Berg, wo solche Pilze wuchsen, das hatte sie mal im Internet gesehen, unglaublich, es sah aus wie ... wie Sterne ... Sterne, die aus der Erde wuchsen. Wer weiß, vielleicht gab es ja hier auch so was! Und während ihr all diese vernünftigen Gedanken durch den Kopf schießen, zieht sich ihr vor Angst die Kehle zu. Verdammt! Sie weiß ja noch nicht mal mehr, wohin sie flüchten kann. Um sie herum sind nur Baumstämme. Wie Gitterstäbe.

Da blitzt etwas zwischen den Bäumen auf.

Kein Licht. Einfach nur etwas Helles. Kleidung? Ein

Handtuch? Ist da jemand? In diesem Moment schießt etwas an ihr vorbei. Ein Tier! Größer, viel größer als eine Katze! Und es hat etwas Helles im Maul! Von Panik ergriffen dreht sie sich um und läuft davon. Sie stolpert über Wurzeln, tastet sich an Baumstämmen entlang, duckt sich unter Ästen, die ihr ins Gesicht peitschen, schürft sich die Hände an der rauen Rinde auf, bis sie irgendwann, es kommt ihr unendlich lang vor, wieder den hellen Schein des Barbecue-Feuers zwischen den Bäumen flackern sieht. Geschafft! Gerettet! Noch nie hat sie sich wegen eines Feuers so erleichtert gefühlt.

Niemand nimmt Notiz von ihr, als sie aus dem Wald kommt. Sie hat auch gar keine Ahnung, wie viel Zeit vergangen ist, seit sie ihren Teller mit den Würstchen auf die Erde neben den Baumstumpf gestellt hat. Ihre Mutter lacht gerade auf, während einer der Männer einen Witz erzählt. Sie hat eine Dose Bier in der Hand. Schon lange nicht mehr hat Laurie sie so lustig erlebt. Und sie ist froh, dass sie ihr nichts wegen des Schattens gesagt hat. Wer weiß, vielleicht hat sie sich das alles bloß eingebildet. Jetzt, so nah am hellen Feuer, mit dem Gelächter der Leute, fühlte sich das, was sie da gerade im Wald erlebt hat, wie eine Vorstellung an. Ja, als hätte sie bloß einen gruseligen Roman gelesen.

Einen kurzen Moment überlegt sie, ob sie sich einfach wieder auf den Baumstumpf setzen und so tun soll, als sei das im Wald eben nicht passiert. Aber dann fällt ihr Blick wieder auf das Zelt und sie denkt an den Schatten und dann steht sie doch auf und geht zum Zelt. Nicht zu ihrem, sondern zu dem von ihrer Mutter und Olivier.

Sie kriecht ins Zelt. Das Feuer von draußen wirft einen schwachen Schein herein. Ihre Hände tasten vorsichtig über die Schlafsäcke. Wo ist Olivier? Wo ist sein Babyschlafsack? Wo ist seine Decke? Immer hektischer tasten ihre Hände über die Taschen, die Kopfkissen, aber wo ist das Baby? Da fällt ihr ein, dass der Reißverschluss offen gewesen ist. Und plötzlich weiß sie, wo Olivier ist. Natürlich! Bestimmt hat ihre Mutter ihn geholt. Also kriecht sie wieder aus dem Zelt.

Ihre Mutter lacht, hält einen Hamburger in der einen und eine Bierdose in der anderen Hand. Aber keinen Olivier.

»Mama?« Sie fürchtet sich davor, etwas zu sagen. Denn endlich ist ihre Mutter mal wieder gut gelaunt und entspannt und ärgert sich vielleicht, weil Laurie sie dabei stört. Wegen nichts und wieder nichts. Weil Olivier längst ... ja, weil ihr kleiner Bruder vielleicht gerade in den Armen einer der anderen Frauen hier gewiegt wird.

»Laurie! Huch, hast du mich aber erschreckt!« Ihre Mutter klingt angetrunken. Wie früher manchmal, bevor sie schwanger war. Oft hat Lauries Dad beim Zelten für alle gegrillt und alle haben seine Steaks gelobt.

»Olivier ...«, fängt Laurie unbehaglich an.

»Was ist mit Olivier?« Ihre Mutter ist sofort alarmiert.

»Er ist nicht im Zelt. Ich hab gedacht, er ist bei dir«, sagt Laurie.

»Was?« Sofort lässt ihre Mutter alles fallen und springt auf.

Selbst ein Wolf kann kein Baby von acht Kilo – so viel wog Olivier – so einfach im Maul wegtragen, sagen die Gutachter vor Gericht.

Tragen vielleicht nicht, erwidert Isabelle Deschamps, aber mit sich schleifen schon.

Doch auch da stimmt der eine der beiden Gutachter nicht zu.

Und welcher Wolf kann denn bitte schön einen Zeltreißverschluss aufmachen, spaßt er noch.

Ich hab den Reißverschluss vielleicht aufgelassen, sagt ihre Mutter leise. Aber das lassen die Richter nicht gelten.

»Und?« Samuels Stimme riss Laurie zurück in die Gegenwart. »Hast du dich schon an was erinnert?«

Langsam drehte sie sich um.

Breitbeinig, mit der Motorsäge in der Hand stand er ein paar Schritte hinter ihr. In seinem Blick lag etwas Düsteres, Schweres.

»An nichts Besonderes ... aber ... Wo hast du eigentlich den Wolf gesehen?«

Sein Blick ging über sie hinweg, schweifte zum Wald, und als er zu ihr zurückkehrte, zuckte er die Schultern. »Irgendwo, zwischen den Bäumen. Keine Ahnung mehr, wo genau ...«

Die Gutachter hatten behauptet, im Sommer gäbe es hier keine Wölfe.

Irgendwo aus der Tiefe des Waldes kam ein Vogelkreischen. Laurie wusste nicht, was unheimlicher war, die Totenstille des Waldes oder wenn ein Geräusch hervordrang, das sie daran erinnerte, dass der Wald lebte.

»Warum setzt du dich nicht ein bisschen drüben ins Haus und wärmst dich auf? Ich hab den Kamin angemacht«, sagte Samuel in dem Moment. »Luc ist eh nicht da.«

Ihr war schrecklich kalt. Ihre Hände und Füße fühlten sich taub an und in ihren Lungen brannte die kalte Luft.

Sie hatte überhaupt nicht daran gedacht, dass sie bei diesen Temperaturen kaum sechs oder sieben Stunden im Freien verbringen könnte.

Dankbar nickte sie. »Ja, wär 'ne gute Idee.«

Vor der Rezeption stampfte Samuel auf den Stufen fest auf, sodass der Schnee von den Sohlen fiel. Im Sommer stand neben der Tür ein alter Schaukelstuhl. Laurie erinnerte sich nicht, jemals jemanden darin sitzen gesehen zu haben. Samuels Bruder war meistens an der Rezeption vor dem Computer.

»Wo ist Luc?«, fragte sie, als Samuel aufschloss.

»In der Stadt. Hat dort Termine.«

Thema beendet. Laurie seufzte leise. Er war wirklich nicht besonders gesprächig.

Da drehte er sich zu ihr um. Sie stand jetzt ganz nah neben ihm im Türrahmen. »Warum fragst du?«

»Nur so ...«, erwiderte sie irritiert.

Sie fühlte sich unwohl. Was tat sie hier eigentlich? Sie sollte sich auf den Heimweg machen. Das hier brachte doch nichts. »Hör mal ... ich«, fing sie an.

Da drehte er sich weg, schaltete das Licht ein und sagte: »Mein Bruder ist eigentlich ganz okay. Kommandiert halt gern rum. Aber sonst ... ist er okay.«

»Ich hab nichts gegen deinen Bruder.« Sie fragte sich, warum er ihr das jetzt anvertraute.

»Gut«, sagte er ernst. »Ich dachte schon ...«

Den Raum kannte sie. Die Rezeption mit der Theke und dem Schreibtisch dahinter. Hier hatte ihr Dad sie immer angemeldet und gleich bezahlt. Nur beim letzten Mal nicht.

Auf der Theke lagen ordentlich gestapelte Informationsbroschüren mit Wanderrouten und Kajaktouren. An der Wand hingen Postkarten von Gästen. Auf einigen waren Fotos aus ihren Heimatstädten zu sehen – Hochhäuser vor blauem Himmel oder im Sonnenuntergang –, andere hatten bunte Cartoons, Luftballons oder sprechende Tiere als Motiv.

Hier hatte ihre Mutter mit Olivier auf dem Arm gestanden, genau hier, und hatte ihren Ausweis über die Theke geschoben. Und sie, Laurie, hatte neben ihr gestanden und gelangweilt in der Broschüre mit den Kajaktouren geblättert.

Etwas Dunkles senkte sich auf sie herab, wie ein Netz, das sie einfing ... Sie schluckte gegen die Enge in ihrer Kehle an. Sie hatte an Natalie und Annie gedacht, die zur selben Zeit wahrscheinlich auf Annies Bett saßen, Musik hörten und für die Party Klamotten raussuchten. Es wäre ihre erste richtige Party gewesen ...

»Hier lang.« Samuel drückte eine Tür auf. Wie ferngesteuert folgte sie ihm in ein kleines Wohnzimmer. Boden, Wände, alles war aus dicken dunklen Holzbalken gezimmert – wie in den übrigen Blockhäusern. Durch das eine Fenster konnte man auf den Barbecue-Platz und auf den Waldrand sehen. Durch das gegenüberliegende auf die Einfahrt.

An der Wand zwischen den Fenstern gab es eine altmodische braungrüne Couch und zwei karierte Ohrensessel, von denen aus man dem Feuer im Kamin zusehen konnte. Vor dem Kamin auf den Holzdielen lag ein braunes Fell. Kuh vielleicht, dachte Laurie. Unter den Fenstern standen halb hohe Regale mit ordentlich eingeräumten Büchern.

Und auf dem Kaminsims waren gerahmte Fotos aufgereiht. Ein bisschen wirkte es wie in einem Museum. Alles stand akkurat an seinem Platz, nirgendwo lag etwas herum.

Samuel machte die Scheibe des Kamins auf und legte ein paar Holzscheite nach.

»Bis es warm wird, mach ich dir noch den Ofen an.« Er schob einen elektrischen Heizkörper von der Wand neben die Couch und drehte ihn auf. »Und im Büro ist ein Wasserkocher mit Teebeuteln.«

»Danke«, sagte sie.

»Ich bin draußen, wenn was ist.«

Sie wunderte sich über ihn. Er konnte so schroff sein – und im nächsten Moment wieder so nett.

Sie zog Handschuhe und Jacke aus und legte sie auf die Couch. Dann stellte sie sich mit dem Rücken zum wärmenden Kamin und sah sich um.

Hier lebte Samuel also mit seinem Bruder. Was wohl mit ihren Eltern war? Waren sie tot? Sie rieb die Handflächen gegeneinander, bis sie langsam wärmer wurden. Dann drehte sie sich zum prasselnden Feuer und betrachtete die Fotos auf dem Kaminsims. Das größte Foto zeigte Samuels Bruder in Militäruniform. Mit ernstem Blick und steifer Mütze. Auf seiner Brust blitzten unzählige Abzeichen. Laurie hatte gar nicht gewusst, dass er bei der Armee war – oder gewesen war. Das erklärte vielleicht, warum er sich so fit hielt. Sie setzte sich auf die Couch und starrte zum Fenster hinaus auf den Barbecue-Platz, der jetzt verwaist unter einer Schneedecke lag, die langsam vor ihrem inneren Auge schmolz ...

Es ist Sommer. Jener Sommer.

Der dunkelblaue Kombi parkt am Waldrand. Vier Zelte stehen schon locker verteilt zwischen den Bäumen.

Die Kofferraumklappe ist geöffnet und Laurie zieht die Taschen mit den Zelten heraus.

Bevor ihr Dad seinen Job verlor und bevor Olivier kam, hatten sie manchmal eines der Blockhäuser gemietet. Wenn Laurie ihre Freundinnen mitnahm, hatte sie mit ihnen im Zelt geschlafen. Daran denkt sie, als sie den Reißverschluss aufmacht und zuerst die Stangen und den Beutel mit den Heringen und den Gummihammer herausnimmt.

Auf den Veranden der Blockhäuser hängen bunte Badehandtücher über den Geländern und den roh gezimmerten Bänken. Kinder lärmen weiter hinten, Vögel zwitschern, aus einem der Zelte zwischen den Bäumen, etwa zehn Meter entfernt, kommt Countrymusik. Die Thibaults sind wieder da, wie jedes Wochenende. Ihnen gehört der weiße Oldtimer-Mercedes auf dem Parkplatz neben der Haupthütte. Ein Ehepaar so um die fünfzig oder sechzig, beide mit grauen Haaren und ohne Kinder. Eigentlich sind sie ganz nett, sie lächeln Laurie immer freundlich zu und unterhalten sich gern mit ihren Eltern. Abends sind sie die Ersten am Grill. Monsieur Thibault hat dann immer eine Lederschürze um, trinkt ein Bier nach dem anderen und fachsimpelt mit Lauries Vater, der sich um die Steaks und Burger kümmert. Diesmal ist ihr Vater nicht dabei. Deshalb wird Monsieur Thibault das mit dem Grillen heute bestimmt höchstpersönlich übernehmen. Doch noch brennt das Feuer nicht. Es ist ja erst Nachmittag.

Laurie fängt an, die Stangen durch die Schlaufen des

Zeltstoffes zu ziehen, als ihre Mom ihr mit Olivier auf dem Arm vom Auto her zuruft: »Laurie! Ich hab das Milchpulver vergessen!« Ihre Mom ist ganz aufgelöst. »Verflucht! Das gibt's doch nicht! Ich bin hundertprozentig sicher, dass ich es eingepackt habe! Oh, mein armer, armer Liebling!« Sie küsst Olivier, der zu plärren angefangen hat. Laurie steckt zwei Stangen zusammen und muss aufpassen, dass sie dabei nicht aus den Schlaufen rutschen.

Sie liebt ihren Bruder. Sie liebt ihn abgöttisch. Aber ihre Mutter kümmert sich nur noch um ihn. Alles dreht sich um sie selbst – und um ihn. Sie, Laurie, kommt sich manchmal vor wie eine Bedienstete. *Laurie, mach mal, tu mal, hilf mal. Ich kann gerade nicht!*

Warum hat sich ihre Mutter so verändert? Manchmal wünscht Laurie sich die Zeit zurück, als er noch nicht auf der Welt war. Als es nur um sie ging.

Als *sie* der Liebling ihrer Eltern war.

Warst du manchmal eifersüchtig auf deinen kleinen Bruder? Hättest du es nicht manchmal lieber gehabt, er wäre nicht da?

»Laurie, ich muss zum Supermarkt in den nächsten Ort.« Lauries Mom hält ihr den schreienden und zappelnden Olivier entgegen. »Kümmerst du dich mal um ihn?«

Olivier plärrt und plärrt, boxt mit seinen kleinen Fäusten in die Luft, strampelt und tritt wütend um sich.

Ist er nicht manchmal ein kleines Ungeheuer für dich, Laurie?

Laurie denkt an Natalie und Annie, die sich wahrscheinlich gerade schminken und die Haare machen, und steckt die Hände in die Hosentaschen. Ja, sie liebt ihren kleinen Bruder. Aber heute, jetzt, in diesem Augenblick ...

»Laurie?«, kommt es gereizt von ihrer Mutter.

»Ich wollte gerade schwimmen gehen!«, sagt Laurie trotzig.

Wenn sie sich überhaupt auf etwas an diesem Wochenende gefreut hat, dann auf den See. Und auf die Sonne. Und das will sie nicht auch noch aufgeben.

»Du kannst doch später schwimmen gehen«, meint ihre Mutter und hält ihr immer noch den schreienden und strampelnden Bruder entgegen. Laurie ballt die Hände in den Taschen.

»Nein! Kann ich nicht! Dann ist es viel zu kalt. Außerdem wollte ich noch ein bisschen in der Sonne liegen. Und die Sonne geht bald unter!«

Unwillkürlich blickt sie in den Himmel. Die Sonne berührt schon die Spitzen der Tannen.

»Mein Gott!« Ihre Mutter seufzt demonstrativ und schiebt sich mit einer fahrigen Bewegung eine Strähne hinters Ohr. »Wenn ich dich ein Mal um etwas bitte ...«

Laurie denkt, du bittest mich andauernd um etwas, und egal, was es auch ist, ich tue es, immer. Aber jetzt will ich mal schwimmen und in der Sonne liegen. Und ob Olivier gerade Hunger hat, ist mir so was von egal. Er wird schon nicht gleich verhungern.

»Na gut, dann nehm ich Olivier eben mit!«, sagt ihre Mutter mit einem beleidigten Unterton.

Meistens gibt Laurie an diesem Punkt nach. Weil sie es nicht ertragen kann, wenn ihre Mutter von ihr enttäuscht ist. Heute aber gibt sie nicht nach. Heute hat sie schon auf zu viel verzichtet.

Sie sagt: »Okay!«, nimmt die Fäuste aus den Taschen und bohrt eine Stange in den weichen Waldboden.

Aus dem Augenwinkel sieht sie, wie ihre Mutter hektisch die hellblaue Sommerdecke über ihren brüllenden Bruder breitet und ihn auf dem Rücksitz in seinem Babysitz festschnallt. Und wenn sie sich nicht verhört hat, hat ihre Mutter den Kleinen angeschrien, er soll jetzt endlich mal die Klappe halten. Was der natürlich nicht macht. Er weiß ja gar nicht, was Klappehalten ist. Hat ihm ja noch niemand erklärt. Dann setzt sie sich hinters Steuer und fährt los.

Laurie sieht dem Kombi nach, wie er an den Blockhütten vorbei durchs Tor fährt. Einen Moment lang kämpft sie gegen ihr schlechtes Gewissen, doch dann sagt sie sich, dass es ja wohl nicht so schlimm ist, wenn ihre Mom Olivier noch mal mitnehmen muss. Er fährt gern Auto und vielleicht beruhigt er sich ja.

In wenigen Minuten hat sie erst das eine, dann das andere Zelt aufgebaut; sie ist darin echt gut, haben ihr Natalie und Annie – und auch ihr Vater – immer bestätigt, und jetzt will sie endlich schwimmen, solange die Sonne noch nicht untergegangen ist.

Im Zelt zieht sie ihren Bikini an, schlingt sich das Badehandtuch um die Hüften und nimmt den Pfad durch den Wald zum See.

Der Weg ist nicht lang, in wenigen Minuten ist sie an der kleinen Lichtung am Ufer. Hier ist der Boden torfig und gibt unter ihren Füßen nach. Wie ein dunkler Spiegel liegt der See vor ihr. Und niemand außer ihr ist hier. Mit Natalie und Annie ist sie manchmal nachts hierher gegangen. Leise haben sie sich aus dem Zelt gestohlen und sich gruselnd über den Pfad durch den Wald geschlichen.

Mondsee haben sie den See genannt, weil sich der Mond in ihm spiegelte. Langsam waren sie ins Wasser getaucht und ganz vorsichtig geschwommen, damit der Mond nicht kaputtging.

Laurie legt ihr Handtuch ab. Sie hört Vogelstimmen über sich in den Bäumen und ganz fern Geräusche vom Campingplatz und aus dem Wald. Jemand hackt Holz. Tock, tock, tock. Es raschelt im Unterholz. Aber Laurie dreht sich nicht um. Sie weiß, es ist wahrscheinlich bloß ein Vogel.

Langsam taucht sie unter. Das Wasser ist schwarz und kalt. Es ist jedes Mal schwärzer und kälter, als sie es erwartet. Mit langen Zügen schwimmt sie bis etwa in die Mitte. Sind da drüben am anderen Ufer nicht Stimmen? Ist da nicht etwas Buntes zwischen den Bäumen? Sie sieht hinüber auf die andere Seite, aber auf den großen Steinen liegen keine Handtücher wie sonst manchmal. Tock, tock, tock kommt es aus dem Wald.

Ihre Mutter ist noch nicht wieder da, als Laurie nach dem Schwimmen im Zelt fröstelnd ihre Kleider nimmt und zu der größeren Hütte zwischen Haupthaus und erster Blockhütte geht, um heiß zu duschen.

Erst als sie ihre Haare geföhnt hat und vor die Tür tritt, fährt der Kombi durchs Tor. Ihre Mutter hält neben dem Zelt. Laurie ist noch mindestens fünfzig Meter entfernt, als ihre Mom die hintere Tür aufmacht und Olivier herausnimmt.

Was hast du denn von Olivier aus dieser Entfernung gesehen, Laurie? Sein Gesicht? Hast du ihn schreien hören? Oder hast du bloß die blaue Fleecedecke im Arm deiner

Mom gesehen und daraus geschlossen, dass Olivier darin liegt?

Ich weiß nicht.

Du weißt es nicht, Laurie? Dann sage ich Ihnen, wie es war, Euer Ehren: Olivier hat geschrien wie am Spieß und Lauries Mom hat die Nerven verloren. Sie ist nicht zum Supermarkt gefahren, sondern in den Wald. Dort hat sie ihr Baby getötet und irgendwo vergraben. Niemand im Supermarkt konnte sich an sie erinnern!

Einspruch, Euer Ehren! Meine Mandantin hat erklärt, dass sie die Packung mit dem Milchpulver auf einmal im Fußraum entdeckt hat und deshalb nicht zum Supermarkt gefahren ist.

Und was hat Madame Rigaud in diesen fast sechzig Minuten gemacht, in denen sie nicht auf dem Campingplatz war, werte Kollegin?

Meine Mandantin hat am Waldrand geparkt und zwei Zigaretten geraucht. Dass sie das Wochenende ohne ihren Mann verbringen musste und deswegen Streit hatte, hat sie belastet. Sie brauchte ein wenig Zeit für sich.

Und was ist mit dem plärrenden Kind? Stört einen so ein plärrendes Kind nicht beim Rauchen und Nachdenken?

Einspruch!

Einspruch abgelehnt! Fahren Sie fort, Herr Staatsanwalt!

Danke, Euer Ehren. Ich sage Ihnen allen, wie es war. Sie hat ihr Kind getötet und irgendwo vergraben. So gut, dass wir es bis jetzt noch nicht gefunden haben.

Ein lautes Krachen ließ Laurie hochschrecken.

8.

Sie riss die Augen auf. Hatte sie geschlafen? Wo war sie überhaupt? Laurie brauchte ein paar Sekunden, um sich zu erinnern. Genau. Sie war auf dem Campingplatz, im Haus des Verwalters. Im Kamin prasselte das Feuer.

Draußen fing es langsam an zu dämmern. Wie spät war es eigentlich? Sie durfte auf keinen Fall ihren Bus verpassen. Laurie holte das Handy aus ihrem Rucksack. Halb vier. Der Bus fuhr um sieben. Um halb neun wäre sie in der Stadt und könnte zu Natalie gehen. Und ihr alles erzählen. Nur dass sie sich bisher noch an nichts Neues erinnert hatte …

Wahrscheinlich war der ganze Ausflug umsonst.

Da sah sie Samuel zum Haus kommen. Mit seiner dicken Jacke und den schweren Stiefeln stapfte er durch den Schnee und trug dabei die Kettensäge so mühelos, als wäre sie bloß ein Plastikspielzeug.

Auf einmal blieb er stehen, legte die Säge ab und hielt sein Handy ans Ohr. Laurie beobachtete, wie er etwas hineinsprach und dabei in ihre Richtung sah. Unwillkürlich wich sie zurück. Dabei konnte er sie hier im dunklen Zimmer von draußen nicht gesehen haben, oder?

Ein seltsames Gefühl stieg in ihr hoch.

Ob sie Isabelle Deschamps anrufen sollte? Die Anwältin wäre sicher in einer Stunde da und könnte sie abholen. Das wäre das Beste. Aber ihr Handy hatte hier keinen Empfang. Laurie fiel wieder ein, dass sie dafür hinter den Barbecue-Platz gehen musste. Sie war gerade von der Couch aufgestanden, als sie ein Poltern hörte. Dann wurde die Tür aufgestoßen.

Samuel hatte die Mütze abgenommen und seine dichten schwarzen Haare fielen ihm in die Stirn. Unter seinem intensiven Blick ließ sie das Handy sinken. Wie er so dastand, mit der dicken Daunenjacke und den schweren Stiefeln, suchte ihr Gehirn fieberhaft nach einer Möglichkeit, von hier zu verschwinden. Sie konnte nicht einfach an ihm vorbei durch die Tür und hinausrennen. Selbst wenn sie es schaffen würde, käme sie nicht weit. Mit wenigen Schritten hätte er sie eingeholt und gegen seine Kraft könnte sie nichts ausrichten.

Da hob er die Hand, unwillkürlich zuckte sie etwas zurück, doch er zog nur den Reißverschluss seiner Jacke auf.

»Magst du was mitessen?«

Sie starrte ihn an.

»Bei der Kälte muss man was essen«, sagte er.

Sie hatte sich immer noch nicht wieder gefangen, stand nur weiterhin da und starrte ihn an.

»Was ist?«, fragte er und sah sie stirnrunzelnd an. »Alles okay?«

»Okay?« Vielleicht war es die Anspannung oder was auch immer, jedenfalls musste sie plötzlich lachen. Wenn auch nur kurz, so war es doch ein völlig unpassendes Lachen, und als sie es begriff, verstummte sie sofort. »Okay! Meinst du, es kann noch irgendetwas *okay* sein, wenn deine Mutter wegen Mordes verurteilt wird?«

»Totschlag, oder?«

»Mord oder Totschlag, das ist doch völlig egal! Sie wird verurteilt und ich kann nichts dagegen tun!« In wütender Verzweiflung, sie konnte gar nichts dagegen tun, schlug sie mit den Fäusten auf ihn ein. Sie hätte auch auf die Couch eingeschlagen, aber Samuels wattierte Brust war näher. »Ich kann nichts tun!«, schrie sie immer wieder und schlug und schlug, bis er ihre Handgelenke packte und mit eisernem Griff umklammerte.

»Schluss jetzt! Hör auf damit, Laurie!«

Da verstummte sie endlich.

»Atme!«, befahl er. »Einfach atmen. Ganz gleichmäßig und tief.«

Sie wusste nicht, warum sie tat, was er sagte. Aber sie tat es und allmählich wurde sie ruhiger. Da erst ließ er sie los.

»Besser?«, fragte er leise.

Sie nickte und rieb sich ihre Handgelenke. Er hatte ganz schön fest zugepackt.

»Entschuldige«, sagte er.

»Schon gut«, murmelte sie. Warum hatte sie auch so die Nerven verlieren müssen? Wobei die Antwort klar auf der Hand lag: Wenn Laurie keine Beweise fand, die ihre Mutter entlasteten, würde sie verurteilt. Laurie rang sich zu einer schweren Frage durch. Aber sie wollte seine Antwort wissen.

»Glaubst du, dass es meine Mom war?«

Sein Blick verschloss sich. Oder kam ihr das nur so vor?

»Ich hab doch schon vor Gericht gesagt, ich hab auch einen Wolf oder so gesehen!«, sagte er schroff.

Sie seufzte. »Am Donnerstag ist der Prozess und ich habe nichts Neues gefunden. Nichts.«

Sie bemerkte, wie er die Hände in den Hosentaschen ballte. »Isst du Bohneneintopf?«, fragte er unvermittelt. »Schmeckt nicht so schlecht, wie es sich anhört.« Er lächelte nun sogar ein bisschen.

»Ich kann nichts essen. Ich muss noch mal raus. Zum See.«

»Der ist zugefroren. Was willst du da?«

»Ich weiß nicht! Vielleicht fällt mir dort noch was ein!«

»Ich hab Wölfe schon einen ziemlich schweren Müllsack wegschleppen sehen«, fing er an.

»Ja, aber die Gutachter haben eine andere Meinung ...«

»Die werden vielleicht dafür bezahlt«, meinte er.

Sie stutzte. Das hatte noch niemand behauptet.

»Bezahlt? Warum und von wem?«

»Was weiß ich? Von Tierschützern vielleicht.«

Sie sah ihn ungläubig an. »Glaubst du das wirklich?«

»War nur so eine Idee.« Er zuckte die Schultern.

»Und wo hätte der Wolf das Baby hinschleppen sollen? In den See vielleicht? Der ist doch auch abgesucht worden.« Laurie fand es seltsam, so zu reden. Als würde sie auf einmal auf der Seite der Gutachter stehen. Auf der Seite derer, die an den Aussagen ihrer Mutter zweifelten.

»Die finden auch nicht alles. Es ist ziemlich morastig da unten«, entgegnete Samuel. »Wenn er wirklich da unten liegt«, er zögerte kurz und sprach dann weiter, »dann wird man ihn nie finden.«

Ein schreckliches Bild tat sich vor ihr auf. Der blasse Babykörper von Olivier halb im Schlamm versunken, Fische, die um ihn herumschwammen ...

»Was redest du da!«, fuhr sie ihn an. »Wieso sollte er denn im See liegen?«

Sie war froh, dass er ihre Frage nicht beantwortete.

Hinter dem Fenster war es inzwischen noch dunkler geworden. Ein paar Schneeflocken schwebten vorbei.

Ich hab gehört, wie du Holz gefällt hast, dachte sie.

Tock, tock, tock, sie teilt das Wasser mit ausgreifenden Armbewegungen. Tock, tock, tock, sie taucht mit dem Kopf unter. Tock, tock, tock macht es, als sie zum Luftholen auftaucht. Und dann hört sie ein Motorengeräusch. Es kommt von der Uferseite, wo die großen, runden Felsen sind, auf denen manchmal Handtücher liegen und die Leute ihre Angel ins Wasser halten, um Forellen zu angeln. Denn dort fließt ein Bach in den See und speist ihn mit frischem Wasser ... Sie hört ein Auto ...

»Da war ein Motorengeräusch«, sagte sie langsam. »Jetzt erinnere ich mich. Wenn du im Wald warst, musst du es auch gehört haben.«

Stirnrunzelnd schüttelte er den Kopf. »Weißt du, wie laut so eine verdammte Säge ist?«

»Aber du hast doch gar nicht gesägt, du hast ...«

»Ich habe Holz gehackt, ja«, sagte er ungeduldig, »aber vorher habe ich gesägt.«

»Verstehe ...«, murmelte sie. Hatte sie das Auto wirklich gehört oder bildete sie es sich jetzt im Nachhinein nur ein? Und wennschon, was änderte das?

Sie begriff, dass es wenig Sinn machte, durch den Schnee zum zugefrorenen See zu stapfen. Was sollte sie dort auch Neues entdecken? Wenn sie sich schon nicht mal mit dem Motorengeräusch sicher war. Der ganze Ausflug hatte sie entmutigt. Jetzt fühlte sie sich noch niedergeschlagener als vorher. Ihr Vater hatte recht gehabt. Woran sollte sie sich denn noch erinnern? Wir erinnern uns die ganze Zeit, hatte er gesagt.

»Ich glaub, ich könnte doch was essen«, sagte sie.

Über sein Gesicht flog ein Lächeln.

Die Küche war wie die anderen Räume aus dunklen Balken gezimmert, hatte nur ein kleines Fenster zum Barbecue-Platz hinaus und war recht düster – bis Samuel das Licht einschaltete, eine hässliche Deckenlampe, die dem Raum und ihren Gesichtern eine gelbliche Farbe verlieh. Sie sah ihm zu, wie er einen Topf auf die Kochplatte des alten Herdes stellte, sie andrehte und ab und zu mit einem Holzlöffel umrührte. Allmählich erfüllte ein kräftiger Duft die Küche und machte ihr doch ein bisschen Appetit. Er stellte zwei Teller auf den quadratischen Tisch an der Wand.

Hier saßen sie also, Samuel und sein Bruder, dachte sie. Und dann dachte sie an zu Hause, wie sie und ihr Dad manchmal auch an so einem kargen Tisch saßen ...

Samuel nahm den Topf vom Herd und stellte ihn in die Mitte des Tisches.

»Bedien dich«, sagte er.

Der Bohneneintopf schmeckte gar nicht so übel. Jetzt erst merkte Laurie, dass sie hungrig war.

Als sie aufsah, hatte er seinen Blick direkt in ihre Augen gerichtet. Es lag etwas darin, was sie nicht einordnen konnte. Furcht? Misstrauen?

Sie versuchte weiterzuessen, aber er beobachtete sie dabei.

»Was ist?«, fragte sie unbehaglich.

»Denkst du manchmal ... ich meine ... denkst du manchmal, deine Mom könnte es doch ...« Er brach ab.

Ihr Magen ballte sich zu einem harten Klumpen zusammen. Plötzlich konnte sie nichts mehr essen.

»Meine Mom könnte Olivier getötet haben?«, fragte sie mit eisiger Stimme. »Was ist das für eine Frage! Würdest du so was vielleicht *deiner* Mutter zutrauen?« Empört schob sie den Teller von sich.

»Keine Ahnung, was meine Mom so alles getrieben hat.« Er zuckte die Schultern. »Ich kann mich kaum an sie erinnern. Sie ist abgehauen, da war ich vier.«

»Sie hat dich und deinen Bruder bei deinem Dad gelassen?«, fragte sie ungläubig. Laurie betrachtete ihn.

Er nickte langsam und blickte auf seinen Teller.

»Und wo ist dein Dad?«, fragte sie vorsichtig.

Mit einem Klirren ließ er den Löffel in den leeren Teller fallen. »Der hat sich zu Tode gesoffen.«

»Tut mir leid«, brachte sie heraus. Auf einmal sah sie ihn mit anderen Augen. Sie verstand nicht mehr, warum sie vorhin Angst vor ihm gehabt hatte. Er tat ihr leid. Wie einsam musste er sein?

Er setzte sich auf. »Okay, mein Schicksal in Kurzfassung: Ich kam in ein Heim und Luc war alt genug, um in die Armee einzutreten.« Das Foto auf dem Kamin fiel ihr ein. »Dann wurde er bei einem Einsatz schwer verwundet, verließ die Armee und pachtete den Campingplatz. Er hat mich aus dem Heim geholt und mir den Job hier gegeben.«

»Und ich hab immer gedacht, dein Bruder ... Luc, wäre ein bisschen ... na ja ... gemein zu dir.«

Er verzog den Mund. »Ja. Manchmal ist er das auch. Aber ... verdammt, weißt du, wie es in so einem Scheiß-Heim ist?« Seine Stimme wurde härter. Sie schüttelte den Kopf, aber er bemerkte es gar nicht. »Da gibt's die Herrscher und die Sklaven. Und die Sklaven müssen den Herrschern dienen. Sie müssen ihnen die Füße küssen, wenn es ihnen befohlen wird, sie müssen ihnen ...« Seine Stimme bebte und dann brach es aus ihm heraus: »Sie müssen alles machen, was die Herrscher wollen! Alles ...« Er verstummte. Düster starrte er ins Leere. Er war wieder dort, im Heim. Es muss schrecklich für ihn gewesen sein, dachte Laurie.

Abrupt erhob er sich und stellte die Teller zusammen.

»Na ja«, sagte er schroff, »vielleicht war da ja auch gar kein Wolf, und ich hab's nur gesagt, um dir zu helfen.«

Nun verstand Laurie gar nichts mehr. Eben noch war er ganz anders gewesen. Eben noch hatte sie mit ihm gefühlt, jetzt war er so ... kalt.

»Du hast also keinen ... keinen Wolf gesehen?« Ihre Stimme überschlug sich. Sie merkte, wie ihre Hände vor Wut anfingen zu zittern.

Er gab einen undefinierbaren Laut von sich. »Könnte auch irgendein Schatten gewesen sein«, sagte er dann teilnahmslos und trug die Teller zur Spüle.

Versteinert sah sie ihm zu, wie er Wasser ins Becken laufen ließ, die Ärmel hochschob und Teller und Besteck abspülte. Sie wusste nicht, was sie sagen oder tun sollte. Einfach gehen und die Tür zuknallen? Ihn anschreien, zur Rede stellen? Aber sie saß einfach nur da, unfähig, irgendetwas zu tun. In dem Moment wurde es ihr klar.

Ihr Ausflug war total sinnlos gewesen. An nichts Neues hatte sie sich erinnert und jetzt kam heraus, dass der Einzige, der außer ihr noch ein wolfsähnliches Tier gesehen haben wollte, es nur behauptet hatte.

War sie heute Morgen noch voller Mut und Zuversicht aufgebrochen, fühlte sie sich jetzt bloß noch erschöpft und niedergeschlagen. Fünf Uhr. Sie hätte noch Zeit, um zum See zu gehen. Aber was sollte das bringen?

»Vielleicht musst du einfach mal akzeptieren, dass es deine Mom war!«, holte ihn seine Stimme zurück. »Okay? Dass Mütter nicht immer gut sind. Kapiert? Dass sie grausam und gemein sein können! Vielleicht hat sie das ewige Schreien genervt! Vielleicht hat sie deinen Bruder gar nicht haben wollen? Welche Mutter gibt das schon zu, he?« Die letzten Worte hatte er fast geschrien.

Laurie starrte ihn an. Seine Lippen bebten, während er die leere Bohnendose in seiner Hand zerquetschte. Ihre Wut und Enttäuschung verwandelten sich jetzt in Angst vor ihm. Unwillkürlich wich sie einen Schritt zurück. Was war Samuel für ein Mensch? War er vielleicht ein Psychopath, der erst nett zu seinen Opfern war, um sie dann in eine Falle zu locken und in einem Keller gefangen zu halten ...

Etwas in ihr verhinderte, dass sie einfach weglief. Und so stand sie da und starrte auf seine Hand, in der er die Dose zerquetschte, während dieselben Fragen immer lauter in ihrem Kopf hallten. Was ist die Wahrheit? Was hat er wirklich gesehen? Was ist wirklich passiert? Und mit jedem Gedanken, so kam es ihr vor, wurde eine Antwort unmöglicher.

Als er die Hand öffnete, fiel die Dose mit einem blechernen Scheppern auf den Boden. In seiner Handfläche hatte sie eine blutige, gezackte Linie hinterlassen.

»Scheiße«, murmelte er. »Scheiße!« Entsetzt hielt er sich die Hand vors Gesicht. »Das ist Blut ...« Unfähig, sich zu bewegen, starrte er auf die roten Tropfen, wie sie in die Spüle tropften.

Irgendetwas holte sie aus der Angststarre heraus. Vielleicht war es der erschrockene Ausdruck in seinen Augen. Oder das Blut. Ein bisschen kannte sie sich mit solchen Dingen aus. Im Diner verletzte sich immer mal wieder jemand in der Küche oder beim Gläserspülen. Erst neulich hatte sich Charlotte übel an einer Scherbe geschnitten. Die Wunde musste später sogar genäht werden.

Mit zitternder Hand stand Samuel da und sah sie hilflos an. Und plötzlich war Lauries Angst verschwunden.

»Du musst die Wunde auswaschen«, sagte sie und drehte den Wasserhahn auf. »Da, halt deine Hand da drunter.«

Gemeinsam sahen sie zu, wie das Wasser das Blut verdünnte und schließlich durch den Ausguss spülte.

»Hast du Verbandszeug?«

»Im Badezimmer ist ein Erste-Hilfe-Kasten an der Wand.« Er deutete zur schmalen Tür neben dem Kühlschrank.

Laurie zögerte nicht. Schnell ging sie in das kleine Bad hinüber. Flackernd sprang die Leuchtröhre über dem Spiegel an.

»Das meint er nicht ernst«, murmelte sie ihrem Spiegelbild zu. »Er hat es nur so gesagt. Weil er auf seine Mutter wütend ist. Nur deshalb.« Sie öffnete den Verbandkasten über der Toilette und nahm alles Notwendige heraus.

Wenige Minuten später hatte sie Samuels Hand verbunden. Und sie verbot sich dabei jeden Gedanken daran, was er vorhin gesagt hatte.

Er sah ihr genau zu. »Danke«, sagte er leise, als sie fertig war.

»Kein Problem!«, erwiderte sie knapp. »Und jetzt muss ich los. Mein Bus.«

»Warte, ich fahr dich zur Haltestelle.«

Obwohl ihr seine Nähe unangenehm war und sie so schnell wie möglich von ihm wegwollte, nickte sie. Die Aussicht, zwei Kilometer in der Dämmerung über die einsame Straße zu laufen, war nicht gerade verlockend.

In weichen, dicken Flocken fiel der Schnee von einem grauen Himmel. Längst war die Sonne hinter der dunklen Wand des Waldes verglüht. Beim Einsteigen sah sich Laurie noch einmal um. Aber da war nichts, kein geheimnisvoller Schatten, kein Wolf – und auch keine Erinnerung an irgendetwas Vergessenes tauchte auf.

Isabelle müsste sich etwas einfallen lassen, um ihre Mutter im Berufungsverfahren vor einer erneuten Verurteilung zu bewahren. Und sie, Laurie, konnte ihr dabei nicht helfen. Laurie seufzte.

Samuel hatte Schwierigkeiten, den Motor zu starten. Als er auch beim vierten Mal nicht ansprang, sondern nur ein klägliches Rattern von sich gab, machte er die Motorhaube auf und steckte den Kopf darunter. Laurie sah auf die Uhr. Wenn sie jetzt aussteigen und den ganzen Weg rennen würde, könnte sie den Bus noch erreichen. Es war der letzte für heute. Sie *musste* ihn kriegen. Also stieß sie die Tür auf. Der Schnee fiel nun dichter, außerdem war Wind aufgekommen, der ihr die Flocken direkt ins Gesicht trieb.

»Ich laufe!«, rief sie in Richtung Motorhaube. »Es ist der letzte Bus!«

Samuels Kopf tauchte auf. Seine Haare waren feucht vom Schnee und dunkle Strähnen klebten ihm in der Stirn.

»Was?«, rief er gegen die Geräusche des Windes an, der jetzt stärker blies. Ächzend bogen sich nun die hohen Fichten, Äste knarzten, irgendwo schlugen Leinen gegen ein Blech und an den Blockhäusern klapperten Fensterläden.

»Ich laufe!«, schrie sie noch mal und merkte, wie ihre Stimme bebte. Ohne auf eine Antwort zu warten, warf sie sich den Rucksack über die Schultern und marschierte los. Auf der Straße fing sie an zu traben. Auch wenn der

Schnee noch nicht hoch lag, machte es Mühe vorwärtszukommen. Sie war nicht besonders sportlich und schon gar nicht rannte sie zwei Kilometer am Stück. Erst recht nicht bei diesen Temperaturen. In ihrer Jackentasche hielt sie ihr Handy fest umklammert. Sie versuchte, gleichmäßig zu atmen, einen Rhythmus zu finden, während sie gegen das Schneegestöber anlief. Ihre Lungen brannten, ihre Nase begann zu laufen und ihre Augen tränten, sie rutschte aus, fing sich aber noch rechtzeitig und rannte weiter. Da vorn, hatte da nicht ein Licht aufgeblitzt? War das die Straße? Die Schritte fielen ihr immer schwerer und immer öfter stolperte sie über eine Schneewehe. Das Heulen des Windes war so laut geworden, dass sie das Dröhnen hinter sich erst wahrnahm, als Scheinwerferlicht über sie fiel und das Schneegestöber vor ihr hell aufleuchten ließ.

Sie drehte sich um und wurde von gleißendem Licht geblendet.

»Steig ein!«, hörte sie Samuel rufen.

Als sie die Tür hinter sich zuzog, brachte sie kein Wort hervor, so trocken war ihr Mund und so schnell raste ihr Herz. Gott sei Dank. Sie wollte nach Hause. Sie wollte zu ihrem Vater und ihm alles erzählen, sie wollte von ihm getröstet werden, sie wollte, dass er sagte: Laurie, es wird alles gut.

Samuel trat aufs Gas, der Wagen schlingerte kurz und schoss dann geradeaus weiter.

»Keine Sorge, den kriegen wir locker«, versicherte er ihr, ein wenig übers Lenkrad gebeugt. Fast undurchdringlich schien der Vorhang aus Schnee, die Scheibenwischer arbeiteten auf höchster Stufe, kamen aber bei der Schneelast kaum nach.

Laurie umklammerte ihren Rucksack auf den Knien.

Tatsächlich hatten sie nach wenigen Minuten die Hauptstraße erreicht. Samuel bog rechts ein. Sofort wurde der Wagen von einer starken Windböe erfasst, aber Samuel hielt das Steuer fest, sodass nur ein Zittern durch das Auto ging. Laurie krallte die Finger in ihren Rucksack, als könnte sie sich an ihm festhalten. Obwohl die Tankstelle unmittelbar gegenüber der Straßenmündung lag, drang ihr weißliches Licht kaum durch das Schneegestöber, das von Sekunde zu Sekunde wilder tobte. Das Schild mit der Haltestelle befand sich gleich neben der Tankstelleneinfahrt. Samuel hielt direkt dort.

»Danke«, sagte Laurie, den Türgriff in der Hand.

»Du willst doch wohl nicht da draußen auf den Bus warten«, sagte er.

»Er kommt ja gleich.«

»Und wenn nicht?«

Sie starrte durch die Windschutzscheibe, bis ihr von den Scheibenwischern schwindlig wurde. Der Motor brummte, die Heizung lief und die Schneeflocken blitzten vor den Scheinwerfern wie ein Lametta-Regen.

Sie warteten. Fünf Minuten. Sieben Minuten. Zehn Minuten.

»Bei dem Wetter hat er bestimmt Verspätung«, sagte sie mehr zu sich.

»Falls er überhaupt fährt«, fügte er hinzu. »Wenn's hier schon so schneit, ist es weiter im Norden oft noch mehr.« Er hatte sich übers Lenkrad gelehnt und sah angestrengt auf die Fahrbahn hinaus.

»Aber ich *muss* mit diesem Bus nach Hause fahren!« Sie wusste gar nicht mehr, welche Gefühle da in ihr tobten. Es war eine fürchterliche Mischung aus Panik, Wut, Enttäuschung und Hoffnungslosigkeit.

»Jaja«, sagte er beruhigend. »Ich hol uns was Warmes zu trinken, drüben in der Tankstelle«, sagte er nach weiteren fünf Minuten.

»Aber mach schnell, wenn der Bus doch kommt ...« Auf einmal hatte sie wahnsinnige Angst davor, allein im Auto zu sitzen. Obwohl sie vorher noch Angst vor ihm gehabt hatte. Mein Gott, dachte sie, was ist nur mit mir los? Ich bin ja völlig durcheinander.

Kaum war er ausgestiegen, verschluckte ihn das Schneegestöber. Laurie starrte hinaus auf die Hauptstraße. Der Bus musste kommen. Er musste einfach. Sie griff nach ihrem Handy, um es bei Isabelle zu versuchen. Erschrocken stellte sie fest, dass der Akku fast leer war. Wie konnte das sein? Natürlich hatte sie kein Ladegerät dabei. Natürlich nicht! Wer dachte denn an so was?

Das Handy piepste beim Wählen bereits alarmierend, es folgte ein langer Ton, dann verstummte auch der. Die Anzeige erlosch, nur das Symbol fürs Aufladen blinkte nervös. Ärgerlich warf Laurie das Telefon in den Rucksack. Wo blieb nur der verfluchte Bus?

Samuel tauchte draußen im Dunkel mit zwei Bechern auf. Als sie die Tür aufmachte, riss ihr der Wind den Türgriff aus der Hand, sodass die Tür weit aufflog und Samuel getroffen hätte, wäre er nicht rechtzeitig ausgewichen.

»Der Bus kommt nicht mehr«, sagte er, als er sich hinters Steuer schob. »An der Tankstelle haben sie eben die Nachricht bekommen.« Laurie sah ihn entgeistert an. »Ein paar Kilometer weiter nördlich hat der Sturm Dächer abgedeckt und Bäume entwurzelt. Klingt ziemlich schlimm.«

»Aber ich muss nach Hause! Bestimmt fährt jemand zurück nach Québec.« Laurie hielt den Becher mit dem heißen Tee in beiden Händen. Die plötzliche Hitze ließ ihre Finger unangenehm kribbeln. Unruhig blickte sie in das Schneetreiben hinaus. »Ich muss nach Hause ...«

Sie dachte an ihren Vater. Er machte sich sicher Sorgen. Und Natalie hatte sie auch nicht mehr Bescheid geben können. Sie *musste* irgendwie nach Hause!

Er drehte sich zu ihr. »Laurie, hast du nicht verstanden? Es ist ein schlimmer Sturm. Hier fährt kein Bus. Vielleicht fahren noch ein paar Trucks. Oder hast du etwa ein Auto gesehen, seit wir hier stehen?« Mit dem Kaffeebecher in der Hand deutete er auf die Fensterscheibe, auf der schon eine dicke Schneeschicht lag.

Nein, sie hatte kein Auto gesehen. Und auch keinen Truck. Nur die flirrenden Schneeflocken. Seit einer guten halben Stunde. Würden sie lang genug stehen bleiben, würde der Schnee sie begraben, dachte sie in diesem Augenblick.

»Wir fahren zurück. Wenn der Blizzard kommt, wird unser Auto ruck, zuck eingeschneit ...« Er löste die Handbremse und legte den Gang ein.

Sie wollte protestieren, aber da klatschte eine Schneewehe gegen die Windschutzscheibe und nahm ihnen für Sekunden jede Sicht. Selbst Samuel zuckte zurück und nahm den Fuß vom Gas, bis die Scheibenwischer die Schneelast mühsam weggeschoben hatten.

Der Sturm kam schneller als erwartet. Windböen rüttelten am Wagen, als wollten sie ihn zertrümmern. Doch Samuel hielt den Geländewagen sicher auf der Straße, auch wenn sie nur noch langsam vorwärtskamen und die

Scheinwerfer es kaum schafften, die flimmernde Schneewand zu durchdringen.

Wenn sie jetzt stehen blieben und eingeschneit würden ..., dachte Laurie und vertrieb diese Vorstellung ganz schnell wieder.

Als sich endlich die Blockhütten des Campingplatzes vor ihnen erhoben, atmete Laurie auf, obwohl sie sich jetzt schon vor der Nacht hier fürchtete. Nirgendwo war ein Stern oder der Mond zu sehen, nur überall dieser flirrende Schnee.

Samuel war bereits am dunkel daliegenden Haus, als sie ihn durch das Heulen des Sturms laut fluchen hörte.

Geduckt lief sie durchs Schneegestöber zu ihm. Der eisige Wind rieb über ihre Haut wie Schleifpapier.

»Kein Strom!«, rief er und drückte dabei noch mal auf den Lichtschalter. Vergeblich. Es blieb stockfinster.

Irgendwie war sie zu erschöpft von allem, um sich darüber aufzuregen. Ihr Unternehmen war so danebengegangen, wie es nur hatte danebengehen können. Was hatte sie bloß so sicher gemacht, hierherfahren zu müssen? Zum ersten Mal, seitdem sie hier war, fiel ihr Félix ein. Genau. Félix. Er hatte ihr diese Nachricht geschickt und sie hatte daraufhin den Abschnitt in dem Buch gelesen und beschlossen, sie müsste es machen wie Alexa. An den Ursprungsort zurückfahren, um sich zu erinnern. Nur, sie war keine Heldin. Und ihr Leben war kein Roman. Im wahren Leben war alles anders. Wie hatte sie nur so einen Unsinn glauben können?

»Laurie, willst du da draußen erfrieren?«

9.

Samuels Stimme holte sie zurück und sie beeilte sich, ins Haus zu kommen. Er drückte die Tür hinter ihr zu und schloss ab. Einen Moment lang irritierte sie das, aber dann sagte sie sich, dass der Wind die Tür ja aufdrücken könnte und er sie deshalb abgeschlossen habe. Samuel hielt eine Taschenlampe in der Hand. Ihr Lichtkegel legte sich über die Holzdielen und ließ die Rezeption mit seiner Theke und den Broschüren seltsam unwirklich erscheinen.

»Du kannst in dem kleinen Gästezimmer schlafen«, sagte er. »Es wird vom Kamin im Wohnzimmer mitgeheizt.«

Sie folgte ihm hinter die Theke und am Schreibtisch mit dem Computer vorbei zu einer Tür, an der ein Kalender mit Landschaftsbild hing. Der Donnerstag fiel ihr ins Auge und plötzlich wusste sie wieder, warum sie das hier gewagt hatte. Es war keine verrückte Idee, es war das Einzige, was sie hatte tun können. Als sie das dachte, fühlte sie sich wieder besser. Gut, dann würde sie diese Nacht hier auch überstehen.

Samuel drehte den Schlüssel und dann den Türknauf.

Die Taschenlampe glitt über einen kleinen Raum, in dem gerade ein Einzelbett an der Wand, ein Stuhl und ein schmaler Tisch unter dem Fenster Platz hatten. Gegenüber vom Bett befand sich ein Einbauschrank mit einer Lamellentür. Samuel machte den Schrank auf. Bevor Laurie sehen konnte, welche Kleider darin hingen, schloss er ihn schon wieder und gab ihr ein Handtuch und eine Taschenlampe.

»Wenn du noch was brauchst ... dadrin ist auch ein Pyjama ...« Er war wieder so wie am Anfang. Und wenn er nicht den Verband gehabt hätte, würde sie glauben, sie hätte sich seinen Ausbruch vorhin in der Küche nur eingebildet.

»Danke. Ach, Samuel?«

»Ja?«

»Mein Akku ist leer und ich müsste mal meinen Dad anrufen. Damit er sich keine Gedanken macht, wenn ich heute nicht nach Hause komme.«

»Klar«, sagte er. »Warte, ich bring dir das Telefon aus dem Büro, Handys funktionieren hier schlecht.« Wenig später kam er mit dem Telefon zurück.

Als er gegangen war, wählte sie die Nummer von Isabelle Deschamps, die so einfach war, dass sie sie – im Gegensatz zu Natalies Handynummer – auswendig wusste. Doch leider schaltete sich nur die Mobilbox an.

Sie hinterließ eine Nachricht, dass sie doch auf den Campingplatz gefahren war und wegen des Schneesturms auch dort übernachten musste. »Es ist alles okay, aber bitte, sagen Sie nichts meinem Dad«, fügte sie noch hinzu. Laurie wollte auf keinen Fall, dass er etwas von ihrem Alleingang erfuhr. Aber es war gut, wenn jemand wusste, wo sie war.

Nachdem sie aufgelegt hatte, fühlte sie sich endgültig verlassen. Die Taschenlampe hatte sie aufs Bett gelegt und ihr Schein fiel als helle Scheibe auf die hölzerne Wand. Der Stuhl war nur ein Schatten und der Rest des Zimmers versank in Dunkelheit. Mutlos ließ sie sich auf das schmale Klappbett fallen. Immerhin: Es war recht warm.

Draußen heulte der Wind und im Haus ächzte und jammerte es. Es hörte sich lebendig an, aber Laurie wusste, es war nur der Sturm.

Dann rief sie zu Hause an. Sie hoffte, dass ihr Vater das mit dem Lernen bei Natalie geglaubt hatte.

»Hi, Dad, ich wollte dir nur sagen, du musst dir keine Sorgen machen. Ich übernachte bei Natalie.«

»Laurie! Wo bist du? Was ist das für eine Nummer? Hast du dein Handy nicht dabei?« Er klang aufgeregt.

Sie belog ihren Vater nur ungern, aber wenn sie die Wahrheit gesagt hätte, würde er sich bestimmt sofort ins Auto setzen, um sie zu holen, Schneesturm hin oder her. Nein, das wollte sie nicht. Sie würde das hier schon allein hinkriegen.

»Akku ist leer«, sagte sie also.

»Deshalb! Ich hab's schon ein paarmal bei dir versucht. Und nirgendwo hab ich Natalies Nummer gefunden.«

»Also, mach dir keine Sorgen. Bis morgen dann«, sagte sie. »Und vergiss nicht, Mousie zu füttern!«

»Die hat mich schon daran erinnert, diese fürchterliche Katze!« Sie hörte ihn lachen. »Bis morgen und bleibt nicht so lang auf.«

»Nein, du kennst mich doch, gute Nacht!«

»Gute Nacht, Laurie, pass auf dich auf.«

Ihr Vater hatte sich ein bisschen traurig angehört. Doch sie konnte es nicht ändern. Diese Nacht würde sie definitiv nicht daheim verbringen. Und sie konnte nur hoffen, dass Natalie nicht bei ihr zu Hause anrief …

»Bist du fertig … mit Telefonieren?«, kam es in dem Augenblick durch die Tür. Sie hatte ihn gar nicht kommen hören.

»Ja«, sagte sie, stand auf und öffnete.

Er hielt ihr eine Wärmflasche entgegen. »War noch warmes Wasser im Boiler.«

»Danke.« Überrascht nahm sie die Wärmflasche und gab ihm das Telefon zurück.

»Ich wollte das vorhin mit deiner Mom nicht so sagen«, fing er an. »Tut mir leid. Ich war einfach wütend auf meine eigene.«

War es sein etwas zu langer Blick in ihre Augen oder seine Hand, die ihre berührte, als sie ihm das Telefon gab? Oder der Duft seines Shampoos, der aus den feuchten Haaren kam? Sie wusste es nicht. Sie nahm nur wahr, dass sie auf einmal eine Sehnsucht in sich spürte. Ganz tief in ihrem Innern war da etwas, etwas Weiches, Warmes, das sich öffnete – und sie plötzlich an Félix' warme braune Augen denken ließ.

»Schon okay«, erwiderte sie und schüttelte den Gedanken an Félix ab.

Er versuchte ein Lächeln. Aber da war etwas in seinem Ausdruck, was es verhinderte. Und so huschte es nur über seinen Mund und seine Augen und hinterließ eine Ahnung davon, wie er aussehen würde, wenn wirklich alles *okay* wäre.

»Gute Nacht«, sagte er schnell.

»Gute Nacht«, sagte sie und schloss hinter ihm die Tür.

Nach einer Zahnbürste wollte sie nicht fragen. Immerhin zog sie den Schlafanzug an, einen blauen aus Flanell, der ihr viel zu groß war, aber wenigstens war er warm. Sie schlüpfte ins Bett und zog die Decke bis zum Kinn. Ihre Füße wärmten sich schnell an der Wärmflasche und bald schlief sie trotz der fremden Geräusche erschöpft ein.

Sie geht zum See. Im Wald liegt der Schnee nicht ganz so hoch und sie findet den Pfad, der sich zwischen den hohen Nadelbäumen hindurchwindet, auf Anhieb. Aber etwas stimmt nicht. Sie fühlt sich beobachtet. Verfolgt. Zweige knacken, Schnee knirscht, sie hört rasches Atmen. Aber jedes Mal, wenn sie sich umdreht, ist da nichts. Außerdem ist es dunkel, Wolken hängen vor dem Mond und die dichten Nadelbäume lassen kaum einen Lichtschein hindurch. Wieder bleibt sie stehen. Doch diesmal dreht sie sich blitzschnell um. Und da, hinter dem Baum, duckt sich etwas in den Schatten. Etwas Graues, Felliges ...

Ihr Herz hämmert. Sie lauscht. Hört Hecheln und Schmatzen. Und dann: Eine spitze Schnauze löst sich aus dem Schatten. Ein Ohr ...

Sie rennt los. Aber auch das Hecheln wird lauter und rascher, Zweige knacken, Schnee knirscht – und als sie einen Blick über die Schulter wirft, kann sie es für den Bruchteil einer Sekunde sehen. Das graue Fell, die spitzen Ohren, die schmale Schnauze!

Sie läuft schneller über den schmalen Pfad, immer tiefer in den Wald hinein. Endlos windet er sich zwischen Bäumen, Steinen und Büschen hindurch, bis plötzlich etwas Weißes zwischen den Stämmen hindurchschimmert. Der See. Keuchend bleibt sie am Rand der weiten Eisfläche stehen. Hier ist nichts mehr, hinter dem sie sich verstecken oder wo sie Zuflucht suchen kann.

Unfähig, sich zu rühren, steht sie da und wartet auf das Unvermeidliche.

Der Wolf setzt zum Sprung an.

Sie fuhr hoch. Wo war sie?

Sie brauchte ein paar Sekunden, bis ihr klar wurde, dass sie geträumt hatte. Und noch eine Sekunde verging, bis sie wieder wusste, wo sie war. Auf dem Campingplatz. Im Blockhaus von Luc und Samuel. Im Gästezimmer.

Ein greller Blitz zuckte am Fenster, erleuchtete das Zimmer für einen kurzen Moment gleißend hell. Ein Donner krachte. Laurie zog die Bettdecke bis zu den Augen hinauf. Der nächste Blitz kam fast gleichzeitig mit dem Donnerschlag.

Sie sprang auf. In der diffusen Dunkelheit, die im Zimmer herrschte, konnte sie nicht viel erkennen. Sie wollte wieder zurück ins warme Bett, doch leider musste sie zur Toilette. Also schlüpfte sie in ihre Schuhe und öffnete die Tür. Samuel hatte ihr die separate Toilette gegenüber vom Büro gezeigt. Von dort ging es eine steile Treppe hinauf – wahrscheinlich zu Samuels Schlafzimmer.

Sie wusch sich gerade die Hände, als sie Samuels Stimme hörte. War jemand gekommen? Die Art, wie er sprach, machte sie stutzig. Nein, es klang eher, als würde er mit jemandem telefonieren. Mit angehaltenem Atem presste sie ihr Ohr an die Holzwand.

»Was hätte ich denn tun sollen? Sie allein an der Tankstelle lassen? ... Vertraust du mir etwa nicht? ... Natürlich hat sie keine Ahnung! ... Morgen fährt sie ja wieder ...« Er sprach dann leiser oder ging vielleicht an einen andern Platz, jedenfalls verstand sie nichts mehr. Aber das, was sie gehört hatte, genügte, um sie zu beunruhigen.

Er hatte eindeutig von ihr gesprochen. Aber mit wem hatte er telefoniert?

Sie wagte sich kaum zu rühren in dem kleinen Raum. Wagte nicht, die Spülung zu betätigen. Und so wartete sie. Stand stocksteif da und fror langsam an. Schließlich glaubte sie, es sei genug Zeit vergangen. Sie drückte den

Spülknopf und schlüpfte ganz schnell wieder in ihr Zimmer. Den Schlüssel drehte sie zweimal um. Im Bett dachte sie lang über dieses merkwürdige Telefongespräch nach, bis sich ihre Gedanken so schnell drehten, dass es sich wie ein Schwindel anfühlte.

NOCH 4 TAGE

10.

Blinzelnd schlug sie die Augen auf. Eisblumen waren auf der Scheibe gefroren, dahinter strahlte gleißendes Licht. Laurie schlug die Decke zurück und wurde sofort von der beißenden Kälte im Raum überfallen. Trotzdem ging sie über den eiskalten Holzboden zum Fenster.

Die Sonne hatte alle Düsternis vertrieben. Überall glitzerte und funkelte es, als hätte man Glitter über die Landschaft gestreut. Der Schnee auf den Blockhäusern sah nun aus wie Zuckerguss, auf Zaunpfosten saßen Sahnehäubchen, über das Auto hatte sich eine weiche Decke gebreitet und selbst der Wald hinter dem Barbecue-Platz wirkte gar nicht mehr so düster. Wovor hatte sie sich eigentlich gefürchtet?

Es klopfte. »Magst du Kaffee?«, hörte sie Samuels Stimme durch die Tür dringen. Als sie öffnete, hielt er ihr einen dampfenden Becher entgegen.

Wie er so dastand, fragte sie sich, ob sie sich vielleicht getäuscht und dieses Telefonat letzte Nacht nur geträumt hatte. Aber dann erinnerte sie sich, dass sie aufgestanden und zur Toilette gegangen war.

»Ich hab Milch und Zucker reingetan. Bei der Kälte …« Sein Lächeln hatte etwas Unsicheres.

»Danke«, sagte sie und nahm den Becher entgegen. »Mit Milch und Zucker ist gut.«

»In der Küche hab ich Toast.«

»Danke, aber ich glaub, so ist es okay.«

»Weißt du, wann dein Bus fährt?«

Sie schüttelte den Kopf.

»Hat jemand für mich angerufen?«, fragte sie.

Er sah sie einen Moment mit einem seltsamen Blick an, den sie nicht deuten konnte.

»Nein ...«, sagte er gedehnt, als wollte er noch was hinzufügen. Im letzten Moment schien er es sich jedoch anders zu überlegen.

Mit wem hast du über mich gesprochen?, wollte sie ihn am liebsten fragen, aber das ging natürlich nicht. Vielleicht hätte Natalie es gekonnt. Natalie mit ihrer unerschrockenen Art ...

»Ich bin in der Küche«, sagte er da und drehte sich um. Als er ging, fragte Laurie sich, ob er die Wahrheit gesagt hatte. Hörte Isabelle ihre Mobilbox nicht regelmäßig ab? Andererseits, sie hatte die Anwältin ja nicht gebeten zurückzurufen.

Es war furchtbar kalt im Zimmer. In Windeseile zog sie den Pyjama aus und ihre Sachen an. Zum Glück war nichts außer ihrem Parka nass geworden.

Schon auf dem Flur stieg ihr der Duft von gebratenen Eiern in die Nase. Samuel stand am Herd und wendete die Spiegeleier. Mit einem klackenden Geräusch sprang das Brot aus dem Toaster, der Küchentisch war mit Tellern und Besteck gedeckt, in der Mitte stand eine Kanne Kaffee und eine angenehme Wärme erfüllte den Raum.

»Setz dich, ist gleich fertig«, sagte er und stellte einen Teller mit dem Toast auf den Tisch.

Sie rückte sich den grob gezimmerten Holzstuhl zurecht

und nahm Platz. Sie wusste immer noch nicht, was sie von ihm halten sollte.

»Machst du das jeden Morgen so?«, fragte sie.

»Was?«

»Na so ... so ...« Sie ließ ihren Blick über den gedeckten Tisch wandern und suchte nach dem richtigen Wort.

»Nein«, sagte er, »nicht immer. Kommt drauf an.«

»Auf was?«

»Wer da ist.« Er nahm die Pfanne mit den Rühreiern vom Herd, stellte sie auf den Tisch und setzte sich ihr gegenüber.

»Was macht deine Hand?«

Er hatte den Verband abgenommen und streckte ihr die Handfläche hin. »Schon so gut wie geheilt.«

Die gezackte Linie war ein wenig geschwollen.

»Am besten tust du noch eine Salbe drauf, sieht ein bisschen entzündet aus.«

»Ja, Frau Doktor«, sagte er mit einem ganz kurzen Lächeln.

Draußen hupte ein Auto. Samuel fuhr hoch und sah zum Fenster hinaus. »Mein Bruder«, meinte er stirnrunzelnd. »Wundert mich, dass er schon kommt.«

Schade, dachte Laurie, sie hatte gerade angefangen, Samuel ein bisschen zu vertrauen. Aber vielleicht auch gut so. Das belauschte Telefongespräch kam ihr wieder in den Sinn.

»Vielleicht erinnert er sich ja noch an etwas, das meiner Mutter helfen könnte.«

Samuel verzog den Mund. »Hm ... ich glaube, das ist keine so gute Idee. Seit letztem Sommer haben wir weniger Gäste – vor allem Familien mit Kindern kommen nicht mehr.«

»Aber dafür kann ich doch nichts!«, rief sie empört.

»Natürlich nicht, aber in seinen Augen schon.«

Laurie knüllte die Serviette zusammen. »Dann geh ich wohl besser. Fährst du mich zur Tankstelle? Irgendwann kommt schon ein Bus.«

»Aber ... du hast ja noch gar nichts angerührt.« Er sah auf ihren unbenutzten Teller.

Draußen auf den Treppen polterte es. Eine Tür wurde aufgestoßen, Schritte näherten sich und dann stand er in der Küche. Luc. Groß, breitschultrig, mit einem Lächeln, das viele weiße Zähne zeigte.

»Oh, wir haben Besuch!«

»Hallo«, sagte Laurie ein wenig verunsichert.

»Moment ...« Luc stutzte. Auf einmal begriff Laurie, warum er eben so nett gelächelt hatte: Er hatte sie nicht erkannt.

»Du siehst zwar ein bisschen anders aus, aber ... du bist Laurie, hab ich recht?«

Am liebsten wäre sie unsichtbar geworden.

»Wow!« Luc ließ die Schultern sinken. Von seinem Lächeln war nichts mehr übrig. »Das ist ja eine echte Überraschung.« Es klang nicht gerade erfreut. Er setzte sich auf Samuels Platz und hob den noch leeren Becher. Samuel nahm die Kanne vom Tisch und goss seinem Bruder Kaffee ein.

»Was willst du hier?« Sein durchdringender Blick fühlte sich unangenehm an. Dabei war er früher immer so nett gewesen. Laurie biss sich auf die Lippen und bereute, nicht längst losgegangen zu sein.

»Sie wollte sich erinnern«, antwortete Samuel an ihrer Stelle. Dafür war sie ihm dankbar.

»An was?«, fragte Luc schroff und sah sie direkt an.

Jetzt war sie an der Reihe, und das war auch gut so. Lucs unterkühlte Art machte sie wütend. »An das, was passiert ist«, sagte sie mit fester Stimme. »Am Donnerstag ist der Prozess, das Berufungsverfahren, und …« Sie brach ab. Hörte Luc ihr überhaupt zu?

Er schlürfte, stellte den Becher zurück auf den Tisch und bedeutete Samuel, ihm nachzuschenken. Dann häufte er sich eine ganze Ladung Spiegeleier auf den Teller, die er hastig in sich hineinschaufelte.

Laurie sah ihm zu und wunderte sich, dass Samuel seinen Bruder so widerspruchslos bediente und dass es Luc offenbar nichts ausmachte, als Einziger am Tisch zu sitzen.

Nach ein paar Sekunden sagte Samuel: »Ich wollte Laurie gerade zur Haltestelle fahren.«

Luc schaufelte eine Gabel nach der anderen in sich hinein. Zwischendrin riss er ein Stück Toast ab und steckte es sich in den Mund. Es war seltsam, aber innerhalb weniger Sekunden hatte er die ganze Atmosphäre verändert. Auch Samuel sprach kaum noch etwas und wirkte eingeschüchtert. Luc schob mit einem Stück Toast Ei auf die Gabel und sagte kauend: »Da draußen herrscht noch ein bisschen Chaos. Die Schneeräumer sind überlastet. Ich glaube kaum, dass heute ein Bus fährt.« Er schluckte und schob gleich eine weitere Gabel hinterher, um dann mit vollem Mund an Laurie gewandt zu sagen: »Am Donnerstag ist also der Prozess und du willst nicht, dass deine Mutter wieder verurteilt wird.«

Laurie nickte. Es hatte ihr die Sprache verschlagen.

»Verstehe ich«, meinte Luc kauend. »Hm …« Mit einem Stück Toast tunkte er den Rest Eiflüssigkeit auf. »Hier draußen in den Wäldern gibt's Wölfe, stimmt's, Sam?«

»Ja ... ja klar, hab ich ja auch gesagt.« Obwohl er kräftig und groß war, wirkte er gegen seinen Bruder irgendwie schwach.

»Im Sommer trauen sich zwar nur wenige Wölfe so nah an den Campingplatz«, sagte Luc mit vollem Mund. »Das kommt eher selten vor, aber ... es kommt vor.«

Laurie sah ihn interessiert an. »Dann würdest du vor Gericht auch sagen, dass es ein Wolf war? Aber ... aber warum hast du das denn nicht gleich gesagt? Dann wäre meine Mom jetzt nicht im Gefängnis!« Sie konnte es nicht fassen.

»Stopp!« Luc hob zackig die Hand. »Stopp! Ich hab keinen Wolf gesehen, okay? Ich hab nur gesagt: Es ist nicht ganz ausgeschlossen, dass sich auch im Sommer ein Wolf in die Nähe des Campingplatzes wagt.«

Er leckte sich die Finger ab, dann schob er den Teller in die Mitte des Tischs und lehnte sich zurück.

»Und das ... das würdest du auch vor Gericht noch mal sagen?«, fragte Laurie vorsichtig nach.

Er verschränkte die Arme hinter dem Kopf. »Sicher. Wenn ich als Zeuge befragt werde.«

Sie wusste nicht, ob man ihn noch mal fragen würde und ob das etwas bringen würde. Aber immerhin – er stand auf ihrer Seite. Oder?

»Gut! Ich muss jetzt nach ...«

»Aber«, unterbrach er sie und sah sie mit einem strengen Blick an, der Laurie verstummen ließ. »Ich lüge nicht, okay? Achtes Gebot: Du sollst nicht lügen. Wenn es deine Mutter war, dann war es deine Mutter, okay?«

Als sie nicht antwortete, wiederholte er: »Okay?«

»Ja«, brachte Laurie hervor. »Ja, klar, verstanden.« Aber

es war nicht meine Mom, wollte sie noch hinzufügen, ließ es dann aber sein. Mit Luc wollte sie sich nicht anlegen. Luc schien der Typ zu sein, der immer das letzte Wort haben musste.

Wie erleichtert sie war, endlich in Samuels Auto steigen zu können, das auch noch ohne Probleme ansprang.

»Er ist eben so«, sagte Samuel nach einer Ewigkeit. Die Hauptstraße war schon in Sicht.

»Ist ja nicht *mein* Bruder«, sagte sie mit einem Schulterzucken. Doch insgeheim ärgerte sie sich über Samuel, dass er sich von seinem Bruder alles gefallen ließ. Dabei ging es sie ja nichts an. Gar nichts.

Sie hatte Glück. Der Bus fuhr und sie musste noch nicht mal lange auf ihn warten. Samuel hatte sich mit einem Händedruck von ihr verabschiedet und versprochen, noch einmal als Zeuge vor Gericht aufzutreten und dasselbe zu sagen wie beim letzten Mal. Während der Busfahrt versuchte Laurie, ihre Gedanken zu ordnen. Aber so richtig wollte es ihr nicht gelingen. Eigentlich war nichts passiert. Und trotzdem wurde sie das unangenehme Gefühl nicht los, dass dort draußen auf dem Campingplatz ein Geheimnis verborgen lag.

Ihr Dad begrüßte sie eilig, er war schon wieder auf dem Sprung. Es war Sonntag, das hieß, heute war Bilderbewachen im Museum angesagt.

»Bis nachher«, sagte er und gab ihr einen flüchtigen Kuss auf die Wange. »Ich hoffe, ihr beiden hattet Spaß bei Natalie.« Er zwinkerte ihr kurz zu. Dann war er weg. Manchmal war er rührend und sie konnte gar nicht verstehen, warum er sich so von ihrer Mutter entfernt hatte. Sie hätte ihm jetzt gern alles erzählt. Aber das ging nicht. Er wäre ganz schön sauer.

Mousie begrüßte sie mit vorwurfsvollem Blick und lautem Miauen. Da half nur ein besonders leckeres Futter, um sich wieder beliebt zu machen, wusste Laurie und öffnete eine Dose Thunfisch. Nachdem die Katze versorgt war, schnürte sie ihren Rucksack auf, um die leere Flasche herauszuholen, da berührten ihre Finger etwas Weiches, Felliges. Erschrocken zog sie die Hand zurück. Was war das? Ein Tier? Eine Maus? Dann hätte Mousie doch bestimmt ganz anders reagiert! Sie stellte den Rucksack auf den Boden und sah hinein.

Es war weiß-grau und hätte von einem Hasen sein können oder – sie schluckte – von einem ... Wolf ...

Ein Fellbüschel. Von der Küchentheke kam ein lautes Knurren. Dann ein Fauchen. Mousie machte einen Buckel und fixierte das Fellbüschel. Laurie gruselte es. Wie kam das Büschel in ihren Rucksack? Was hatte das zu bedeuten? Mit einem lauten Klirren zersprang der Teller auf dem Küchenboden, als die Katze flüchtete.

»Mensch, Mousie!«, sagte Laurie und blickte auf die vielen kleinen scharfen Scherben und die Reste von Thunfisch.

Bevor sie sich ans Putzen machte, hängte sie ihr Handy an die Steckdose. Gerade hatte sie die Scherben aufgekehrt, als ihr Handy klingelte.

Natalie.

»Und?«, fragte Natalie ganz aufgeregt anstelle einer Begrüßung. »Ich hab gestern gar nichts mehr von dir gehört. Du wolltest dich doch zurückmelden! Ich hab mir schon die reinsten Horrorszenarien ausgemalt!«

Laurie erzählte ihr vom Schneesturm und dass der Bus ausgefallen war.

»Wie? Du hast auf dem Campingplatz übernachtet?« Natalie klang entsetzt. »Das ist ja voll gruselig!«

»War es auch ein bisschen. Ich hab die beiden Brüder kennengelernt. Luc kommandiert seinen jüngeren Bruder ganz schön herum.« Sie berichtete ihr von dem Frühstück und dem rätselhaften Telefonat.

»Also, mit denen stimmt was nicht«, sagte Natalie, »da bin ich sicher.«

»Und dann war da noch was.« Laurie erzählte ihr das mit dem Fellbüschel.

»Brrrrrr«, machte Natalie. »Unheimlich ... Vielleicht hat es dir Samuel reingelegt. Oder dieser Luc. Manche Typen sind so drauf. Machen Leuten gern Angst.«

Laurie seufzte. »Ich weiß jetzt auch nicht weiter. Wirklich weitergebracht hat mich der Ausflug nicht.«

»Vielleicht hat ja eure Anwältin noch eine Idee.«

»Hm«, machte Laurie wenig überzeugt. Dann verabschiedete sie sich von Natalie, nahm erst mal eine Dusche und ging in ihr Zimmer.

Ihr Blick fiel auf das Buch neben ihrem Bett.

Tja, bei ihr hatte es nicht geklappt, das mit dem Erinnern. Gedankenverloren sah sie aus dem Fenster. Der Hund war wieder da und strich um die Zäune der Nachbargrundstücke.

Lustlos nahm Laurie sich ihre Hausaufgaben vor, um sich vom Grübeln abzulenken. Bald hörte sie ihren Vater heimkommen. Und dann seine schweren Tritte auf den Stufen, die vor ihrem Zimmer verstummten.

»Laurie? Bist du da?«, fragte er.

»Ja. Komm rein.«

Ihr Vater hatte nasse Haare vom Schnee. Und sein Gesicht war von der Kälte gerötet. Er sah müde aus wie immer, aber er gab sich Mühe und lächelte. »Also, wie war's gestern bei Natalie?«

»Ganz nett.«

»Ich hab uns was zu essen mitgebracht. Kommst du runter?«

»Ich hab keinen Hunger«, log sie.

»Komm schon, iss was mit mir. Wir müssen über etwas sprechen.«

Oh Gott, dachte Laurie, bestimmt hat er gemerkt, dass ich ihn angelogen habe.

»Okay«, sagte sie schwach und folgte ihm nach unten.

In der Küche hatte er vier Schachteln vom Thai-Imbiss ausgepackt. Den Küchentisch hatte er leer geräumt und mit Stäbchen und Servietten gedeckt.

»Fangen wir an, bevor es kalt wird«, sagte er und griff hungrig nach den Stäbchen.

Als Laurie der Geruch von gebratenen Nudeln in die Nase stieg, knurrte ihr Magen. Seit dem Eintopf gestern Abend hatte sie nichts mehr gegessen. Schweigend widmeten sie sich ihrem Essen, und gerade als Laurie dachte, ihr Vater hätte vergessen, dass er etwas mit ihr besprechen wollte, ließ er die Stäbchen sinken. »Hör mal, Laurie«, sagte er und wirkte plötzlich ernst.

Was kommt jetzt?, dachte sie mit einem unguten Gefühl.

»Ich weiß, es ist nicht leicht für dich. Für niemanden wäre es leicht. Aber wir müssen uns mit dem Gedanken vertraut machen, dass ...« Sein Blick wurde leer. Dann griff er nach ihrer Hand und sagte rasch: »... dass die Berufung nichts bringt.«

Sofort zog Laurie ihre Hand weg. Ihre Kehle schnürte sich zu und in ihren Magen bohrte sich eine Faust.

»Laurie ...«, fing er an, »bitte, ich weiß, wie schwer es für dich ist. Aber es hilft nichts, wenn wir uns was vormachen!«

»Was denn vormachen?«

»Sie haben recht.« Er schob den Teller weg und faltete die Hände auf dem Tisch.

»Wer? Wer hat recht?« Sie spürte, wie sie auf einmal schrecklich wütend wurde.

Ihr Vater schluckte, dann sagte er mit tonloser Stimme: »Es stimmt. Wir haben Olivier ... nicht gewollt.«

Der Satz traf Laurie wie ein Schlag. Noch nie hatte er so etwas gesagt. Noch nie! Und ihre Mutter auch nicht. Nur die anderen hatten es gesagt.

Sie sprang auf und warf die Schachtel mit den Nudeln dabei um. Sie wollte nur noch weg. »Wie kannst du nur so was sagen! Mom hat ihn gewollt! Sie hat das Baby gewollt! Sie hat Olivier geliebt. Olivier war das süßeste Baby ...«

»Bleib hier! Du kannst nicht mehr vor der Wahrheit davonlaufen, Laurie«, sagte er eindringlich. »Olivier hat mich und deine Mom auseinandergebracht. Deine Mom konnte nicht mehr arbeiten gehen, weil es ihr schlecht ging, uns fehlte das Geld, und als ich dann auch noch meinen Job verlor, konnten wir unser schönes Haus nicht mehr bezahlen, wie du weißt.«

Ja, ihr schönes Haus. Es war weiß mit einem großen Garten und sie hatte ein helles Zimmer, von dem aus sie in die Bäume und den Sonnenuntergang sehen konnte.

»Aber das Haus ist doch egal!«, fuhr sie ihn an.

»Versteh doch, Laurie: Deine Mom und ich waren beide mit den Nerven am Ende.« Stöhnend stützte er den Kopf in die Hände.

Laurie sah auf ihren Vater, der mit bebenden Schultern leise weinte. Auch wenn er so etwas Gemeines über ihre Mutter gesagt hatte, tat er ihr leid. Sie hob die Hand und wollte seine Haare berühren. Aber dann brachte sie es doch nicht fertig. »Aber«, sagte sie leise, »deswegen hat Mom doch nicht Olivier getötet!«

Er sah auf. Seine Augen waren gerötet. »Laurie, du glaubst das doch nicht, das mit dem Wolf, oder?«

Laurie presste die Lippen aufeinander und schwieg. Wie konnte er nur so eine Frage stellen?

»Laurie, bitte, setz dich.«

Sie zögerte.

»Bitte.«

Als sie wieder auf ihrem Stuhl saß, räusperte er sich.

»Hast du schon mal von Postnatalen Depressionen gehört?«

Laurie schüttelte den Kopf. Ihr war von alldem schon ganz schwindlig. Was würde er jetzt noch sagen?

»Manchen Müttern passiert das«, begann er. »Nach der Geburt ihres Babys fallen sie in eine tiefe Depression. Sie haben keine Freude mehr am Leben, sie sind nur noch schrecklich traurig. Ohne wirklichen Grund. Deine Mom litt darunter und nahm starke Tabletten. Deshalb hat sie Olivier auch nicht gestillt. Wegen der Medikamente, die schlecht für ihn gewesen wären. Und in einer solchen Situation tun Menschen manchmal etwas ganz Schlimmes, weil sie einfach nicht mehr weiterwissen.«

Laurie starrte ihn an. Es kam ihr vor, als wäre das alles

nicht real. Als wäre sie in einem schrecklichen Albtraum gefangen.

»Es tut mir leid. Ich hätte es dir viel früher sagen müssen. Aber ich konnte nicht. Ich wusste, dass wir viel von dir verlangen. Du hast deiner Mutter immer geholfen. Hast auf vieles, was andere in deinem Alter machen, verzichtet. Sie ... sie war am Ende nicht mehr so, wie sie vorher war. Vor Oliviers Geburt.« Ihr Vater streckte die Hand nach ihrer aus, aber Laurie schüttelte nur den Kopf. Nein, sie wollte das nicht glauben!

»Nein!«, schrie sie. »Das erfindest du nur! Mom hat es nicht getan! Mom hat Olivier nicht getötet!« Sie stürzte aus der Küche.

»Laurie!«, rief ihr Vater hinter ihr her. »Laurie, bleib hier! Ich will dich nicht auch noch verlieren!«

Laurie rannte die Treppe hinauf in ihr Zimmer, warf sich aufs Bett und weinte in ihr Kissen. So lang, bis keine Tränen mehr übrig waren.

Noch niemals im Leben hatte sie sich so verloren und einsam gefühlt. Noch nie!

Irgendwann, es war längst dunkel, piepste ihr Handy.

Natalie hatte ihr eine Nachricht geschickt.

Guck mal, vielleicht liegst du gar nicht so falsch!

Laurie klickte den Link an.

Bei einem Spaziergang am Ufer eines Sees wurde der Student Kenton Carnegie im kanadischen Bundesstaat Saskatchewan von Wölfen attackiert und getötet.

Im nahen Umkreis einer Geflügelfarm wurden Kinder von Wölfen getötet. Das Rudel hatte sich dort festgesetzt.

Entsetzt sah Laurie auf ihr Display und hörte die Schritte ihres Vaters erst, als er vor ihrer Tür angekommen war.

»Laurie?«

Sie antwortete nicht. Sie konnte nicht. Es hatte ihr die Sprache verschlagen. Zum zweiten Mal an diesem Tag.

»Laurie, alles okay?«

»Lass mich! Geh weg!«, rief sie. »Geh einfach weg!«

Als sie ihn nicht gehen hörte, schleuderte sie ein Kissen an die Tür. Da ging er endlich.

NOCH 3 TAGE

11.

Am nächsten Morgen brachte Laurie es nicht fertig, zur Schule zu gehen. Stattdessen rief sie Isabelle an, die sich mit ihr im Starbucks in der Nähe ihres Büros verabredete. »Ich kann nicht lange bleiben«, sagte die Anwältin. Aber Laurie war froh, dass sie sich überhaupt die Zeit nahm.

Isabelle war schon da, als Laurie durch die Tür kam, und winkte ihr zu. Sie trug ein elegantes graues Kleid und eine Kette aus großen Perlen und die passenden Ohrringe. Egal, wann Laurie sie traf, sie sah immer perfekt aus.

Laurie setzte sich und verschwendete keine Zeit für eine Bestellung. »Danke, dass es noch geklappt hat.«

»Klar. Also, was ist passiert?«

Laurie zuckte die Schultern. »Ich war dort. Auf dem Campingplatz. Aber ich hab mich an nichts Neues erinnert.«

Isabelle drückte tröstend Lauries Hand. »Es hätte ja sein können. Du hast dein Bestes gegeben.« Sie nahm eilig einen Schluck Kaffee und sah auf die Uhr.

»Ja, aber es hat nicht gereicht«, sagte Laurie.

»Du darfst dir nicht die Schuld geben, hörst du? Du musst jetzt stark sein, auch für deine Mom.«

Laurie fühlte, wie eine tonnenschwere Last sie niederdrückte. So ganz sicher war sie immer noch nicht, ob sie es ansprechen sollte. Sie und Isabelle waren doch überzeugt, dass ihre Mutter unschuldig war.

»Was ist los, Laurie? Wenn ich dir und deiner Mom helfen soll, musst du mir alles sagen. Okay?«

Isabelles Blick hatte etwas Bezwingendes. Und so konnte Laurie nichts anderes tun, als zu nicken. Dann holte sie tief Luft und fing zögernd an. »Kann es sein, dass ...«

»Dass was?« Isabelle faltete die Hände auf dem Tisch und hörte auf, auf ihre Uhr zu sehen.

»Dad sagt, Mom hätte unter Postnatalen Depressionen gelitten. Und deshalb ...«

»Deshalb was?«

Laurie schluckte. »Deshalb ... ich glaube, er denkt, dass sie ... dass sie es getan haben könnte. Sie ... sie nahm Tabletten, sie konnte vielleicht gar nicht mehr klar denken ...« Die letzten Worte hatte sie geflüstert, so ungeheuerlich kam ihr das alles vor.

Isabelle starrte sie an und Laurie wurde ganz unwohl. Am liebsten wäre sie einfach weggelaufen. Aber dazu war es zu spät. Isabelle sah kurz auf ihre gepflegten Hände und dann in Lauries Augen.

»Laurie, deine Mom hat beteuert, Olivier nicht umgebracht zu haben. Und das ist das, woran wir glauben. Sie ist unschuldig. Okay? Hast du das verstanden?« Die Anwältin hatte langsam und eindringlich gesprochen. Und so bestimmt, dass Laurie spürte: Sie war über jeden Zweifel erhaben.

Sie merkte, wie ihr das Blut in den Kopf schoss. Jetzt schämte sie sich dafür, aus den Andeutungen ihres Vaters Schlussfolgerungen gezogen und an der Unschuld ihrer Mutter gezweifelt zu haben. »Ja«, sagte sie und nickte.

Ein Lächeln huschte über Isabelles Gesicht und vertrieb ein wenig die Strenge. »Wir schaffen das schon«, sagte sie aufmunternd. »Du darfst keinen anderen Gedanken zulassen. Versprochen?«

»Ja.« Laurie nickte. »Aber was können wir denn noch tun?«

Die Anwältin sah ihr fest in die Augen. »Einen neuen Zeugen finden? Einen neuen Beweis finden? Und ... Laurie?«

»Ja?«

»Der Staatsanwalt ist davon überzeugt, dass es deine Mutter war. Seiner Logik nach hätte sie das Baby theoretisch auch irgendwo jemandem übergeben können.«

»Aber wieso ...«

»Ihr seid verschuldet. Ihr braucht Geld.«

»Aber sie hat Olivier doch nicht ... nicht VERKAUFT!«

Die Anwältin schüttelte den Kopf. »Ich wollte dich nur auf das vorbereiten, was uns erwartet. Die Welt ist grausam.«

Laurie starrte in ihre glasklaren blauen Augen – und ihre Aufregung legte sich. Sie war überzeugt: Wenn es sein musste, konnte Isabelle genauso grausam sein.

Stunden, die ihr endlos erschienen, irrte Laurie durch die Stadt, bis sie plötzlich vor dem Diner stand. Ihre Schicht begann und sie war froh darüber, denn dann musste sie sich so sehr konzentrieren, dass sie an nichts anderes denken konnte. Sie stieß die Glastür auf.

»He, Laurie, was ist los?« Charlotte balancierte ein Tablett mit Kaffeetassen zur Theke und sah sie besorgt an. »Bist du krank?«

Laurie schüttelte den Kopf. »Nein, alles okay.«

»Na, so siehst du aber nicht aus.« Charlotte senkte die Stimme. »Liebeskummer?«

»Quatsch!«, sagte Laurie. »Wie kommst du denn auf so was?« Wie gern hätte sie Liebeskummer gehabt, so wie andere auch. Wenn Charlotte wüsste, was sie wirklich beschäftigte ...

Zum Glück schaltete sich Mathis ein. »Charlotte, deine Bestellung für Tisch zehn.«

Charlotte zog eine Grimasse und wollte sich gerade das neue Tablett schnappen, als Félix zwei Teller mit Hamburgern durch die Küchendurchreiche schob. »Hi«, begrüßte er Laurie.

Bevor Laurie etwas sagen konnte, flog die Küchentür auf und die Chefin stürmte heraus. Charlotte machte, dass sie mit ihrer Bestellung wegkam, Mathis drehte sich schnell zur Kaffeemaschine um, sodass der strenge Blick der Chefin an Laurie hängen blieb.

»Laurie, was stehst du hier rum? Hopp, umziehen! Der lange Tisch hinten muss abgeräumt werden und die Gäste an Tisch zwei warten schon!« Sie klatschte in die Hände, als müsste sie Hühner verscheuchen, und Laurie beeilte sich, in die Umkleide zu kommen.

Nach drei Stunden, die wie im Flug vergingen, kam Félix kurz heraus. Er sah erhitzt aus, kein Wunder, in der Küche an den Herden war es ziemlich warm. Er wischte sich mit dem Unterarm über die Stirn.

Laurie füllte gerade in ein paar freien Minuten die Salzstreuer auf.

»Sag mal ... könnten wir ... ich meine ... hättest du nachher ein bisschen Zeit?«

Sie zögerte es so lange wie möglich hinaus, ihn anzusehen. Was wollte er von ihr? Vor einem Jahr hätte sie sicher eine coole Antwort parat gehabt und nicht gleich ans Schlimmste gedacht. An Fragen. Und an die Antworten, die sie erfinden müsste. Das, was früher so einfach gewesen war, war nun so fürchterlich kompliziert geworden. Also zuckte sie nur die Schultern und fummelte am Deckel des Salzbehälters herum. Warum ging der nicht auf! Verflucht!

Da griff seine Hand danach. Mit einem Ruck hatte er den Deckel geöffnet.

»Bitte«, sagte er und sah sie dabei so eindringlich an, dass sie nicht anders konnte, als Ja zu sagen. Und als er ihr den Salzbehälter zurückgab, passte sie auf, dass sie seine Hand nicht berührte.

In der letzten Stunde ging alles schief. Sie stolperte über die Schlaufe einer Handtasche auf dem Boden und ließ ein ganzes Tablett fallen. Wenigstens waren die Tassen leer. Mit einem lauten Scheppern zersprangen sie in tausend Scherben. Charlotte half ihr beim Aufkehren. »Ist mir gestern passiert. Muss an Weihnachten liegen ...«

Die Chefin, der sonst nichts entging, blickte weg.

»Was ist denn mit deiner Mutter los?«, raunte Laurie Mathis zu.

»Na ja, sie weiß das doch mit dem Prozess ...«, raunte Mathis zurück.

Und Laurie dachte immer, ihre Chefin hätte überhaupt kein Mitgefühl.

Dann aber wurde sie von einem Gast beschimpft. »Das ist Tee. Ich hatte aber einen Smoothie bestellt!«

»Tut mir leid.«

»Das gibt's doch nicht! Hast du kein Hirn im Kopf? Wie lang muss ich jetzt noch warten?«

Sie konnte sich nicht mehr beherrschen. Es brach aus ihr heraus. »Sie müssen überhaupt nicht warten! Gehn Sie doch einfach! Da, da vorn ist die Tür!« Und dann ließ sie alles stehen und rannte in die Umkleide.

Kraftlos ließ sie sich auf den Wäschesack sinken. Wie sollte das bloß weitergehen? Sie war total am Ende! Immerzu dachte sie an diese Postnatalen Depressionen und an Olivier und wie es war, da auf dem Campingplatz ... Sie zuckte zusammen, als Charlotte den Kopf zur Tür hereinsteckte. »Ich mach die letzte halbe Stunde für dich.«

»Danke, Charlotte.« Sie rieb sich mit den Händen übers Gesicht, als könnte sie so ihre Gedanken abstreifen. So sehr sehnte sie sich danach, einfach sagen zu können, was sie bedrückte. Das war doch normal, oder?

»Es wird alles wieder gut. Egal, was, okay?« Charlotte tätschelte ihr den Rücken.

Laurie schossen die Tränen in die Augen. Weil Charlotte so nett zu ihr war. Und weil sie so gern daran glauben wollte: dass alles gut werden würde.

Aber viel mehr glaubte sie daran, dass ihre Mutter nach dem Urteilsspruch abgeführt und die nächsten fünfzehn oder tausend Jahre hinter Gittern verbringen würde. Und sie, Laurie, würde jeden Samstag ins Gefängnis fahren. Man würde ihre Kuchen zerschneiden und ihre Mutter würde immer älter und grauer werden. Und sie selbst ... sie selbst auch.

Als Charlotte gegangen war, zog sie sich um.

Am liebsten hätte sie sich jetzt einfach davongestohlen. Aber da kam Félix schon. Bestürzt sah er sie an. »Warum weinst du?«

Sie schüttelte den Kopf. Sie konnte es ihm nicht sagen. Sie konnte ihm nicht sagen, dass ihre Mutter vielleicht ihr

Baby getötet hatte, weil sie unter diesen verfluchten Depressionen litt – sie konnte es einfach nicht.

»Gehen wir raus?«

Sie nahm ihren Parka, er seine dicke Jacke und dann gingen sie hinaus.

Die kalte Luft nahm ihr zuerst den Atem, doch dann spürte sie wieder festen Boden unter den Füßen.

Félix sah sie an und lächelte. »Na, besser?«

»Ein bisschen.«

»Sollen wir irgendwo reingehen? Oder willst du ein bisschen rumlaufen?«

»Ja, lass uns ein bisschen rumlaufen. Das war heute ein fürchterlicher Tag.« Sie musste sich bewegen, wenn schon ihre Gedanken feststeckten und sich immer um dasselbe drehten.

»Ja«, sagte er und sah in den dunklen Himmel. »Solche Tage gibt's.«

Sie sah ihn von der Seite an. Er hatte eine Mütze aufgesetzt. »Hält der eigentlich warm?«, fragte sie.

»Was?«

»So ein Bart?«

Da musste er lachen und griff an sein Kinn. »Ja. Ziemlich. Solltest dir für den Winter auch einen zulegen.«

Sie konnte nicht anders und stimmte in sein Lachen mit ein. Es fühlte sich gut an zu lachen. Richtig gut.

Überall in den Straßen brannte die Weihnachtsbeleuchtung: Sterne, Weihnachtsbäume, Weihnachtsmänner, von Elchen gezogene Schlitten. War das nicht schön? So schön kitschig? Wie gern würde sie diese Stimmung einfach genießen, aber schon stiegen wieder düstere Erinnerungen in ihr auf.

Das letzte Weihnachten war grauenvoll gewesen. Das erste Weihnachten, das Olivier erlebt hätte ...

Ihre Mutter war bereits im Gefängnis. Deren Mutter war vier Jahre zuvor gestorben und Lauries Großvater hatte wieder geheiratet und lebte in Florida. Er hatte einen Schlaganfall gehabt und war nicht zum Prozess gekommen, genauso wenig wie die Eltern von Lauries Vater. Sie hatten sich nie wirklich für ihn und seine Familie interessiert.

An diesem Weihnachten war Lauries Vater beim Aufstellen des Tannenbaums in Tränen ausgebrochen. Da hatte sie alle Hoffnung verloren und musste auch weinen. Am Ende saßen sie auf der Couch und sahen sich eine Show an, bei der man lachen sollte. Natürlich hatten sie nicht gelacht, sondern geheult und schließlich aufgeatmet, als Weihnachten endlich vorbei war.

Sie hatte so sehr gehofft, dass ihre Mutter dieses Weihnachten zu Hause wäre. Aber wenn nicht noch irgendein Wunder geschehen würde, dann würde ihre Mutter die nächsten fünfzehn Weihnachten hinter Gittern verbringen.

Hörten diese Gedanken denn nie, nie auf? Ihr Kopf war auch wie ein Gefängnis. Félix hing wohl auch seinen Gedanken nach. Besonders fröhlich sah er jedenfalls nicht aus. In dem Moment blieb Félix stehen und sah sie an. Seine Nasenspitze war von der Kälte gerötet. Die Hände hatte er tief in den Taschen seiner Jacke vergraben.

»Ich muss dir etwas sagen.« In seinem Blick lag etwas Unheilverkündendes. »Als mein Handy geklingelt hat ...«

Amélie, dachte sie. Jetzt sagt er mir, dass er eine Freundin hat und sich in mich verliebt hat – oder so was.

Laurie holte Luft. »Ja?«

In diesem Augenblick rollte ein Wagen neben sie. Er

stand kaum, da flogen die Türen auf. Laurie wich zurück. Doch schon stürzten zwei Leute auf sie zu. Zuerst dachte sie, es wären Kriminalbeamte, die einen Verbrecher jagten und zufällig genau vor ihr anhielten, doch dann sah sie das Mikrofon und die Videokamera und da wusste sie, dass alles wieder von vorn anfing. Die Frau in der roten Daunenjacke wedelte mit einer Zeitung und sprach ins Mikrofon: »Hallo, Laurie! Was ist das für ein Gefühl zu wissen, dass die eigene Mutter wegen Kindsmordes im Gefängnis sitzt? Hast du Angst vor ihr?« Die Frau hielt ihr das Mikro ins Gesicht, während das blitzende Auge der Kamera sie anglotzte.

Laurie war wie versteinert.

Es kochte in ihr. Am liebsten hätte sie geschrien, die Zeitung mit der Schlagzeile und ihrem Foto zerrissen und Mikro und Kamera gepackt und auf die Straße geworfen, doch sie stand nur da und spürte, wie sie einfach verschwand. Wie sie sich in Luft auflöste. Das war die beste Waffe. Unsichtbar werden ... Es funktionierte, bis sie wieder ihren Namen hörte. Und sie merkte, dass sie immer noch am selben Platz auf der Straße stand, mit diesem Kamerateam, umringt von unzähligen Schaulustigen. Da wachte sie auf.

»Lasst mich in Ruhe!«, schleuderte sie ihnen entgegen, schlug der Journalistin mit ihrer albernen roten Jacke das Mikro aus der Hand, sodass es im Schnee landete, und stürzte davon.

»Laurie!«, hörte sie die Frau hinter sich herrufen. »Glaubst du auch, dass deine Mutter schuldig ist?«

Da drehte sie sich um und schrie: »Neiiin! Nein, das tue ich nicht. Hört endlich auf, sie zu verurteilen!«

***

Er hatte es ihr sagen wollen. Genau in dem Augenblick, als das Auto mit dem Kamerateam hielt. Jedes Wort hatte er sich zurechtgelegt. Doch die Frau mit dem Mikro war schneller gewesen und jetzt drängte sich Laurie an den Leuten vorbei, die stehen geblieben waren. Er rannte ihr nach.

»Laurie, warte!«

Aber sie drehte sich nicht um, sondern lief einfach weiter.

Hinter der nächsten Straßenecke hatte er sie eingeholt und griff nach ihrem Arm.

»He, ich bin's.«

Atemlos blieb sie stehen. Sie zitterte.

Noch nie war ihm ihr Gesicht so blass, noch nie war sie ihm so verletzlich erschienen.

Er merkte, wie fest sein Griff war, und ließ ihren Arm los.

»Laurie ...«, fing er an, aber sie fiel ihm ins Wort.

»Es tut mir leid, Félix.« Sie schüttelte den Kopf und holte Atem. In ihren Augen standen Tränen. Und dann sagte sie ganz schnell: »Meine Mom ist nicht tot. Sie ist im Gefängnis, weil sie glauben, sie hat ihr Baby getötet. Dabei hab ich einen Wolf gesehen ... auf dem Campingplatz ... und in drei Tagen ist die Berufung, und wie es aussieht, kriegt sie lebenslänglich. Und ich kann ihr nicht helfen!« Sie zog die Hand aus seiner.

»Das ... das tut mir leid, Laurie ...« Er fing an zu stottern. Sie klang so schrecklich verzweifelt, dass es ihm wehtat.

Wie bloß sollte er anfangen?

Sie zuckte mit den Schultern und wollte weitergehen. Er hielt sie zurück. »Laurie, he ... es ist mir egal.«

»Was?« Abrupt blieb sie stehen. »Was ist dir egal?«

»Was sie sagen! Es war mir immer egal.« Jetzt gab es kein Zurück mehr.

Ihr Blick wurde starr. Langsam sagte sie: »Das heißt … warte … heißt das, du hast es schon vorher gewusst?«

Was sollte er darauf antworten? Ja? Nein? Ja? Nein? Er brachte kein Wort heraus.

»Du hast es wirklich schon vorher gewusst! Moment, Moment.« Sie tippte ihm auf die Brust und ihre Augen wurden dabei ganz schmal. »Du wusstest es schon, als du mich im Café zum ersten Mal gesehen hast? Nein, warte: Du wolltest mich nur deswegen kennenlernen …« Ihr Blick in seine Augen war so entsetzt, dass er nicht mehr atmen konnte. Die Welt stand still.

»Wolltest du was über mich schreiben? So wie diese Journalisten? Oder liebst du den Grusel, mit der Tochter einer Kindsmörderin durch die Nacht zu spazieren?«

Jeder Satz ein Schlag ins Gesicht.

Er konnte es ihr nicht sagen. Nicht jetzt. Manche Wahrheit muss vielleicht für immer im Verborgenen bleiben. Aber wie konnte er dann leben – mit dieser Lüge?

Sie ließ ihn einfach stehen. Er sah ihr nach, bis die Dunkelheit sie verschluckt hatte. Dann lief er los, stundenlang ziellos durch die Nacht, bis er hoffentlich irgendwo zusammenbrechen und nie mehr aufwachen würde.

NOCH 2 TAGE

12.

Stundenlang lag sie in dieser Nacht wach. Immer und immer wieder spielte sich dieselbe Szene vor ihr ab. Wie das Auto hielt, das Kamerateam auf sie zustürzte und die Moderatorin ihr mit dem Mikro im Gesicht herumfuchtelte. Immer und immer wieder hallte in ihren Ohren das Wort: *Kindsmörderin! Kindsmörderin!*

Und es war das erste Wort, mit dem sie am Morgen aufwachte.

Diesmal fürchtete sie sich vor dem Gefängnisbesuch. So sehr hatte sie es sich gewünscht, ihrer Mom etwas Hoffnungsvolles sagen zu können. Aber jetzt ...

Sie hatte eine Sondererlaubnis bekommen, ihre Mutter nicht nur am Samstag, sondern – weil der Prozess bevorstand – auch unter der Woche besuchen zu dürfen. Und so schwänzte sie erneut die Schule und fuhr direkt nach dem Frühstück zum Gefängnis. Sie musste ihre Mutter unbedingt fragen, ob ihr Vater recht hatte mit dem, was er gesagt hatte.

Ihre Mom kam Laurie heute besonders blass vor. Die Haare glänzten nicht so wie letztes Mal und geschminkt war sie auch nicht. Hatte ihre Mutter auch die Hoffnung verloren?

»Mein Schatz!«, sagte sie und hielt gleichzeitig die Arme gestreckt vor sich. »Nicht umarmen. Ich bin krank und will dich nicht anstecken.«

Ihre Mutter, die früher schon schlank war, hatte im Gefängnis noch ein paar Kilo abgenommen. Jetzt sah sie richtig mager aus. »Na, wie war die Fahrt?«, fragte sie mit einem bemühten Lächeln.

»Alles okay«, antwortete Laurie etwas einsilbig. In Gedanken war sie schon bei ihrer wichtigen Frage und überlegte, wie sie anfangen sollte.

»Es liegt viel Schnee draußen, was?«, redete ihre Mutter weiter.

»Ja, ziemlich.«

»Wenigstens heizen sie hier drin.« Ihre Mutter lachte kurz auf. Mit einer fahrigen Bewegung strich sie sich die Haare aus der Stirn. »Wie geht's in der Schule? Hast du den Test bestanden?«

»Welchen Test?«

»Na, in Mathe.«

Den hatte Laurie schon längst vergessen. »War ganz okay.«

»Okay?«

»Ja. Bestanden.« Laurie versuchte ein Lächeln. Wie sollte sie bloß anfangen?

»Ich bin stolz auf dich, Laurie.«

»Stolz? Warum?«

»Weil …« Ihre Mutter strich sich wieder die Haare zurück.

»Weil du an mich glaubst.« Ihr Blick wurde weich. »Weil du zu mir hältst.« Sie räusperte sich. »Was macht dein Vater? Er … er war in letzter Zeit kaum noch hier.«

Laurie zuckte die Schultern. Wie, verflucht, sollte sie es ihr sagen? Das mit den Depressionen?

In den Augen ihrer Mutter sammelten sich Tränen, Laurie konnte es sehen. »Er hält das alles nicht mehr aus. Habe ich recht?«

Laurie biss sich auf die Lippen.

»Du siehst so traurig aus, mein Schatz. Was ist denn los?«

Da konnte Laurie ihre Tränen nicht mehr zurückhalten. Sie kamen und liefen ihr über die Wangen und ihre Kehle schnürte sich zu.

»Stimmt es, was Dad sagt?« Jetzt konnte sie nicht mehr zurück. »Dass du … dass du Depressionen gehabt hast?«

»Das hat er dir gesagt?«

»Ja. Stimmt es also nicht?«, fragte Laurie hoffnungsvoll.

Ihre Mutter schwieg eine Weile, dann erst nickte sie und sagte: »Es stimmt.«

Laurie wusste nicht, was sie denken, sagen oder fühlen sollte.

»Ich habe so oft geweint«, begann ihre Mutter zu erzählen. »Ich … kam mit der Situation einfach nicht zurecht. Und dein Vater und ich …« Sie wischte sich rasch über die Augen. »Ich fühlte mich so schrecklich alleingelassen.«

Es stimmt. Was Dad gesagt hat, stimmt, schoss es Laurie durch den Kopf. Aber bedeutete das auch, dass …

»Hast du …« Laurie fürchtete sich davor, es auszusprechen.

»Habe ich?«

»Hast du … Olivier …« Nein, sie brachte das Wort nicht über die Lippen. Stumm sah sie in die entsetzten Augen ihrer Mom.

»Getötet?«, sagte ihre Mutter tonlos.

Laurie biss sich erneut auf die Lippen.

»Es tut mir leid, dass du so viel mitmachen musst«, flüsterte ihre Mutter. »Dein Vater und ich, wir hatten keine leichte Zeit miteinander. Wir waren beide mit den Nerven am Ende. Die Geldprobleme haben uns so gestresst, dass sich alles nur noch darum gedreht hat. Ich ... ich war an dem Wochenende ganz schön durch den Wind, ja. Aber du musst eins wissen, Laurie.« Sie nahm wieder Lauries Hand und sagte mit fester Stimme: »Ich habe Olivier nicht getötet.«

Das weiß ich doch, wollte Laurie rufen. Sie schämte sich dafür, dass sie auch nur eine Sekunde an der Unschuld ihrer Mutter gezweifelt hatte.

»Isabelle tut alles, was ihr möglich ist«, fuhr ihre Mutter fort. »Wir müssen ihr vertrauen.«

»Aber wenn das nicht genug ist?«, sagte Laurie verzweifelt. In dem Augenblick sah sie sich selbst mit grauen Haaren, wie sie jeden Samstag ihre Mutter im Gefängnis besuchte, die schon ganz weiße Haare hatte ...

Ihre Mutter zog eine Karte aus ihrer Kitteltasche. »Hier, hör zu«, sagte sie und hielt die Geburtstagskarte in der Hand. *»Wir wissen, wie es sich anfühlt, ein Kind zu verlieren. Gott ist mit den Gerechten.«* Sie lächelte zuversichtlich. »Wir sind nicht allein, Laurie, und nicht alle Menschen denken schlecht von mir.«

Und wie die Karte so vor ihr auf dem Tisch lag, stieg in Laurie etwas auf. Eine Erinnerung. Es waren der blaue Himmel und die Luftballons. Sie nahm ihrer Mutter die Karte aus der Hand und drehte sie um. Das Zitat und die tröstende Zeile waren in Blockbuchstaben geschrieben. »Komisch, dass die Leute nicht ihren Namen daruntergeschrieben haben«, meinte Laurie.

»Na ja. Sie wollten sicher keine Antwort von mir.« Ihre Mutter hob die Augenbrauen.

»Aber warum nicht? Du hättest dich doch bei ihnen bedanken können.« Laurie gab ihrer Mom die Karte zurück, die diese noch einmal überflog. »Hm. Ja, du hast recht.« Nachdenklich betrachtete sie die Karte. »Ich hätte ihnen gern zurückgeschrieben.«

Laurie war mit ihren Gedanken schon woanders. Diese Karte, wo hatte sie die bloß schon mal gesehen?

»Ich muss los«, sagte sie plötzlich.

»Aber wir haben doch noch ein paar Minuten«, wandte ihre Mutter ein.

Laurie hatte keine Ruhe mehr. »Mom, ich muss jetzt gehen.« Bevor ihre Mutter noch etwas sagen konnte, hatte sie ihr einen Kuss auf die Wange gegeben und sie fest umarmt.

Der blaue Himmel und die Luftballons ...

Anstatt in die Stadt zurückzufahren, überquerte Laurie die Straße und wartete auf den Bus, der in die andere Richtung fuhr. Zum Nationalpark. Zum Campingplatz. Einen Moment lang hatte sie überlegt, Isabelle anzurufen, aber was hätte sie ihr sagen sollen? Dass sie glaubte, sie habe die Postkarte, die jemand ihrer Mutter geschickt hatte, auf dem Campingplatz gesehen? Sie hörte schon die Frage der Anwältin: Und was soll das beweisen, Laurie?

Ja, was sollte das beweisen? Diese Karte gab es sicher tausendmal.

Aber es war eine Hoffnung. Ihre einzige Hoffnung.

13.

Durch die angelaufenen Scheiben sah Laurie die Schneelandschaft vorbeiziehen. Als sie an einem einsamen Schnellimbiss vorbeifuhren, fiel ihr siedend heiß ein, dass sie ihre Schicht im Diner absagen musste. Schnell schrieb sie Mathis eine Nachricht. *Kann heute nicht. Muss noch mal raus auf den Campingplatz … Sorry. L.*

Laurie dachte an Félix. Wie sich seine Nähe angefühlt hatte. Gar nicht so bedrohlich. Und dann hatte sie erkennen müssen, dass er längst wusste, wer sie war. Ja, dass er sie nur deshalb hatte kennenlernen wollen. Das Leben ist grausam, hatte Isabelle gesagt …

An der Tankstelle stieg diesmal niemand aus außer ihr. Der Himmel war weiß und nicht grau und kein Wind wehte. Ganz anders als beim letzten Mal, als sie hier mit Samuel gewartet hatte.

Eigentlich hatte sie ihm eine Nachricht schicken wollen. Aber dann hatte sie doch gezögert. Vielleicht war es besser, sie käme einfach. Dann konnte er nicht Nein sagen. Der Bus fuhr wieder ab. Und sie atmete tief durch und marschierte los. Nach wenigen Hundert Metern bog sie in den Weg zum Campingplatz ein. Diesmal lag der Schnee an den Rändern noch höher als beim letzten Mal. Auf der Straße war er festgefahren und an manchen Stellen so glatt, dass sie immer wieder ausrutschte.

Und wenn sie sich geirrt hatte? Wenn sie nach etwas suchte, das es nur in ihrer Fantasie gab? Wenn diese Geburtstagskarte einfach bloß eine Geburtstagskarte von netten Menschen war, die mit ihrer Mutter mitfühlten?

Und die Karte auf dem Campingplatz von anderen Menschen stammte, die sich für den schönen Urlaub bedankten? Aber dann war da auch noch Samuels merkwürdiges Telefonat gewesen … Nein – irgendetwas war seltsam.

Nach zwanzig Minuten hatte sie es endlich geschafft und stand am Tor. Die schwere Eisenstange war vorgeschoben. Sie reckte den Hals, konnte aber niemanden sehen. Auch Samuels Auto nicht. Aber da, hinter dem Tor, waren das nicht frische Reifenspuren?

Kurz entschlossen ging sie am Zaun entlang. Ein Stück weiter abseits der Straße waren die Holzlatten nur noch halb so hoch. Sie fand eine Stelle mit einem Stein, wo sie leicht über die Latten steigen konnte. Vor ihr lag der Barbecue-Platz und rechts davon, ein wenig zurückgesetzt, befanden sich die Blockhäuser. Samuel hatte das eingestürzte Dach inzwischen komplett repariert. Vor dem Haus lag der Ast, in Stücke zersägt. Ihr Blick wanderte weiter nach rechts zum Haupthaus. Langsam ging sie darauf zu. Sie trat den Schnee auf den Stufen ab und legte die Hände an die Scheibe, um hineinzuspähen. Drinnen war es dunkel. Nur schemenhaft konnte sie die Theke mit den Broschüren erkennen. Mutlos drückte sie die Klinke. Abgeschlossen. Und wie sollte sie da jetzt reinkommen? Sie hätte Samuel doch eine Nachricht schicken sollen.

Laurie ging ums Haus. Vielleicht konnte sie ja irgendwo auf der Rückseite einsteigen? Doch auch dort war alles verschlossen. Es würde ihr nichts anderes übrig bleiben, als eine Scheibe einzuwerfen. Und wennschon, sagte sie sich. Schließlich ging es um lebenslänglich ... Ohne lange zu überlegen, bückte sie sich und suchte im Schnee nach einem Stein. Sie fand einen, so groß wie ihre Faust. Ihr Blick ging zu der Scheibe, die zum Wohnzimmer gehörte. Von dort käme sie leicht ins Büro. Sie holte aus. Da hörte sie ein Auto kommen. Sie ließ den Stein zurück in den Schnee gleiten und schlich geduckt um das Haus herum. Vor dem Tor konnte sie Samuels silberfarbenen Geländewagen sehen.

Samuel bemerkte sie erst, als er aus dem Auto stieg. Mitten in der Bewegung hielt er inne.

»Ich hab angerufen«, fing sie an und lächelte, wenn auch sicher ein wenig schief.

Er trug dieselbe schwarze Daunenjacke und die schwarze Wollmütze und stand einfach da, als hätte sie nichts gesagt.

»Ich ...«, versuchte sie es noch einmal.

»Was willst du hier noch?«, sagte er knapp.

Wie sollte sie ihm das mit der Postkarte sagen? Sollte sie es ihm überhaupt sagen?

»Können wir nicht reingehen?« Sie rieb sich die Hände in den Handschuhen. »Ist ziemlich kalt hier draußen.«

Er zögerte erst, nickte dann aber.

Als er an ihr vorbei zur Tür ging, fiel ihr wieder auf, wie groß und kräftig er war.

Er schloss die Tür auf und ließ sie zuerst eintreten.

Rasch glitt ihr Blick zur Wand über dem Computerbildschirm.

Da, gleich rechts neben der Postkarte von irgendeiner Stadt mit Hochhäusern, hing sie: blauer Himmel mit bunten Luftballons. Ja, es war die gleiche Karte. Die gleiche, die es sicher zehntausend Mal gibt, fügte eine innere Stimme hinzu.

Ihr Herz fing an zu hämmern.

»Ach«, sagte sie so beiläufig wie möglich, »die Stadt kenne ich!« Sie deutete auf die Wand. »Wie nett. Da schreiben euch Leute, dass es ihnen gefallen hat?«

Samuel war an der Theke stehen geblieben und zuckte die Schultern. Sie musste den Text lesen, unbedingt. Ihre Hände wurden vor Aufregung ganz feucht.

»Also«, er hatte die Fäuste in die Hüfte gestemmt, »warum bist du noch einmal hergekommen?«

»Ich wollte noch mal zum See laufen. Heute schneit's ja nicht.« Sie setzte ein Lächeln hinzu, das ihr diesmal, so glaubte sie, ein bisschen besser gelang.

Seine dichten Augenbrauen zogen sich zusammen. »Aber es soll wieder schneien.«

»Bis dahin bin ich wieder zurück.« Verflucht, sie brauchte diese Karte! Irgendwie musste sie da drankommen.

»Könnte ich vorher vielleicht noch mal …« Sie deutete nach hinten zur Toilette und hoffte, dass er ihr die billige Ausrede abnahm.

»Klar. Ich bin draußen«, sagte er und ließ dabei seinen Blick über das Büro schweifen, als würde er sich alles genau einprägen. Oder bildete sie sich das nur ein? Er wusste doch nicht, weshalb sie wiedergekommen war.

»Okay«, erwiderte sie.

Sie hatte das Gefühl, er wollte noch etwas sagen, aber er ging wortlos hinaus und schloss die Tür hinter sich. Mit wenigen Schritten war sie hinter der Theke. Ihr Herz schlug schnell, als sie den Reißnagel aus der Postkarte zog.

Sie drehte die Karte um.

Danke. Gott ist mit den Gerechten.

Jean und Véronique

Gott ist mit den Gerechten. Das stand auf der Karte ihrer Mutter auch! Aber hier standen auch noch Namen. Jean und Véronique.

Vor Aufregung konnte sie kaum atmen.

Hastig steckte sie die Karte in die Innentasche ihres Parkas und zog den Reißverschluss wieder hoch. Dann hängte sie die Karten rechts und links etwas um, sodass die Lücke nicht gleich auffiel. Bevor sie ging, warf sie noch einen prüfenden Blick darauf. Wenn er nicht ausgerechnet nach dieser Karte suchte, würde er nicht merken, dass sie fehlte. Und warum auch sollte er sie suchen?

Die kalte Luft ließ Laurie wieder durchatmen. Jetzt hatte sie, was sie wollte, obwohl sie keine Ahnung hatte, was das alles bedeutete. Der nächste Bus fuhr erst in vier Stunden. Außerdem hatte sie Samuel das mit dem See gesagt. Jetzt konnte sie nicht einfach so wieder gehen. Wo war er eigentlich? Fußspuren führten zu den anderen Blockhäusern. Wahrscheinlich reparierte er wieder irgendetwas.

Sie schlug die Richtung zum Wald ein. Vor den Blockhütten war der Schnee niedergetrampelt. Doch weiter zum Wald hin lag er hoch und weiß und unberührt da.

Hinter dem Platz mit dem Schwenkgrill blieb sie stehen. Hier an dieser Stelle hatte Olivier in seiner Decke im Zelt gelegen. Sie hob den Blick und sah direkt auf den schmalen Pfad, der in den Wald hineinführte. Diesen Weg war er gekommen, der Wolf. Eine Gänsehaut überlief sie. Irgendetwas zog sie dahinein. Irgendetwas wollte, dass sie endlich die Wahrheit erfuhr.

Der Schnee knirschte unter ihren Sohlen. Schritt für Schritt hinterließ sie ihre Spuren und Schritt für Schritt ging sie tiefer in den Wald hinein. Es knackte und krächzte, irgendwo waren Vögel, selbst jetzt im Winter. Vielleicht auch Hasen oder Mäuse. Aber da, da war noch ein anderes Geräusch. Sie blieb stehen und lauschte. Es raschelte, es knackte und ... da war es wieder. Schnelles Atmen. Hecheln. Hatte sie nicht genau diesen Traum gehabt? Sie läuft in den Wald und da ist hinter den Bäumen das graue Fell ... die spitze Schnauze ...

Plötzlich saß ihr die Angst im Nacken wie ein gefährliches Tier. Und wenn sie sich jetzt umdrehte? Was würde sie sehen?

Sie hielt die Luft an – und drehte sich dann ganz langsam um.

»Samuel?« Ihre Stimme überschlug sich vor Erleichterung. »Du hast mir vielleicht einen Schrecken eingejagt!«

Er stand neben dem mächtigen Stamm einer Fichte und bewegte sich nicht. Die schwarze Mütze berührte fast seine dichten Augenbrauen. Sie dachte daran, wie er die Dose in seiner bloßen Hand zerquetscht hatte, ohne zu merken, wie das Blech in seine Haut schnitt. Wenn sie ihm noch nie begegnet wäre, wäre sie jetzt in Panik geraten. Doch so hatte sie nur Angst.

Er hat gemerkt, dass die Karte fehlt, schoss es ihr durch den Kopf. »Alles okay?«, fragte sie und versuchte, ihrer Stimme einen sicheren Ton zu geben. Gleichzeitig sah sie sich nach einer Fluchtmöglichkeit um. Aber sie wusste, er wäre viel schneller als sie. Gegen ihn hätte sie keine Chance.

Als er sich endlich rührte, zuckte sie zusammen. »Ich

dachte, ich komme lieber mit, bevor du dich verirrst«, sagte er. Beinahe hätte sie vor Erleichterung hysterisch aufgelacht.

So sagte sie: »Ja, im Schnee sieht alles anders aus.«

Er kniff die Augen zusammen. Sein Blick folgte dem Pfad zwischen den Bäumen hindurch.

»Da lang«, sagte er ernst und ging voraus.

Schweigend stapfte Laurie hinter ihm her. Sie musste etwas über diese Karte herausbekommen. Vielleicht folgte sie einem falschen Hinweis. Vielleicht war alles nur Zufall. »Dein Bruder ist nicht gerade nett zu dir«, sagte sie also irgendwann. »Macht dir das gar nichts aus?«

»Nein. Er ist eben so.« Er blieb stehen und drehte sich zu ihr um. »Warum fragst du mich nach Luc, magst du ihn?«

»Er ist nett. Ich wette, die Gäste mögen ihn«, antwortete Laurie ausweichend. Sie ließ ihren Blick über die Baumstämme gleiten, die ihr gerade wie Gitterstäbe vorkamen. Genau wie in jener Nacht im Juli ... »Ist ziemlich einsam hier, so ohne Gäste. Und wenn sie dann wiederkommen, ist es ein bisschen so, als würden Freunde kommen, oder?«

»Wie meinst du das?«, fragte er.

»Ach«, sie versuchte, möglichst belanglos zu klingen. »Ich stelle es mir nur gerade so vor. Meine Freundinnen und ich wollten euch ein Foto von uns schicken, damit ihr es an eure Pinnwand hängt.«

Erstaunt hob er die Brauen. »Echt?«

»Ja! Aber dann haben wir es nicht gemacht. Wir dachten, ihr findet das sicher doof. Hättet ihr das Foto denn angepinnt?«

»Klar.«

»Neben eure andere Fanpost? Postkarten mit Dankesgrüßen für die tolle Zeit und so?«

»Klar.« Er lachte jetzt. »Wir sind gleich am See.« Grübelnd folgte sie ihm.

Sie musste unbedingt mehr über Jean und Véronique herausfinden. Aber wie? Ob sie ihn direkt fragen sollte? Nein, zu auffällig. Sie durfte keinen Verdacht erregen. Wenn sie es irgendwie schaffen könnte, an den Computer im Büro zu kommen ... Dort waren doch sicher alle Reservierungen gespeichert.

»Da, der See«, sagte Samuel und riss sie aus ihren Gedanken.

Weiß und still und vollkommen unberührt breitete sich die Eisfläche vor ihnen aus. Obwohl sie sich dagegen wehrte, dachte sie an das dunkle Wasser, das darunter floss. Sogar im See hatten sie nach Olivier gesucht.

Eigentlich mochte sie Samuel. Aber da war etwas Düsteres in ihm. So etwas wie dieses dunkle Wasser da unter dem Eis. Niemand wusste, was am Grund des Sees lag. Und von einem Moment auf den anderen konnte er sich total verändern. So wie jetzt das Wetter.

Es ging ganz schnell. Auf einmal verdunkelte sich die Eisfläche, Wind kam auf.

Laurie sah hinauf. Der Himmel war so grau und schwer, dass er drohte, alles zu erdrücken. Und bevor Samuel sagte: »Sieht nach Schnee aus«, fielen auch schon die ersten Flocken. Dann kamen immer mehr und sie fielen schneller und dichter.

»Komm, gleich geht's richtig los!« Samuel nahm sie am Handgelenk und wollte sie zum Wald zurückziehen, als sich dort etwas Dunkles zwischen den Stämmen abzeichnete. Sie sahen es gleichzeitig. Das Fell, die Ohren, die spitze Schnauze ...

»Nicht bewegen!«, zischte Samuel.

Ihr Körper fühlte sich an wie eingefroren. Selbst wenn sie gewollt hätte, hätte sie nicht wegrennen können.

Nur für einen kurzen Augenblick hatte sie etwas erkennen können, jetzt war es schon wieder weg. Hatte sie nicht auch ein Hecheln gehört? Ihr Herz klopfte bis zum Hals.

»Hauen wir hier ab«, raunte Samuel ihr zu. Und als sie sich immer noch nicht rührte, zog er sie ganz langsam weg. Nach ein paar Metern fingen sie an zu laufen, immer schneller, erst am Ufer entlang, um dann in den Wald einzutauchen. Laurie wollte sich umdrehen, aber Samuel zog sie weiter. Sie rutschte aus, stolperte über Wurzeln, die unter dem Schnee verborgen waren. Aber Samuel ließ sie nicht los. Immer lauter heulte der Wind, er riss an den Ästen, beugte die Wipfel, fuhr zwischen den Baumstämmen hindurch, wirbelte die Schneeflocken herum und pfiff Laurie ins Gesicht, sodass sie kaum etwas sehen konnte. Sie keuchte, ihre Lungen drohten zu platzen, ihre Beine wurden schwer wie Blei, dennoch blieben sie nicht stehen. Vor Lauries Augen begann es zu flirren, in ihrem Kopf drehte sich alles, sie taumelte, stolperte, sie konnte nicht mehr. »Samuel ...«, rief sie. Aber er hörte nicht, zerrte sie weiter. »Samuel ...«

Da erhob sich vor ihnen in dem weißen Gestöber ein Schatten.

Groß und dunkel.

Eine Hütte, erkannte Laurie und war sich nicht sicher, ob die überhaupt wirklich war. Doch Samuel stürzte zum Fenster, tastete über dem Klappladen nach dem Schlüssel, schloss die Tür auf und stieß sie hinter ihnen wieder zu. Auf einmal war es finster und still.

Gedämpft drang das Geheul des Sturms herein.

»Sind wir gerettet?«, keuchte sie.

»Ich hab seit Wochen keinen Wolf hier gesehen. Auch keine Spuren!«, sagte Samuel zwischen schweren Atemzügen.

Laurie stützte sich auf die Oberschenkel und rang nach Luft.

Vor ihren Augen drehte sich alles.

Als sie sich keuchend wieder aufrichtete, hatte Samuel ein Windlicht angezündet. Die flackernde Flamme warf ein schwaches Licht in den Raum, der spartanisch eingerichtet war – ein Tisch, zwei Stühle, eine einfache Kochstelle, ein schmales Bett, ein länglicher Schrank und ein alter Ofen.

Samuel wischte mit dem Ärmel über die beschlagene Scheibe und versuchte, draußen im Schneetreiben etwas zu erkennen.

»Kannst du ihn sehen?« Sie beugte sich zu ihm ans Fenster.

Das wilde Schneegestöber vernebelte ihr die Sicht.

Aber war da nicht wieder sein Schatten?

Hatte *dieses* Tier Olivier geraubt und ... getötet?

»War das wirklich ein Wolf?«, fragte sie mit einem Schaudern.

Abwesend murmelte Samuel etwas, dann drehte er sich um und öffnete den schmalen Schrank. Drei Gewehre standen dort aufgereiht. Er nahm das linke. Routiniert klappte er den Lauf auf und wieder zu.

»Willst du da etwa wieder raus?«, fragte sie. »Warte ... Warte, Samuel«, stotterte sie.

Er beachtete sie nicht. Mit ruhigen Bewegungen zog er eine Küchenschublade auf und holte eine graue Pappschachtel hervor.

Laurie starrte ihn an. »Du willst ihn töten?«

Er lud zwei Patronen ins Gewehr, eine Handvoll steckte er in die Jackentasche. Danach schob er die Schublade wieder zu. Als er aufsah, konnte sie das Brennen in seinen schwarzen Augen sehen. Das Dunkle, das tief in ihm lauerte.

»Was glaubst du denn?«, sagte er barsch.

Sie wollte ihm das Gewehr aus der Hand reißen, ihn anschreien, wie dumm das war. Niemals könnten sie beweisen, dass es dieser Wolf war, der ihren kleinen Bruder getötet hatte. »Samuel, hör auf! Das macht doch keinen Sinn!«

»Du bleibst hier«, sagte er unerbittlich. Dann riss er die Tür auf und stapfte hinaus. Der eisige Wind wehte Schnee herein. Als die Tür zufiel, blieb er wie Schaum auf dem kalten Holzboden liegen.

Vom Fenster aus konnte Laurie Samuel nur noch kurz sehen, dann löste er sich in dem weißen Gestöber auf, als hätte es ihn nie gegeben.

Und jetzt? Sie war allein in einer Jagdhütte. Hatte keine Ahnung, wo die sich befand und wie sie zurück zum Campingplatz oder zur Straße kam. In ein paar Stunden würde ihr Bus fahren. Und wenn Samuel etwas zustieß? Was, wenn Samuel den Wolf nicht erwischte? Wenn das Tier da draußen blieb und sie belagerte? Wie sollte sie sich jemals wieder aus dieser Hütte trauen?

In dem Augenblick hörte sie ein Bellen oder Heulen. Vielleicht kam das Heulen auch vom Wind, was wusste sie denn schon? Sie kannte sich hier doch nicht aus! Sie kam aus der Stadt! Da blieb man bei so einem Wetter einfach zu Hause. Oder man stieg in die nächste U-Bahn. Da gab's keinen Wald, keine Jagdhütten und keine Wölfe, die einen belagerten!

Sie drückte das Gesicht an die Scheibe, aber die beschlug nur von ihrem warmen Atem, sodass sie gar nichts mehr sehen konnte. Sie lauschte, strengte sich an, aus der Kakofonie der Sturmgeräusche etwas herauszuhören. Einen Schuss vielleicht, ein Jaulen, einen Schrei, Hecheln. Aber da war nur ein dumpfes Klopfen auf dem Dach, vielleicht von einem Ast. Balken ächzten, einer der Klappläden hatte sich losgerissen und schlug nun auf und zu, durch die Ritzen zwischen den Balken pfiff der Wind, draußen knarzten Bäume. Und dann, dann fiel der Schuss.

Ein Knall, lauter als alle anderen Geräusche. So laut, dass er in ihren Ohren hallte und dann Stille hinterließ.

Sie wartete. Auf einen zweiten Schuss. Auf ein Jaulen, ein Brüllen ... einen Schatten, der sich aus dem undurchdringlichen Weiß herauslösen würde. Auf Samuel, der, das Gewehr über der Schulter, den toten Wolf hinter sich herschleifen würde.

Sie spürte ihr Herz gegen die Rippen hämmern, sie schluckte gegen die Enge in ihrer Kehle an und merkte, wie die Kälte von unten heraufkroch, immer höher, bis ihre Zähne aufeinanderschlugen und sie am ganzen Körper zitterte.

Die Kerze hatte der Windzug längst gelöscht. Es war finster, bis auf das dunkle Grau, das durch das eine Fenster mit dem geöffneten Laden hereinfiel. Samuel kam nicht.

Und wenn er sich verirrt hatte? Wenn er den Wolf erschossen hatte, aber verletzt da draußen lag?

Eine Weile stand sie da, unfähig, sich zu rühren.

Und dann hielt sie es nicht mehr aus. Sie riss die Tür auf und stürzte hinaus in den tobenden Sturm.

Der Wind peitschte ihr ins Gesicht, riss ihre Haare unter der Mütze hervor, fuhr eisig in ihre Augen, dass sie tränten. Sie versuchte, sich zu orientieren. Immerhin wusste sie, sie stand auf einer Lichtung im Wald. Aber aus welcher Richtung war der Schuss gekommen? Das Weiß um sie herum war wie ein dichter Nebel; streckte sie die Hand aus, verschwand diese darin. Überall um sie herum heulte und jaulte und ächzte und klopfte es. Dunkel und drohend erhob sich der Schatten des Waldes – vor ihr, hinter ihr, neben ihr. Der Wald war überall.

»Samuel!«, schrie sie gegen den Wind an, doch er zerriss ihre Laute. Sie drehte sich um, die Jagdhütte war längst im weißen Gestöber verschwunden. Genau wie ihre Spuren.

»Samuel!«

Sie drehte sich um sich selbst, schrie verzweifelt seinen Namen in den heulenden Sturm.

»Saaaamuel!«

Sie stolperte über ihre eigenen Füße, konnte sich nicht mehr fangen und stürzte in den Schnee. Wenn sie liegen blieb, würde sie erfrieren, schoss es ihr durch den Kopf. Sie musste zur Jagdhütte zurück. Das war ihre einzige Chance, wenn sie am Leben bleiben wollte. Und das wollte sie. Sie musste nur diesen Sturm überstehen. Sie musste nur die Jagdhütte wiederfinden. Sie musste nur …

Ihre Hände versanken im Schnee, als sie sich aufstützen wollte, ihre Füße fanden keinen Halt und sie fiel zurück auf den Boden. Verzweifelt versuchte sie es wieder.

Da löste sich ein Schatten aus dem Weiß und bewegte sich auf sie zu. Das Blut rauschte ihr in den Ohren, ihr Herz hämmerte, die Angst drückte ihr die Kehle zu. Der Schatten kam näher.

»Samuel?«

Nein. Das war nicht Samuel …

14.

Laurie erkannte ihn, obwohl die Kapuze einen Teil seines Gesichts verdeckte.

Keuchend vor Anstrengung ließ sich Félix auf die Knie neben sie in den Schnee fallen. Er trug einen dicken Parka und sein Bart war weiß vom Schnee.

Sie streckte die Hand nach ihm aus. Er war es wirklich.

»Was ist passiert? Warum bist du hier draußen?«, rief er gegen den Wind an.

»Wir sind vom Schneesturm überrascht worden.«

»Wir?« Er sah sich um. »Wer ist wir?«

»Samuel, Samuel und ich. Er ist weg, er hat ein Gewehr …« Sie wollte ihm sofort alles erzählen, aber sie wusste gar nicht, wo sie anfangen sollte. Und um sie herum tobte der Sturm. »Wir müssen in die Hütte zurück!«

»Nein, wir müssen Jackson suchen!«, schrie er gegen das Geheul des Windes an und half ihr aufzustehen.

»Jackson?«

»Meinen Hund, verdammt!«

Du hast einen Hund? Warum ist er hier? Und warum müssen wir ihn suchen?, all das wollte sie fragen, aber er hatte sich schon zum Wald gewandt, legte die Hände mit den Handschuhen an den Mund und rief: »Jackson! Jackson!«

Plötzlich schoss etwas Dunkles zwischen den Bäumen hervor, geradewegs auf sie zu.

»Jackson!«

Ein großer Hund mit dunkelgrauem Fell flog geradezu

über den Schnee auf Félix zu und sprang an ihm hoch, sodass Félix Mühe hatte, nicht umzufallen.

Reglos starrte Laurie den Hund an.

»Das ist ... *dein Hund?«*, stotterte sie. Hechelnd stand das große Tier mit dem zotteligen Fell da.

»Ja. Ich hab das Auto auf dem Campingplatz stehen. Los, wir finden den Weg schon!« Félix wollte gehen, aber Laurie bewegte sich nicht von der Stelle. »Zuerst musst du mir erklären ...«

»Im Auto erklär ich dir alles! Komm schon!«

Laurie sah wieder zu dem Hund. Die spitze Schnauze, die Ohren ... War das *der Wolf?*

»Laurie, was ist jetzt?«

»Aber ... Samuel ist hier draußen«, stammelte sie. »Er wird mich suchen.« Das war alles ein schreckliches Missverständnis, oder?

»Samuel? Ist das der Idiot, der geschossen hat?« Félix versuchte, den aufgeregten Hund zu beruhigen.

»Er hat gedacht, es sei ein Wolf ...« Ihr wurde bei diesen Worten noch kälter, als ihr ohnehin schon war.

Félix strich über den Kopf seines Hundes. Jackson sah ihn an, doch Félix wandte den Blick ab. Laurie spürte, wie sich etwas in ihr zusammenzog. Wie etwas in ihr aufstieg. Eine schreckliche Ahnung. Eine entsetzliche Furcht vor einer grausamen Wahrheit.

»Komm«, sagte Félix zu ihr. »Oder willst du hier im Schnee erfrieren?«

Zögernd folgte Laurie ihm, während der Hund bellend voranjagte. Es war dunkler geworden. Und der Sturm hatte nicht nachgelassen. Mit jedem Schritt glaubte Laurie, tiefer im Schnee zu versinken. Ihre Gedanken kreisten in ihrem

Kopf, bis sie nicht mehr klar denken konnte. Sie hatte keine Ahnung, wo sie waren und wohin sie gingen. Nur der Hund schien den Weg genau zu kennen und Félix folgte ihm zwischen den Bäumen hindurch. Wenigstens schützten die mächtigen Tannen sie vor dem Schneegestöber.

Plötzlich blieb Félix so abrupt stehen, dass sie beinahe in ihn hineingerannt wäre.

»Scheiße, ich dachte, wir kommen zum Campingplatz«, sagte er.

Zwischen den Stämmen hindurch konnte sie einen silberfarbenen Geländewagen erkennen.

»Das ist das Auto von Samuel«, sagte sie erstaunt.

Lauries Blick schweifte den verschneiten Forstweg hinunter, auf dem sich frische Reifenspuren abzeichneten.

War Samuel zum Campingplatz gelaufen und hatte das Auto geholt? Aber wohin war er dann gegangen? Wollte er zur Jagdhütte zurück und sie abholen?

Ganz still war es. Doch vielleicht kam es ihr auch nur so vor, als der Schuss die Luft zerriss.

»Jackson!«, schrie Félix.

Reflexartig duckte sie sich hinter eine mächtige Wurzel. Hecheln kam aus dem Wald und dann sah sie den Hund zwischen den Bäumen hindurch direkt auf sie zurasen. Sie wollte aufspringen, weglaufen, da hallte noch ein Schuss. Der Hund brach vor ihr zusammen.

Blut färbte den Schnee rot.

Laurie stürzte zu ihm. Sein graues Fell war nass vom Schnee und hob und senkte sich heftig. Vorsichtig streckte sie die Hand aus und berührte die Wunde an der Schulter, aus der das Blut sickerte.

»Wo ist Jack…?« Félix stolperte durch den Schnee auf sie

zu. »Jackson!« Bestürzt fiel er auf die Knie. Laurie sah, wie Tränen in seine Augen traten.

Vielleicht war es das Blut, das Laurie ganz nüchtern werden ließ. Vielleicht konnte man auch nur eine bestimmte Menge von Angst haben, dann war sie aufgebraucht. Jetzt hatte sie jedenfalls keine mehr. Ihre Angst war weg. Sie stand auf und ging zum Auto.

»Laurie, was machst du da?«, rief Félix zu ihr herüber. »Hier ist ein Idiot mit einem Gewehr!«

Doch Laurie hörte nicht. Sie öffnete die Heckklappe. Ein Verbandskasten steckte an der Seite neben einem Abschleppseil und einem Werkzeugkasten. Und eine dicke Wolldecke lag dort auch mit einer Plane und einem Paar Gummistiefel.

»Wir müssen ihn vom kalten Boden wegbringen«, sagte sie nüchtern und zerrte die Wolldecke heraus.

Félix kniete noch immer neben seinem Hund.

»Du musst mir helfen«, sagte sie zu ihm.

Doch Félix rührte sich immer noch nicht.

»Félix!«

Er vergrub das Gesicht in den Händen. Da hielt sie es nicht mehr aus und verpasste ihm eine Ohrfeige.

»Hilf mir!«, schrie sie ihn an.

Das wirkte. Völlig überrascht sah er sie an.

»Los, wir müssen ihn auf die Decke legen und ins Auto bringen.«

Félix gehorchte.

Gemeinsam schleppten sie den Hund ins Auto. Dort legte Laurie ihm fachmännisch einen Druckverband an, während Félix den zitternden Hund streichelte und beruhigend auf ihn einredete. Sie holte Atem. Sie musste die Frage stellen. Sie musste einfach die Wahrheit wissen, auch wenn sie noch so grausam war.

»Du warst schon mal hier, oder?«, fragte sie also.

Er nickte langsam.

»Letztes Jahr im Juli, genau an diesem Tag ...«

»Ja«, sagte er leise.

»Und Jackson war dabei.«

Wieder nickte er.

»Es war also kein Wolf.« Das sagte sie mehr zu sich. Und dann stand die Welt still. In ihren Ohren erhob sich ein schrilles Schwirren, vor ihren Augen verschwamm sein Gesicht und sie glaubte, gleich ins Bodenlose zu stürzen.

Der Hund winselte. Laurie starrte ihn an. Immer derselbe Gedanke wiederholte sich in ihrem Kopf. Es war nicht möglich. Es durfte nicht sein. Es konnte nicht sein.

Reglos kauerte sie im Kofferraum. Etwas in ihr war eben zusammengestürzt. Da trafen sich ihre Blicke. In Félix' Augen lag so viel Traurigkeit. Traurigkeit und Verzweiflung.

»Ich wollte es dir ...«, fing er an, da knallte ein weiterer Schuss.

Laurie reagierte nicht. Sie zuckte nicht mal zusammen. Selbst bei einem Kugelhagel würde sie nichts mehr empfinden. Félix – er hatte es also die ganze Zeit gewusst. Er war so nett zu ihr gewesen, dabei hatte er sie die ganze Zeit nur angelogen. Aber warum hatte er sie überhaupt treffen wollen? Warum war er ins Diner gekommen?

»Bleib, wo du bist!«, flüsterte Félix und kletterte durch den Wagen nach vorn. »Mach die Heckklappe zu, halt dich fest!«, rief er Laurie zu, die keine Zeit zum Zögern hatte, denn schon sprang der Motor an. Sie konnte gerade noch die Tür von innen zuziehen und sich neben den Hund fallen lassen, da holperte der Wagen los.

Laurie hatte alle Mühe, nicht gegen die Seitenwände geschleudert zu werden und zugleich Jacksons Kopf auf ihrem Schoß zu halten. Dabei versuchte sie, nicht diesen schrecklichen Gedanken zuzulassen.

»Der Idiot hat den Schlüssel stecken lassen!«, rief Félix von vorn.

Laurie sah wieder zu dem Hund, er zitterte jetzt und der weiße Verband tränkte sich langsam mit Blut. Sie zog die Decke ein Stück weiter über ihn. »Bitte, mach, dass es nicht wahr ist«, murmelte sie. Und dann verbot sie sich jeden weiteren Gedanken darüber.

Wie durch einen Tunnel führte der schmale Forstweg zwischen den dunklen Wänden des Waldes hindurch. Félix hielt das Lenkrad fest umklammert und drückte das Gaspedal so weit durch, dass der Wagen auf der Schneedecke immer wieder kurz ins Schlingern kam und Laurie mit dem Hund hinten ordentlich durchgeschüttelt wurde. Dann kamen sie an eine Wegkreuzung. Hier fehlten die schützenden Bäume und das Schneegestöber wurde wieder stärker.

»Wo geht's jetzt zum Campingplatz?«, rief Félix. Die Scheibenwischer liefen auf Hochtouren und trotzdem konnte man kaum durch die Scheibe sehen. Nur ein paar Meter Straße – sonst nichts.

Laurie war nicht in der Lage zu reagieren. Sie starrte nur auf den blutenden Hund, der auf ihren Beinen lag. Félix' Hund. Félix, der sie die ganze Zeit belogen hatte ...

Félix riss das Steuer herum. Der Wagen kämpfte sich durch dichtes Schneegestöber, vorbei an den hohen Schneewänden.

Wie konnte er nur so lügen?

»Wo gibt's hier einen Tierarzt?«, rief Félix. »Irgendwo muss es doch einen Tierarzt geben!«

Sie wollte ihm keine Antwort geben. Sie wollte nie mehr mit ihm sprechen. Sie wollte ihn nie mehr wiedersehen.

Und der Hund? Sein Atem ging jetzt schneller, er zitterte und aus dem Verband tropfte Blut. Er war schuld. Er hatte Olivier ... Und ihre Mutter saß im Gefängnis, weil Félix keine Aussage gemacht hatte ...

Sollte er nicht sterben, dieser Hund? Wäre es nicht gerecht? Und Félix würde leiden. Sein ganzes Leben lang.

Sie sah auf den Hund herab. Und für einen kurzen Moment trafen sich ihre Blicke.

Es wäre gerecht, oder?

Die Hundeschnauze zitterte.

Gerecht ... Sie presste die Lippen aufeinander. Gerecht ...

Das Blut aus dem Verband lief über ihre Hand und wärmte sie. Aber ... war sie nicht genauso wie der Staatsanwalt, der von der Schuld ihrer Mutter überzeugt war? Mein Gott, dachte sie, ich weiß doch gar nicht, was wahr ist.

»Fahr nach rechts, Richtung Tankstelle!«, schrie sie. »Los, mach schon!«

Schlitternd kam der Wagen unter dem Dach mit den Tanksäulen zum Stehen. Félix sprang heraus. Jackson winselte leise. Laurie strich ihm über die trockene Schnauze.

»Du warst es nicht, stimmt's«, murmelte sie. »Sag mir, dass du es nicht warst.« Seine Augenlider flatterten.

»Hier gibt's nur einen praktischen Arzt!« Félix schlug die Tür zu und fuhr los. »Dahinten, neben den Silos!«

Laurie erinnerte sich an die glänzenden Kuppeln. Jetzt

waren sie mit Schnee bedeckt und kaum zu sehen. Wenige Minuten später hielt Félix vor einem zweistöckigen Holzhaus. Im Vorgarten vor der Garage parkte ein Kombi, auf dem eine dicke Schneeschicht lag.

»Hoffentlich ist überhaupt jemand da!«, sagte Félix, bevor er ausstieg.

Laurie schloss die Augen und zählte. Bei fünf hörte sie ein Klopfen an der Scheibe. Félix.

»Hilf mir, wir müssen ihn zusammen reintragen!«

»Es wird alles gut«, flüsterte sie dem Hund ins Ohr, als Félix die Heckklappe öffnete.

In der Haustür stand ein hochgewachsener Mann mit zerzausten Haaren. Er trug ausgebeulte Jogginghosen und ein Sweatshirt.

»Gleich hier rein, ins Behandlungszimmer!«, rief er und Laurie und Félix trugen den Hund in der Decke hinein und legten ihn auf die Liege.

Mit routinierten Bewegungen streifte der Arzt Handschuhe über und zog Schubladen auf.

»Da habt ihr aber Glück. Bei besserem Wetter wäre ich zum Skifahren gewesen.« Er war etwa so alt wie Lauries Vater und erinnerte sie an ihren Kunstlehrer, einen gelenkigen, hoch aufgeschossenen Mann mit einem schmalen, langen Gesicht und freundlichen Augen, der immerfort redete. »Soll ich euch sagen, dass ich sogar beinahe Tierarzt geworden wäre?« Er zog eine Spritze auf. »Meine Eltern hatten eine Farm, da lag es ja nah. Haltet ihn fest«, wandte er sich an Félix, »er ist gleich ruhiggestellt.«

»Ich warte draußen«, sagte Laurie rasch und schloss die Tür hinter sich. Blut ging ja noch, aber Spritzen konnte sie nicht ertragen. Im Wartezimmer sank sie auf einen Stuhl und starrte auf den grau gemusterten Fußboden, bis sie nichts mehr fühlte.

Irgendwann, nach Stunden oder vielleicht auch Minuten, ging die Tür wieder auf.

»War nur ein Streifschuss«, sagte Félix und vermied dabei, sie anzusehen. »Er muss gleich aufwachen.« Er hatte den Reißverschluss seines Parkas aufgezogen. Darunter trug er ein dünnes Baumwollshirt. Sie wusste auch nicht, warum sie das jetzt registrierte. Vielleicht, weil sie nicht wusste, was sie sagen sollte. Sie saß einfach da und wünschte, dass alles anders gekommen wäre. Dass ihr Vater seinen Job nicht verloren hätte, dass Olivier nicht geboren worden wäre und sie niemals auf diesen Campingplatz gefahren wären.

Sie merkte es kaum, wie Félix sich neben sie auf den Stuhl setzte. Er sah eine Weile auf seine Hände und fing dann an.

»Ich wollte es dir längst sagen. Als wir gestern Abend zusammen durch die Stadt gegangen sind, da hatte ich es mir ganz fest vorgenommen. Aber dann kam dieses Kameratcam und du warst so schockiert und … und traurig …«

Sie sah es wieder vor sich, wie die Journalistin in ihr Leben einbrach, wie sie sich mit dem Kameramann einfach vor ihr aufgebaut und diese gemeinen Fragen gestellt hatte.

»Es war so schönes Wetter. Ich war mit einem Freund rausgefahren. Wir wollten angeln und ein bisschen baden und in der Sonne liegen«, redete Félix weiter. »Ich hatte Jackson mitgenommen. Er ist den ganzen Tag durch den Wald gelaufen, hat Kaninchen gejagt. Und dann sehe ich ihn plötzlich in der Dämmerung mit einer Decke im Maul herankommen. Ich hab zuerst gedacht, er hat sie irgendwo gefunden. Erst zu Hause habe ich bemerkt, dass Blut daran war.« Félix machte eine Pause und schluckte.

Laurie schwieg. Sie sah die Bilder vor sich.

Am Barbecue-Platz wird das Feuer angezündet. Rauch steigt in den Nachmittagshimmel. Sie friert schon ein bisschen in ihrem Bikini, aber sie will unbedingt noch schwimmen gehen. Ihre Mutter ist mit Olivier weggefahren, um Milchpulver für ihn zu kaufen. Mit dem Badehandtuch über den Schultern geht Laurie über den Pfad zum See. Das Wasser ist kühl, aber sie schwimmt bis zur Mitte. Sie hört Bellen, denkt sich nichts dabei. Sie schwimmt zurück, holt ihre Kleider aus dem Zelt und geht zu den Waschräumen. Duscht heiß und zieht sich an. Sie sieht noch, wie ihre Mutter Olivier in der Decke aus dem Auto trägt. Nein, sie sieht die Decke in ihrem Arm. Später dann setzt sie sich zu ihrer Mutter ans wärmende Feuer. Sie hat den Teller mit Würstchen auf den Knien. Irgendwann fällt ihr Blick zum Zelt. Sie glaubt, einen Schatten dort in den Wald schleichen zu sehen. Einen vierbeinigen Schatten ...

»Es tut mir so unendlich leid«, sagte Félix leise und mit so viel Verzweiflung in der Stimme. »Adrian hatte den Wagen von seinem Vater geklaut und auf der Rückfahrt ein Auto angefahren. Er ist einfach abgehauen. Er hatte panische Angst vor seinem Vater und dass er vorbestraft wird oder so. Und ich, ich hab mir nicht vorstellen können, dass Jackson so was macht. Er ist zwar groß und manchmal ein bisschen ungestüm, aber er würde nie ... Ich hab gehofft, es klärt sich alles auf. Das Baby taucht wieder auf. Lebendig. Und Jackson hat nur die Decke irgendwo gefunden. Dann haben sie deine Mutter verdächtigt und ich dachte, ja, so was gibt's, dass Mütter vor lauter Verzweiflung ihre Babys ...« Er sah wieder auf seine Hände. »Und dann wurde das mit den finanziellen Problemen in der Presse breitgetreten und dass dein Vater seinen Job verloren hat, und als du gesagt hast, du hättest einen Wolf gesehen, dachte ich: Genau, so wird's gewesen sein. Es war ein Wolf, nicht Jackson. Jackson hat sich nur die Decke geholt. Aber«, er atmete tief ein und dann wieder aus, »tausendprozentig sicher war ich nicht. Nur irgendwann war es dann zu spät, zur Polizei zu gehen. Und außerdem hatte ich Angst, dass sie Jackson töten und mich bestrafen würden, ohne dass es bewiesen ist. Es kann ja nicht mehr bewiesen werden, oder?«

Sie wusste nicht, was sie darauf antworten sollte. Sie war ganz durcheinander. In ihr kämpften alle Gefühle gegeneinander. Angst und Wut, Trauer und Hoffnung und Verzweiflung. Irgendetwas wollte sie sagen, da wurde die Tür aufgerissen.

»Félix?« Der Arzt streifte sich die Handschuhe ab. »Er wacht gerade auf.«

Félix stand auf und eilte ins Behandlungszimmer.

Mit einem kurzen Aufstöhnen ließ sich der Arzt auf den Stuhl fallen, auf dem Félix gesessen hatte. »Alles halb so schlimm. Es heilt wieder. Er hat Glück gehabt«, sagte er tröstend. »Wer hat denn geschossen?« Samuel, wollte Laurie sagen, aber da redete der Arzt schon weiter. »Hier passieren immer wieder Jagdunfälle. Die Leute schießen auf ihren Hund anstatt aufs Kaninchen.« Er schüttelte den Kopf. »Und was macht ihr bei so 'nem Wetter hier in der Gegend?«

»Ich war auf dem Campingplatz«, sagte Laurie beiläufig.

»Jetzt, im Winter? Was macht man da im Winter? Abgesehen davon hab ich gedacht, Luc hätte den Campingplatz in der Jahreszeit geschlossen.«

»Es muss vieles repariert werden.«

Laurie hoffte, er würde ihr keine weiteren Fragen stellen.

»Jaja, an Häusern ist immer irgendwas zu tun. Na, die beiden Brüder sind fleißig.« Er stutzte kurz. »Ist das etwa Lucs Hund?«

»Nein. Ich glaube, er hat keinen Hund«, sagte Laurie monoton.

»Nein? Er kam letztes Jahr mit 'ner Bisswunde von seinem Hund. Na ja, vielleicht hab ich's auch falsch verstanden in der ganzen Aufregung.« Er nahm seine Brille ab und putzte die Gläser mit seinem Sweatshirt. »War ja gerade die Sache mit dem Baby passiert.«

Lauries Herz blieb stehen.

Der Arzt stand auf und machte einen Schritt auf die Pflanze in der Ecke zu, um die Erde zu prüfen. »Braucht auch mal wieder Wasser ... Luc, ja, ist ein feiner Kerl«, sprach er ohne Pause weiter. »Hat seinen jüngeren Bruder damals aus dem Kinderheim geholt.«

»Samuel?«

Der Arzt nickte. »Ja, traurige Familiengeschichte ...« Er wischte sich die erdigen Finger an seiner Jogginghose ab. »Manche werden vom Schicksal ganz schön gebeutelt.«

»Und Luc hat gesagt, es war sein Hund?« Endlich hatte sie die Sprache wiedergefunden.

»Was?«

»Die Bisswunde.«

»Ach so, ja. Ich hab sie genäht. Fürchte aber, die Narbe sieht ziemlich wulstig aus.«

»Und es war an dem Tag als ... das Baby ...«

»Gleich am nächsten Morgen, hatte sich schon ein bisschen entzündet.« Sein Blick blieb plötzlich an ihr haften. Zuerst runzelte er die Stirn, dann setzte er die Brille ab. »Bist du nicht ...«

Laurie sprang auf und stürzte zur Tür hinaus. Es war alles zu viel. Draußen prallte sie fast mit einem Polizisten zusammen.

»Achtung!« Er streckte die Arme vor, als sie stolperte, und hielt sie gerade noch fest. »Ist verdammt glatt!«

Sie murmelte irgendetwas und wollte sich ins Auto flüchten.

»Ach.« Er machte mit dem Kinn eine Bewegung zur Praxis. »Ist Sam da drin?«

Sein Kollege war nun auch ausgestiegen. Er war größer und noch kräftiger und sah aus wie ein Rugbyspieler, an dem keiner vorbeikam. Beide trugen dicke Jacken und warme Mützen und hatten von der Kälte gerötete Gesichter.

Laurie sah von einem zum anderen. Was wollten sie?

»Samuel?«

»Ja, das ist doch sein Auto.« Der Polizist, der sie aufgefangen hatte, deutete zum Geländewagen. Oje, sie kamen wegen des Autos ...

»Samuel ... er hat uns ...«, fing sie an zu stammeln. Da wurde die Aufmerksamkeit der Polizisten auf Félix gelenkt, der mit dem Arzt zusammen den Hund aus der Praxis trug.

»Behandelst du jetzt auch Hunde, François?«, rief der Polizist lachend.

»Ein Arzt ist ein Arzt!«, erwiderte der gut gelaunt. »Was kann ich für euch tun, Jungs? Habt ihr auch 'ne Schussverletzung?«

»Nein, alles okay«, antwortete der Rugbyspieler. »Ich hab bloß Sams Auto gesehen und wollte ihm sagen, er soll Luc an unseren Bowling-Abend heute erinnern.« Sein Blick wanderte zu Laurie, die noch immer an der halb geöffneten Hecktür stand, als hätte sie vergessen, was sie da eigentlich wollte.

»Irgendwie kommst du mir …« Er legte den Kopf schief. »Du bist doch … die kleine Rigaud?«

Ihr eigener Name traf sie wie ein Schlag. Katapultierte sie zurück ins Gericht, wo er durch den Saal hallte wie ein Schuldspruch.

»Schlimme Geschichte«, sagte der Polizist kopfschüttelnd. »Tut mir leid für dich. Der Fall geht in die Berufung, hab ich gelesen.« Er stemmte die Hände in die Hüften, eine Haltung, die ihn noch breiter und stämmiger wirken ließ.

»Aber … meine Mom war es nicht«, sagte Laurie, so bestimmt sie es in dem Moment konnte, und sah auf den Hund, den Félix im Auto zudeckte.

Der ältere Polizist nickte mitfühlend. »Jaja, ich versteh dich. Keiner kann glauben, dass die eigene Mutter zu so was fähig ist. Ich sag dir, wir haben damals alles abgesucht und nichts gefunden. Keine Knochen, nichts, was auf ein Tier hinweisen könnte. Nein, das war kein Wolf. Wölfe sind im Sommer nicht so nah bei den Menschen.« Sein Blick schweifte über die Dächer und die Silos in die Ferne. »Vielleicht lebt er ja doch noch, irgendwo …« Als sein Blick wieder zurückkehrte, schüttelte er den Kopf. »Wir haben alle Autos kontrolliert. Die Gegend abgesucht. Nichts. Nur 'ne junge Familie mit 'ner Autopanne.« Er schnaubte durch die Nase. »Gott ist mit den Gerechten …«

»Was?«, fragte Laurie plötzlich alarmiert.

»Hat meine Mutter auch immer gesagt. Ist ’n Bibelspruch«, sagte der Polizist achselzuckend. »Klebte groß am Kofferraum. Ich hab ihm ja den Reifen rausgehoben. War Soldat in Afghanistan, der arme Teufel, hat Pech gehabt ...«

»Claude!«, unterbrach ihn sein Kollege. »Wir müssen.«

Claude sah Laurie noch einmal mitfühlend an. »Ich hoffe das Beste für dich. Tut mir leid, dass du in deinem Alter so was mitmachen musst. Aber das Leben geht weiter. Nie aufgeben, okay?«

Laurie nickte automatisch.

Der Polizist drehte sich um und stapfte zu seinem Partner zurück, der ungeduldig auf ihn wartete.

Erst jetzt merkte Laurie, dass der Schneesturm fast aufgehört hatte. Nur noch wenige dicke Flocken schwebten herab. Und es war still geworden, kein Brausen und Toben mehr.

»Hauen wir ab, bevor die noch merken, dass wir das Auto geklaut haben«, raunte Félix ihr zu und schloss die Hecktür. Laurie rutschte auf den Beifahrersitz, und während Félix den Motor startete, am Streifenwagen vorbeirollte und auf die Straße einbog, versuchte Laurie, Ordnung in das Chaos in ihrem Kopf zu bekommen.

Jean und Véronique, die Sache mit der Panne, Luc mit der Bisswunde, Samuel ... und Félix. Gott ist mit den Gerechten ...

Je länger sie nachdachte, umso verworrener wurde alles. Aber irgendwie mussten sich diese Puzzleteile zusammenfügen, irgendwie, das spürte Laurie ganz deutlich.

Félix sah kurz zu ihr herüber. »Du hast bestimmt gewollt, dass Jackson stirbt, stimmt’s«, sagte er. »Ich habe es auch gehofft. Aber dann auch wieder nicht. Ich konnte es einfach nicht wahrhaben, dass er … dass er so etwas getan haben sollte …«

Sie schwieg. In ihr ballte sich eine schreckliche Wut zusammen. Und dann hielt sie es nicht mehr aus.

»Wenn du zur Polizei gegangen wärst, würde meine Mutter nicht im Gefängnis sitzen!« Er zuckte zusammen. »Wie konntest du nur die ganze Zeit schweigen? Und mit ansehen, wie meine Mutter verurteilt wird!«

»Es tut mir leid, Laurie, wirklich«, beteuerte er. »Ich hab versucht, es dir zu erklären …«

»Und was hilft das? Du hast mich von Anfang an belogen! Von wegen wir lesen dasselbe Buch! Von wem weißt du, dass ich das Buch lese?«

»Ich wusste es nicht!«

»Ach?«

»Wirklich, Laurie. Ich hab das Buch gelesen wegen … Mensch, glaub mir, ich wollte diesen Tag löschen. Ungeschehen machen. Ich wollte, dass ich nie mit Adrian losgefahren wäre!«

Sie starrte geradeaus durch die Scheibe. Auch wenn sie wütend auf Félix war, sie musste nachdenken. Musste versuchen, die Puzzleteile zusammenzusetzen.

15.

Félix bog in die Straße zur Tankstelle ein und dann auf die Hauptstraße. Über allem lag eine dicke Schneeschicht, auf jedem Pfosten, sogar auf den Zäunen. Laurie zog die Postkarte aus ihrer Tasche.

»Was hast du da?«, fragte er mit einem Seitenblick.

»Die hing im Büro auf dem Campingplatz. Die gleiche Karte hat meine Mom zum Geburtstag ins Gefängnis geschickt bekommen, nur mit einem anderen Text.« Laurie räusperte sich. »›Wir beten für Sie und wünschen Ihnen viel Kraft. Wir wissen, wie es sich anfühlt, ein Kind zu verlieren. Gott ist mit den Gerechten.‹« Sie kannte den Text auswendig. Félix runzelte verständnislos die Stirn.

»Der Spruch stand auf dem Auto der jungen Familie, das der Polizist erwähnt hat«, erklärte sie mehr sich selbst. *»Gott ist mit den Gerechten.«*

»Versteh ich immer noch nicht.« Félix trat abrupt auf die Bremse. »Soll das heißen, diese Leute im Auto waren es und Jackson hat gar nichts damit zu tun?«

»Nein, es heißt noch gar nichts«, sagte sie schroff, während die Gedanken in ihrem Kopf weiter Karussell fuhren. »Ich muss ins Büro vom Campingplatz.«

»Was? Was willst du da?«

Laurie schwieg. Vielleicht lebt er ja doch noch, irgendwo, hörte sie die Stimme des Polizisten. Was, wenn er recht hatte? Wenn Olivier gar nicht tot war, sondern ...

»Verdammt, willst du mir nicht mal sagen, was du vorhast?«

»So wie du mir von Anfang an alles gesagt hast?«, erwiderte sie aufgebracht.

Er stöhnte auf. »Laurie, wirklich, es tut mir leid! Sag mir, was du vorhast. Bitte. Ich helfe dir, okay?«

Sie sah ihn skeptisch an.

»Und ich gehe zur Polizei«, fügte er hinzu.

»Versprochen?«

»Versprochen.«

Das Tor des Campingplatzes war nicht verschlossen, nur angelehnt. Félix parkte vor der Blockhütte, neben einem blauen Kombi, der seiner sein musste.

Laurie sah sich um. Alles war still.

»Was machen wir jetzt?«, fragte Félix unbehaglich.

»Ich geh da jetzt rein. Irgendwie. Ich muss rauskriegen, ob diese Leute Gäste waren. Wenn ja, steht sicher auch ihre Adresse irgendwo.«

»Laurie, der Typ hat ein Gewehr.«

»Dann gib mir ein Zeichen, wenn er kommt.« Sie marschierte los. Das Knirschen von Schnee unter ihren Sohlen kam ihr vor wie das einzige Geräusch weit und breit. Sie stieg die Stufen zum Blockhaus hinauf. Natürlich: Die Tür war noch immer verschlossen.

Sie dachte an die Jagdhütte. Neben der Tür gab es zwei Fenster. Beim linken waren die Läden geschlossen. Sie entschied sich für dieses, stellte sich auf die Zehenspitzen und tastete in den weichen Schnee oben auf dem Klappladen.

Ihre Hände berührten kaltes Metall.

Triumphierend hielt sie den Schlüssel hoch.

»Beeil dich«, rief Félix ihr zu und sah sich nervös um.

Sie war so aufgeregt, dass sie kaum den Schlüssel ins

Schloss stecken konnte. Laurie setzte einen Fuß über die Schwelle. Dann drehte sie sich zu Félix um, reckte den Daumen in die Höhe, trat ein und schloss die Tür hinter sich.

Schnell ging sie hinter die Empfangstheke zu dem altmodischen Monitor und drückte den Knopf am Computerturm. Ein gelber Lichtpunkt sprang an und es begann, leise zu brummen. Ein Teil aus der Steinzeit, dachte Laurie.

Der Monitor wurde hell. Zwei leere Zeilen wollten ausgefüllt werden. Username und Passwort.

Verdammt! Was sollte sie da eingeben? Es gab Millionen Möglichkeiten! Luc. Samuel. Camping. Nationalpark.

Das war doch nicht möglich! Jetzt war sie schon so weit gekommen und nun scheiterte alles an diesem verfluchten Zugang!

Sie grübelte, versuchte es mit *Gott ist mit den Gerechten,* dann sperrte sich die Eingabe. Zu viele Versuche.

Sie hätte vor Enttäuschung und Wut schreien können. Hektisch sah sie sich um. Neben dem Computer lagen Akten. Ein Rentenbescheid der Armee mit Lucs Namen. Darunter eine Rechnung von einem Baumarkt. Mehr nicht. Luc war ein ordentlicher Mensch. Heftete alles gleich ab. Im unteren Fach des Schreibtischs stand eine Reihe Ordner und Ringhefter. Natürlich! Die Anmeldeformulare! Jetzt erinnerte sie sich, dass Luc ihrem Vater immer erst so ein Formular gegeben hatte, damit er es ausfüllte.

Fieberhaft scannte sie die beschrifteten Rücken. Abrechnungen, Inventarlisten, Kopiervorlagen, Anmeldeformulare A–Z. Bingo! Sie griff fast daneben, so sehr zitterte sie vor Aufregung. Der schmale Ringhefter war von diesem Sommer. Enttäuscht stellte sie ihn wieder zurück. Wo war der Ordner vom letzten Sommer? Wohin stellte ein ordentlicher Mensch wie Luc den Ordner vom Vorjahr?

Ihr Blick schweifte umher. Die Anmeldeformulare, hallte es in ihrem Kopf, ich brauche die verdammten Anmeldeformulare …

In dem Augenblick ertönte ein schriller Pfiff. Dann hörte sie das Brummen eines Motors.

Wo waren bloß diese verfluchten Formulare? Sie konnte hier nicht ohne die Formulare raus!

Durchs Fenster sah sie Lucs schwarzen Pick-up auf den Campingplatz rollen. Und Jacksons Bellen hörte sie sogar aus dem Kofferraum. Sie konzentrierte sich. Irgendwo mussten sie doch sein. Wo hatte sie noch nicht nachgesehen?

Ihr Blick fiel auf das offene Regalfach unterhalb der Theke. Ja! Da waren sie! Da standen die Ringhefter der vergangenen drei Jahre. Rasch zog sie den letzten heraus, schob ihn unter ihren Parka und lief zur Tür. Vielleicht schaffte sie es noch herauszukommen, bevor Luc ausgestiegen war. Jacksons heftiges Bellen drang bis hier herein. Kein gutes Zeichen. Sie machte kehrt, lief zum Fenster auf der Rückseite des Büros, schob einen Stuhl heran, stieg darauf und kletterte hinaus. Von draußen zog sie das Fenster zu. Sie hoffte, Luc würde nicht gleich den Stuhl bemerken und der Wind würde das Fenster nicht gleich aufstoßen. Sie würde so tun, als hätte sie draußen nach Samuel gesucht, nahm sie sich vor. Vor allem aber durfte die dicke Plastikmappe nicht unter ihrem Parka herausrutschten.

Sie holte Luft und bog um die Hausecke.

Luc war ausgestiegen. Er trug eine Daunenjacke in Tarnfarbe und eine gleichfarbige Mütze. Hinter der Heckscheibe von Félix' Kombi bellte Jackson noch immer. Félix stand dort und versuchte, ihn beruhigen. Als er Laurie bemerkte, konnte sie die Erleichterung auf seinem Gesicht sehen. Und Jackson hörte sogar für einen Moment auf zu bellen.

»Hallo, Luc!«, rief sie und tat so, als würde sie sich freuen, ihn zu sehen. »Hast du Samuel gesehen? Ich hab ihn gesucht, aber ...« Sie hob die Schultern und ließ sie wieder fallen, wobei sie darauf achtete, dass ihr der Hefter nicht unter dem Parka herausrutschte.

Luc gab der Fahrertür einen Stoß, sodass sie zufiel, dabei musterte er erst Laurie, dann glitt sein Blick zu Félix.

»Was wollt ihr hier? Es ist geschlossen.« Seine Stimme klang unfreundlich und seine Augen waren schmal wie Schlitze. Von seiner sonst so professionellen Freundlichkeit war nicht mehr viel zu spüren.

»Ich wollte ... ich wollte meinem Freund zeigen, wo es passiert ist«, fing sie an und gab sich Mühe, nicht hektisch zu klingen. »Und da haben wir Samuel getroffen. Wir sind vom Schneesturm überrascht worden.«

Jackson fing wieder an zu bellen. Abrupt drehte sich Luc um.

Félix öffnete die Fahrertür. »Laurie, komm!«

Laurie ging auf den Kombi zu. Luc schien zu grübeln, ob er ihr glauben sollte. Andererseits: Ihre Erklärung klang doch ziemlich plausibel.

Jackson bellte aufgebracht. Die Zähne gebleckt, den Hals vorgereckt, die Schnauze fast an der Scheibe, bellte und bellte er und wollte nicht mehr aufhören.

»Laurie«, drängte Félix und stieg ein.

Laurie setzte einen Fuß vor den anderen. Noch sechs Meter, fünf, vier ... Félix ließ den Motor an.

»Bis dann, Luc«, sagte sie. Noch drei ... Der Hefter unter ihrer Jacke wog immer schwerer. Gleich hätte sie es geschafft. Noch ein, zwei Schritte ...

»He!« Ein Ruf zerriss die angespannte Stille.

Laurie sah zum Barbecue-Platz.

»He!«

Samuel kam aus dem Wald. Das Gewehr im Anschlag.

»Ihr habt mein Auto geklaut!«, keuchte er.

Sie wollte jetzt einfach fliehen. Nur noch weg von hier. Aber er war schon fast bei ihnen und sie konnte an seinen Augen und den zusammengezogenen dichten Brauen sehen, wie wütend er war.

»Ich hatte ihn fast, bin ihm bis zum Campingplatz nachgelaufen, dann hab ich das Auto genommen ...« Jetzt erst realisierte er das Bellen und hörte mitten im Satz auf.

»Sorry, wir mussten dringend zum Tierarzt. Es war kein Wolf!« Laurie versuchte, versöhnlich zu klingen, was ihr in der Aufregung aber nicht leichtfiel.

Samuels Blick glitt zum Kombi, in dem Jackson wie verrückt bellte und Félix mit laufendem Motor darauf wartete, dass sie endlich einstieg. Laurie konnte sehen, wie er versuchte zu begreifen, was hier vor sich ging.

»Was willst du mit dem Gewehr, Sam?«, schaltete sich Luc ein und kam näher.

Samuel sah ihn schweigend an, das Gewehr in der Hand.

»Wir haben gedacht, es war ein Wolf«, sagte Laurie schließlich, um Samuel in Schutz zu nehmen. Außerdem war es ja auch die Wahrheit. »Aber es war ja dann doch nur ein Hund. Danke, Samuel.«

Weder Samuel noch Luc regten sich. Sahen sich nur an. Was war zwischen den beiden los?

»Du musst es ihr sagen«, fing Samuel an. »Sag ihr, dass …«

»Halt die Klappe!«, schnitt Luc ihm das Wort ab.

Entschlossen machte Samuel einen Schritt auf seinen älteren Bruder zu. Der Lauf seines Gewehrs zeigte auf Lucs Füße. Bitte nicht, dachte Laurie, die sich nicht zu rühren wagte. Sie müsste nur noch zwei Schritte tun, die Tür aufmachen und einsteigen. Aber sie hatte das unangenehme Gefühl, dass die beiden sich wieder an ihre Anwesenheit erinnern würden, wenn sie sich bewegte. Und wer wusste, was dann passierte. Inzwischen tobte Jackson im Auto. Er schlug mit der Pfote an die Scheibe – ein Wunder, nach der Narkose! – und führte sich auf wie ein tollwütiger Hund.

Félix hupte und damit fiel ihre Entscheidung.

»Ich muss los!« Sie nahm eine Hand aus der Parkatasche, um die Autotür aufzumachen. Mit der anderen hielt sie den Ringhefter unter ihrem Parka fest. Das würde jetzt gerade noch fehlen … Doch als sie die Hand aus der Tasche nahm, fiel die Postkarte von der Pinnwand in den Schnee. Sie wollte sich bücken, aber sie musste den Hefter festhalten, der anfing zu rutschen.

Zu spät. Luc und Samuel hatten die Karte gesehen.

Als sie sie aufhob, begegneten sich ihre Blicke. Sie wusste, jetzt blieb ihr keine Zeit mehr.

»Ich muss los!« Sie machte die Tür auf und ließ sich auf den Sitz fallen. Eine Sekunde später trat Félix aufs Gas. Zu fest, der Wagen schlingerte. Laurie wurde unsanft gegen das Armaturenbrett geschleudert, aber dann rollte der Wagen aus dem Tor. Jackson bellte und bellte. Als Laurie sich umdrehte, sah sie, wie Luc zu seinem Pick-up lief.

»Die verfolgen uns bestimmt!«, rief sie gegen Jacksons Bellen an. »Fahr schneller!«

Gleich hinter dem Tor beschleunigte Félix wieder.

»Was war denn das für ein Typ?« Mit beiden Händen hielt er das Steuer umklammert, um den Wagen auf dem Schnee in der Spur zu halten.

»Das war Luc.«

Sie rasten über die schmale Straße mit den Schneewänden.

»Ich hab gedacht, du kommst nie mehr aus diesem verfluchten Büro heraus!« Immer wieder sah er in den Rückspiegel.

»Ich kam nicht in den verdammten Computer rein!« Da fiel ihr ein, dass Luc sofort den gesperrten Computer bemerken würde – und es würde sicher auch nicht lange dauern, bis er den Hefter mit den Anmeldeformularen vermisste.

Wieder schlingerte der Wagen. Laurie wurde an die Seitenscheibe geworfen.

»Schnall dich an!«, rief Félix ihr zu, während er gegenlenkte.

Laurie nahm ihre Hand vom Türgriff, die eiskalt geworden war, und griff zum Sicherheitsgurt. Félix ging vom Gas, dann hatte er den Wagen wieder unter Kontrolle.

»Wir sind gleich auf der Hauptstraße«, sagte er, während Laurie den Seitenspiegel keine Sekunde aus den Augen ließ. Doch von Lucs Pick-up war weit und breit nichts zu sehen. Sie wollte gerade laut aufatmen, als ein Schuss explodierte. Nur gedämpft drang der Knall heran, aber es war eindeutig ein Schuss, da war sich Laurie sicher.

Jackson fing an zu bellen.

»Das kam vom Campingplatz!« Félix sah sie erschrocken an.

»Wir müssen zurück!«, sagte Laurie. Oh Gott, was hatte Samuel Luc angetan?

»Bist du verrückt?«

»Aber wenn jemand verletzt wurde ...« Sie sah es vor sich, das rote Blut im weißen Schnee. Und sie sah Samuels wütenden Gesichtsausdruck.

»Der hat vorhin beinah Jackson getötet! Die schießen doch bestimmt auch auf uns!« Félix war außer sich. »Nein. Wir fahren auf keinen Fall zurück!«

»Aber wir können doch nicht einfach ...«

»Doch! Genau das können wir!«, sagte Félix so bestimmt, dass Laurie erst mal schwieg. »Wenn die was miteinander zu klären haben, sollen sie es tun. Das ist nicht unsere Angelegenheit, okay? Weder deine noch meine.«

Laurie starrte geradeaus durch die Scheibe. Als er zu ihr herübersah, reagierte sie nicht.

»Okay? Laurie?«

»Okay? Was ist schon okay? Ich mach mir Gedanken darüber, was passiert ist, ob Samuel verletzt ist ...«

»Samuel? Wer weiß, was der alles mit der Sache zu tun hat!«, fuhr er sie an.

»Na und? Du hast ja auch mit der Sache zu tun, oder?«

Darauf erwiderte er nichts.

Sie waren jetzt an der Hauptstraße angekommen. Lastwagen fuhren vorbei. Pkws. Alles erschien so normal, dass sich Laurie fragte, ob der Campingplatz überhaupt wirklich existierte. Oder ob er nur Teil eines langen, langen Albtraums war.

»Du machst dir immer Gedanken über irgendwas, stimmt's?«, sagte Félix dann doch.

Sie zuckte die Schultern und sah auf die Straße.

Ja, sie machte sich Gedanken. Über alles Mögliche. Vor allem über die Menschen, die ihr wichtig waren.

»Vielleicht solltest du mehr an dich denken als an die anderen«, meinte Félix und setzte den Blinker zum Überholen.

»Warum? Ich bin eben so.«

»Es gibt Leute, die machen sich nie Gedanken um andere. Die leben vielleicht einfacher.«

Laurie zuckte wieder mit den Schultern. »Von mir aus. Aber zu denen gehörst du doch auch nicht.«

»Nein ...«

»Gut, dass es solche Menschen wie uns gibt, oder?«, sagte sie und dann mussten sie beide ein bisschen lachen. Plötzlich wurde sie ernst. »Sag mal, woher weißt du eigentlich, dass ich hier bin?«

»Na ja, du bist nicht zu deiner Schicht gekommen ...« Er druckste ein bisschen herum, dann sagte er: »Mathis hat's mir verraten. Ich hab ihm gesagt, dass ich Bescheid weiß.«

Na klar, dachte Laurie. Aber letzten Endes war es ja gut so.

Da spürte sie etwas Eckiges an ihrem Bauch.

»Mann, die Anmeldeformulare hab ich ganz vergessen!« Sie zog den Ringhefter hervor.

»Und wenn sie nicht drinstehen, deine Gott-ist-mit-den-Gerechten-Leute?«, sagte Félix und wechselte auf die linke Spur. »Dann war alles umsonst.«

»Sie stehen drin«, beharrte sie und wollte nichts anderes glauben.

Alle Formulare waren ordentlich ausgefüllt, mit An- und Abreisedatum und den Namen und Unterschriften der Gäste – und ihren Adressen. Je näher sie dem 11. Juli kam, umso langsamer blätterte sie. 4. Juli. Darunter waren fünf Namen eingetragen, die sie alle nicht kannte. Auch kein Jean und keine Véronique. 4. Juli. Sie konnte sich an den Tag gut erinnern. Es war eine Woche nach ihrem Umzug. Und genau eine Woche, bevor sie mit ihrer Mom und Olivier auf den Campingplatz gefahren war ...

Vor genau einer Woche sind sie aus ihrem Haus ausgezogen.

Sie ist traurig. Noch nie hat sie woanders gewohnt. Das Haus im neuen Viertel ist viel kleiner und der Garten auch. Im alten Garten hat sie im Sommer oft in der Hängematte zwischen den beiden alten Bäumen gelegen und in die Äste und in den Himmel gesehen und sich gefragt, was wohl dahinter kommt. Ob es hinter dem Himmel noch einen anderen Himmel gibt. Und warum der Himmel blau und das Weltall schwarz ist.

Laurie weiß, ihr Leben wird nie wieder so werden, wie es mal war.

Ihre Mom will nächstes Wochenende unbedingt zum Campingplatz. Sie hat die ganze Zeit Kisten ausgepackt, das Haus eingerichtet, ist in der Gegend herumgefahren, hat Dinge besorgt und jetzt braucht sie eine Pause. Sie und ihr Dad streiten jeden Tag und Olivier schreit. Laurie trägt ihn dann hinauf in ihr Zimmer, wiegt ihn in ihren Armen, bis er eingeschlafen ist.

Laurie braucht nun eine halbe Stunde länger zur Schule. Aber das ist ihr egal. Hauptsache, sie muss nicht auf eine neue gehen. Natalie bemerkt immer gleich, wenn es ihr nicht gut geht. Lauries Eltern streiten so oft und sie hat das Gefühl, Olivier vor ihnen retten zu müssen.

Natalie ist die Einzige – neben Annie –, die Laurie wirklich versteht. »Lass uns am Wochenende mal abhängen«, schlägt sie nach der Biostunde vor. »Annies Bruder gibt am Samstag 'ne Party. Na, wie klingt das?«

»Cool«, sagt Laurie begeistert und sofort geht es ihr besser.

Aber Lauries Mom sagt Nein. »Ich kann nicht alles allein machen mit Olivier. Laurie, du musst mit zum Campingplatz kommen! Wenn dein Vater schon nicht kann.«

»Aber wir waren doch erst vor ein paar Wochen draußen! Warum ausgerechnet dieses Wochenende? Wir können doch auch nächstes Wochenende fahren«, wendet Laurie ein.

»Ich muss aber *jetzt* raus!« Ihre Mom ist total genervt. »Ich halt es in diesem Haus einfach nicht aus!«

Dabei ist das Haus ganz in Ordnung. Aber Lauries Mom ist nur schlecht gelaunt. Laurie weiß, dass es keinen Sinn hat, ihr zu widersprechen. Dann fängt sie an zu heulen und schließt sich im Schlafzimmer ein.

Kann leider nicht mit zur Party, textet sie Natalie später.

Olivier streckt die Arme nach ihr aus. Laurie sagt sich: Ich mach es wegen ihm. Er hat doch keine Ahnung, was hier los ist.

Und dann ist Samstag. Es ist ein sonniger Sommertag. Blauer Himmel, warme Luft. Lauries Dad packt den Kombi mit Zelten, Schlafsäcken, Campingkocher, Kühlbox, Taschen und den Babysachen. Lauries Mom kommt mit Olivier auf dem Arm aus dem Haus und setzt ihn in seinen Babysitz. Laurie steigt vorne ein. Ihre Mutter dreht den Schlüssel. Der Motor stottert.

Laurie freut sich insgeheim und hofft, dass es vielleicht doch noch mit der Party klappt. Ihr Dad steckt den Kopf unter die Motorhaube. Er hat keine Ahnung von Autos, aber sein alter Kollege Gérard. Den ruft er an und Laurie fleht stumm, dass Gérard nicht da ist. Aber er ist da. Er kommt, guckt in den Motor. Laurie hofft, er sagt, das Auto muss in die Werkstatt. Aber er fährt noch mal weg, besorgt ein Ersatzteil.

Inzwischen ist es Mittag. Olivier schreit. Lauries Mom ist nervös. In der Post lag ein Brief von der Bank. Seitdem läuft Lauries Dad mit finsterer Miene herum und ihre Mom ist noch gereizter als sonst.

Hoffentlich, hoffentlich bleiben sie doch noch zu Hause, dann kann sie auf die Party mitgehen.

Aber eine halbe Stunde später springt das Auto an. Sie fahren los. Zum Campingplatz ...

»Hast du was gefunden?« Félix' Stimme riss sie wieder zurück in die Gegenwart. Sie saß im Auto, auf den Knien den Ringhefter vom Campingplatz.

»Warte«, sagte sie und blätterte weiter, »ich hab's gleich. Hier, hier ist unser Formular. Anreisedatum 11. Juli, Marie Rigaud, eine Erwachsene, zwei Kinder«, murmelte sie. »Unsere Adresse, zwei Zelte, eine Nacht.« Hinter ihrem Formular war Familie Thibault abgeheftet. Genau, die Thibaults waren auch an dem Tag angekommen. Laurie blätterte zurück, suchte eine Eintragung von einem Jean und einer Véronique. Vielleicht waren sie schon ein paar Tage vorher angereist?

»Ich finde sie nicht! Sie müssen doch da sein!«

»Wieso? Wieso müssen sie? Das ist deine Theorie!« Félix

presste die Lippen zusammen. »Vielleicht war ja doch alles ganz anders.«

Laurie sah hinaus auf die Straße. Der Verkehr war dichter geworden. Schmutziger Schnee türmte sich an den Straßenrändern und der Himmel war grau und trostlos.

Vielleicht lebt er ja doch noch, irgendwo ...

Sie wollte daran glauben. Der Satz des Polizisten ging ihr nicht mehr aus dem Kopf.

»Félix! Ich will einfach daran glauben, dass Olivier noch lebt, okay?« Ihre Stimme überschlug sich vor Aufregung. »Vielleicht wurde er ja entführt! So was gibt's doch. Keine Ahnung, was es mit diesen Postkarten auf sich hat, aber sie sind merkwürdig. Ich meine, dasselbe Motiv, derselbe Spruch ... Und sie sind im Moment unsere einzige Spur! Wenn du nicht mitmachen willst, dann sag's einfach, dann steig ich jetzt sofort aus!« Sie griff zur Tür.

»Nein, nein, warte«, besänftigte Félix sie. »Also, nehmen wir mal an, diese Leute haben was mit der Sache zu tun: Was, wenn sie an diesem Tag nicht offiziell da waren? Es wäre doch sogar dumm von ihnen gewesen, sich ordnungsgemäß anzumelden. Viel zu auffällig.«

Laurie nickte nachdenklich. Ja, Félix hatte recht. Sie blätterte weiter zurück, ein Wochenende, noch ein Wochenende, noch eins ...

Da standen sie wieder. Rigaud. Zwei Erwachsene, zwei Kinder. Ja, an dem Wochenende waren sie zusammen da gewesen ...

Sie blätterte und blätterte.

Ein Montag. Und dann hielt sie die Luft an. »Ich hab sie.«

Montags war sie mit ihren Eltern nie da gewesen. »Ich hab sie, Félix ... ich hab sie!« Mit leicht zitternder Stimme las sie vor: »Jean und Véronique Verret. Rue de la Montagne 139, Québec. Und die Passnummern stehen auch dabei. Wir haben sie!« Jean und Véronique, *Gott ist mit den Gerechten!* Sie waren wirklich da gewesen! Sie konnte es gar nicht fassen. »Félix! Wir haben sie!« Ohne nachzudenken, gab sie ihm einen Kuss auf die Wange. Sein Bart kratzte ein bisschen auf ihren Lippen.

»He!« Félix hob beschwichtigend die Hand. »Fahrer darf man nicht küssen.«

»Wo steht das?«

»Das Schild muss verloren gegangen sein!«, spaßte er, wurde dann aber wieder ernst. »Dann fahren wir jetzt zur Polizei. Oder besser: Du rufst eure Anwältin an.«

Laurie griff zum Handy, ließ es vor Aufregung fast fallen.

Diesmal war Isabelle Deschamps direkt dran.

»Isabelle, ich hab sie! Ich hab sie gefunden!«

»Wen? Was hast du gefunden, Laurie?«

»Die Leute, die Olivier ... entführt haben.« Sie war so aufgeregt, dass sie kaum sprechen konnte. Plötzlich waren ein paar Puzzleteile an ihren Platz gerückt. Ja, so musste es gewesen sein!

»Langsam, Laurie. Woher weißt du, dass er entführt worden ist?«

Was war nur mit Isabelle los, sie begriff doch sonst immer alles sofort?

»Es muss so sein!«, beharrte Laurie und gab sich Mühe, langsamer zu sprechen. »Im Büro hing dieselbe Karte, die auch Mom im Gefängnis bekommen hat, ›Gott ist mit den Gerechten‹ stand da drauf ... das stand auch auf dem Auto einer jungen Familie, die eine Panne hatte. Und Luc vom

Campingplatz wurde am selben Tag von einem Hund gebissen, ist aber erst am nächsten Morgen zum Arzt gegangen. Das hat uns der Arzt erzählt, der Jackson behandelt hat, obwohl er kein Tierarzt ist. Jackson ist der Hund von Félix und Félix war mit ihm an dem Tag auch auf dem Campingplatz, na ja, nicht direkt, aber in der Nähe und Jackson ist ...«

»Laurie«, unterbrach die Anwältin ihren Redefluss, »ich verstehe überhaupt nichts! Kein Wort. Kannst du das alles bitte ein bisschen geordneter erklären?«

Laurie holte Luft. Es klang wirklich ziemlich wirr, aber die ganze Sache war nun mal kompliziert. »Wenn ich Ihnen die Namen der Leute durchgebe, was passiert dann?«, fragte sie immer noch aufgeregt.

»Was dann passiert? Nichts. Ich brauche erst mal Beweise für deine Theorie, und wenn wir die haben, dann müsste ich der Polizei Bescheid geben. Also, Laurie, was hast du für Beweise?«

Laurie konnte sich die Anwältin genau vorstellen, wie sie ihren edlen Füllfederhalter in die Hand nahm, um dann in ein teures Notizbuch zu schreiben.

»Also«, versuchte sie es noch mal von vorn. »Félix war an diesem Tag mit einem Freund und seinem Hund auch auf dem Campingplatz. Aber sein Freund hatte gar keinen Führerschein und außerdem ...«

»Warte, warte! Wer ist Félix?«, unterbrach die Anwältin sie.

»Félix ist ... Félix kenne ich aus dem Diner, in dem ich jobbe.«

»Ah. Und zufällig war er auch an diesem Tag auf dem Campingplatz?«, kam es ziemlich skeptisch zurück.

»Ja! Aber er konnte es nicht sagen, wegen seinem Freund und dem Auto und dem Hund. Jackson ...«

»Jackson. Wer zum Teufel ist Jackson?« Isabelle klang jetzt ungeduldig. Aber Laurie war es auch.

»Jackson ist der Hund von Félix! Und Samuel hat ihn heute beinahe erschossen! Weil er gedacht hat, es wäre ein Wolf! Der Wolf! Verstehen Sie? Und ich hab es zuerst auch gedacht, aber dann kam Félix ... und der Arzt, bei dem wir waren, hat gesagt, dass Luc mit einer Bisswunde zu ihm kam ...«

»Laurie«, unterbrach Isabelle sie wieder. »Am besten, du kommst ins Büro. Und dort erklärst du mir alles in Ruhe. Dann besprechen wir, was wir tun können. Erst mal müssen wir alles ordnen. Einverstanden?«

»Aber ...«

»Nichts aber!«, sagte die Anwältin entschieden.

Laurie seufzte. »Okay, dann kommen wir gleich.«

»Nein, nicht heute. Ich bin heute nicht in der Stadt.«

»Nicht in der Stadt?«, wiederholte Laurie tonlos.

Sie hatte das Gefühl, gleich von einer gewaltigen Woge erfasst und erdrückt zu werden.

»Morgen. Du kommst morgen früh, okay?«

»Morgen?« Es hörte sich für Laurie an wie *nie*. Morgen war Mittwoch. Ein Tag vor dem Prozess ...

»Ja. Komm gleich um acht, dann besprechen wir alles, ja? Es wird alles gut. Hörst du, Laurie?«

»Ja«, sagte Laurie schwach und legte auf.

»Und?«, fragte Félix.

Laurie starrte geradeaus aus dem Fenster.

»Sie versteht es nicht«, sagte sie schließlich. »Sie will erst mal alles ordnen.«

»Klar, sie ist ja Anwältin. Sie muss überlegt vorgehen, alles vor Gericht bringen und alle Regeln befolgen. Ein Fehler und alles ist futsch!« Er schlug mit der flachen Hand aufs Lenkrad. »Verflucht noch mal, was machen wir denn jetzt?«

Jackson fing wieder an zu bellen.

»Ist okay, Jackson«, sagte Félix, woraufhin Jackson augenblicklich verstummte.

Sie grübelte. Sie konnte unmöglich untätig bis morgen herumsitzen. Und wer wusste, wie lange Isabelle dann alles überprüfen würde und wie akribisch sie irgendwelche Regeln befolgen musste. Es gab nur eine Möglichkeit.

»Félix? Wir holen uns selbst die Beweise.« Félix sah zu ihr herüber. Laurie legte den Finger auf die Adresszeile. »Rue de la Montagne.«

»Willst du da klingeln und fragen: ›Hallo, haben Sie ein Baby, das Ihnen nicht gehört? Es ist nämlich mein Bruder.‹«

»Natürlich nicht! Zuerst müssen wir unauffällig herausfinden, ob sie ein Kind haben. Einen Jungen, zweiundzwanzig Monate alt.«

»Du willst das wirklich tun, oder?« Félix starrte sie an. »Aber sie kennen dich aus der Zeitung, Laurie, aus dem Internet, von Fotos ...«

»Ja, aber dich kennen sie nicht.«

16.

»Bist du denn völlig verrückt geworden?« Zornig starrte Luc Samuel an.

Samuel ließ das Gewehr langsam sinken. Erst jetzt nahm er wahr, dass er seinem Bruder wirklich vor die Füße geschossen hatte. »Ich halte das nicht mehr aus.«

»Was?« Luc machte ein paar Schritte auf ihn zu.

Samuel fühlte sich so schlecht, so schuldig. Wie hatte er es überhaupt so weit kommen lassen können? Und jetzt hatte er auch noch auf seinen Bruder geschossen! Er war verzweifelt. »Ihre Mutter sitzt im Gefängnis. Vielleicht kriegt sie lebenslänglich.«

»Jeder ist für sein Leben selbst verantwortlich«, sagte Luc erbarmungslos, steckte die Hände in die Jackentaschen und betrachtete ihn herausfordernd. So mochte ihn Samuel überhaupt nicht.

»Sie wird für etwas verurteilt, was sie nicht getan hat«, versuchte es Samuel noch mal.

Luc nahm eine Hand aus der Hosentasche und bohrte in seinem Ohr. »Jetzt bleib mal cool, Mann. Wir konnten doch nicht wissen, dass es so laufen würde!«

Samuel sah seinem Bruder in die Augen. Waren sie schon immer so kalt gewesen?

»Wir?«, fragte Samuel. »Wir? Du meinst: du.«

»Ja, ich! Ich habe es für uns getan. Okay? Damit du und ich ein Auskommen haben.« Luc machte eine ausladende Bewegung über die Blockhäuser. »Dreißigtausend Dollar. Ohne die hätte das hier jetzt diese verdammte Umweltschutzgruppe. Und wir? Wir hätten irgendwohin ziehen müssen. Wie hätte unser Leben ausgesehen? Das hier gehört jetzt uns. Ich habe uns ein Zuhause geschaffen.« Der Blick aus seinen dunklen Augen wurde intensiver und Samuel konnte ihm kaum standhalten. Sein Bruder hatte ja recht. Alles, was er war, alles, was er besaß, hatte er Luc zu verdanken.

Luc kam noch etwas näher und sah auf Samuel herab. Seine Stimme war jetzt leise, aber umso eindringlicher. »Ich hab immer für dich gesorgt, Sam. Ich hätte dich auch im Heim lassen können. Hast du das vergessen?«

»Nein.« Samuel schüttelte den Kopf. Er fühlte sich wie hypnotisiert von seinem Bruder. Luc hatte recht. Er hatte immer recht. »Nein, ich habe es nicht vergessen.«

»Wer hat dich aus diesem Scheiß-Kinderheim geholt?!«

»Du! Du hast mich aus dem Scheiß-Kinderheim geholt.«

»Genau. Und wie haben sie dich dort behandelt?«

Samuel schwieg.

»Komm schon, Sam, sag's. Wie haben sie dich dort behandelt?«

Drohend stand sein Bruder vor ihm. Samuel biss sich auf die Lippen. Jedes Wort bohrte sich wie ein giftiger Pfeil in sein Fleisch. »Sie haben mich dort wie einen Haufen Scheiße behandelt.«

»Genau. Wie einen Haufen Scheiße!«

Samuel zuckte zusammen. Jedes Wort war ein Hieb, ein Stich ins Herz.

»Und wer hat dir Klamotten gekauft und dir einen anständigen Job gegeben?«

»Du.«

»Sag's!« Luc hatte ihn im Genick gepackt und drückte

ihn auf die Knie. Ihm wurde so übel, dass er sich in den Schnee erbrach.

»Sag's, dann hast du's hinter dir!«

Samuel hasste ihn. Aber er durfte ihn nicht hassen. Er war sein Bruder. Und er hatte ihn gerettet. Ihm hatte er sein Leben zu verdanken, sonst wäre er längst da im Heim gestorben.

Und so wischte er sich den Mund mit Schnee ab und sagte: »Du hast mir Klamotten gekauft und mir einen anständigen Job gegeben.«

Luc schlug ihm zufrieden auf die Schulter. »Tut mir leid, Kleiner. Musste sein. Du warst dabei, die Orientierung zu verlieren. Jetzt weißt du wieder, wer du bist und zu wem du gehörst.« Luc reichte ihm die Hand und zog ihn wieder auf die Füße. »Das alles haben wir uns geschaffen!« Er hatte die Stimme erhoben und sah hinauf zu den Bäumen. »Kein Schwein hat uns geholfen!« Er hielt die Hände vor sich, die Handflächen nach oben, die Finger leicht gekrümmt, als ob er etwas sehr Schweres und Kostbares halten würde. »Nur Gott. Er hat uns darin bestärkt, für Gerechtigkeit zu sorgen. Das haben wir getan. Und du weißt: Gott ist mit den Gerechten.«

Samuel stand da und merkte, wie er langsam verschwand, immer kleiner und durchsichtiger wurde.

Luc wusste immer, wo es langging. Luc war stark. Viel stärker als er. Und Luc hatte nie Angst. Nie hatte er von seinen Erlebnissen im Krieg erzählt. *Solche Sachen, Sam, brauchst du nicht zu wissen. Glaub mir, es ist besser so.*

Er, Sam, war Luc etwas schuldig, das wusste er. Denn ohne Luc wäre sein Leben ganz anders verlaufen. Wer wusste, in welcher Familie er gelandet wäre. Vielleicht wäre er ja auch schon längst im Knast, weil er jemanden von seinen Peinigern umgebracht hätte. Oder er wäre selbst tot.

Luc vertraute ihm. Und er, Sam, durfte ihn nicht enttäuschen.

Als ihm das Gewehr aus der Hand glitt und auf die Füße fiel, sah er auf.

Luc war nicht mehr da. Er wollte das Gewehr aufheben, als ein lautes Fluchen aus dem Büro kam. Luc stand im Türrahmen und tobte. »Das Miststück war am Computer! Sie hat versucht, sich einzuloggen, ist ihr aber nicht gelungen. Wer weiß, was sie sonst noch gefunden hat!«

Samuel sah in den weißgrauen Himmel. Was sollte er bloß tun? Stimmte es, was Luc sagte? Dass sie für Gerechtigkeit gesorgt hatten? Aber durfte er deswegen lügen und zusehen, wie jemandem Unrecht geschah? Wäre es nicht auch gerecht, wenn Lauries Mutter freigelassen würde? Laurie tat ihm leid. Sie wusste wie er, wie sich Verlassenheit anfühlte.

Die Verlassenheit war immer bei ihm. Eigentlich war sie seine treueste Begleiterin. Auch wenn sie sein Herz zusammendrückte.

»Sam!« Samuel fuhr zusammen. Luc war wieder herausgekommen. Sein Ausdruck ließ Samuel ahnen, dass noch etwas passiert war. »Sam, die Schlampe hat die Anmeldeformulare mitgenommen!« Luc knirschte mit den Zähnen, so wie immer, wenn er sehr wütend war. Samuel überlegte und zuckte dann mit den Schultern. »Mann, die Formulare vom letzten Jahr!«, schrie Luc ihn aufgebracht an.

»Ja und?«

»Ja und? Sag mal, bist du so bescheuert oder tust du nur so?« Luc gab ihm einen Klaps auf den Kopf.

Samuel schluckte. Er war es gewöhnt, von Luc gedemütigt zu werden. Er musste es sich gefallen lassen. Oder? Weil Luc ihn gerettet hatte. Er musste ihm dankbar sein. Sein ganzes Leben lang. Denn er verdankte ihm sein Leben – nach dem Heim. Samuel sah seinen Bruder bloß an und versuchte, alle aufwühlenden Gefühle herunterzuschlucken.

»Da stehen sie drin!« Lucs Stimme überschlug sich vor Wut. »Mit Adresse! Mit Passnummer. Vorschriftsmäßig! Warum hab ich es nicht weggeworfen?«

»Weil du es für die Steuer aufheben musst, oder?«, sagte Sam auf einmal ganz ruhig. Für einen kurzen Moment fühlte er sich tatsächlich stärker als Luc.

»Ja! Für die verdammte Steuerbehörde! Und weil es Vorschrift ist!« Nervös lief er auf und ab. »Was machen wir denn jetzt? Wenn ich Jean anrufe und ihn warne, will er garantiert sein Geld zurück!« Zornig trat Luc gegen einen Schneehaufen. »Verdammte Scheiße! Dieses Miststück macht alles kaputt!«

»Wieso?«

Luc holte mit der Hand aus, hielt dann aber mitten in der Bewegung inne. »Wieso? Du fragst *wieso?* Weil ich ihm garantiert habe, dass alles okay läuft! Dass er sich hundertprozentig auf mich verlassen kann! Dass es keine Probleme gibt! Dass er niemals behelligt wird! Verstehst du?« Luc wurde immer lauter und heftiger. Jetzt stand er direkt vor Sam und zeigte mit dem Finger auf sich selbst. »Ich war in der Armee, Sam. Und wenn man einen Befehl hat, dann führt man ihn aus. Darauf hat er sich verlassen: dass ich den Auftrag sauber ausführe. Dafür hat er bezahlt. Verstehst du, es geht nicht nur um das verdammte Geld, es geht auch um … um meine … meine Ehre!« Die letzten Worte hatte er gebrüllt. Sein Gesicht war rot vor Zorn. Wieder trat er in den Schnee.

An solche Ausbrüche seines Bruders war Samuel gewöhnt. Trotzdem machte Luc ihm manchmal regelrecht Angst. Weil seinem Bruder in der Wut beinahe alles zuzutrauen war. Nicht nur, dass er das Beil nahm und damit den Küchenstuhl kurz und klein schlug.

Samuel schluckte wieder. Es kam ihm vor, als müsste er nur noch schlucken. Alles hinunterwürgen, um nicht schreien und weglaufen zu müssen. Schließlich sagte er, so ruhig er konnte: »Ich verstehe das nicht. Warum hat er denn auch seinen richtigen Namen ins Anmeldeformular geschrieben?«

Pause.

Luc sah ihn nur erstaunt an.

»Er hätte doch auch einen erfundenen Namen reinschreiben können – oder am besten: gar keinen. Warum hast du ihn seinen Namen da reinschreiben lassen?« Die Frage kam Samuel absolut logisch vor und er verstand nicht, warum Luc ihn am Kragen packte.

»Herrgott, Sam!«, schrie Luc außer sich. »Wir wussten doch erst gar nicht, was er vorhatte! Es waren ganz normale Gäste. Erinnerst du dich denn nicht mehr?«

Samuel sah seinem Bruder nur in die Augen, in diese dunklen, funkelnden Augen, die wer weiß was gesehen hatten im Krieg und die nie wieder so würden, wie sie früher waren. Sanft und freundlich und warm … *Sammy, du musst nicht weinen. Ich pass auf dich auf. Sammy, ich zeig dir, wie man angelt. Sei nicht traurig, weil Mom fort ist, du hast doch mich und Dad. Sammy …*

Natürlich erinnerte sich Samuel an die beiden. Und ob er sich erinnerte.

»Warum sagst du nichts?« Luc rüttelte ihn an der Schulter. »Sam? Sag mal ...« Sein Bruder neigte den Kopf, wie er es immer tat, wenn er ihn durchschauen wollte.

Samuel wartete. Sein Bruder konnte total ausrasten, das wusste er. Deshalb hatten sie ihn schließlich aus der Armee entlassen, deshalb nahm er Tabletten, deshalb hatte der eine Küchenstuhl ein anderes Bein, deshalb ...

»Sag mal, Sam«, wiederholte Luc gefährlich ruhig. »Du hast ihr doch nicht etwa davon erzählt?«

»Nein!«, sagte Samuel schnell. »Natürlich nicht!«

Luc machte noch einen Schritt auf ihn zu, neigte sich ein wenig zu seinem Bruder herunter, sodass sich fast ihre Nasenspitzen berührten. Dann fragte er leise und drohend: »Bist du da ganz sicher?«

»Nein! Ich meine ... ja!«, stotterte Samuel.

»Was jetzt? Hast du uns verraten oder nicht?«

»Nein! Nein, was redest du da? Ich hab niemanden ver raten!«, verteidigte sich Samuel.

»Aber du bist mit ihr durch den Wald gelaufen und ...« Luc sah auf das Gewehr im Schnee. Es lag zwischen ihnen, war wie eine Grenze. »Du warst in der Jagdhütte?« Lucs Ton wurde schärfer. »Sam? Warst du mit ihr in der Jagdhütte?«

»Ja ... ja ... natürlich! Natürlich war ich in der Jagdhütte«, stotterte Samuel. »Der Schneesturm ...«

Ein überlegenes Lächeln glitt über Lucs Gesicht, das Samuel genauso hasste wie diesen lauernden Ton. »Komm schon, Kleiner.« Luc grinste breit. »Sie sieht ganz nett aus. Sehr nett sogar. Ich weiß ganz genau, was in dir vorgegangen ist! Ist ja normal für einen Mann.« Er zwinkerte jetzt und Samuel fühlte sich immer unwohler. Etwas in ihm fing an zu kochen, zu brodeln …

»Sie hat es geschafft, dich rumzukriegen«, redete Luc weiter auf ihn ein. »Klar, die Weiber sind so. Wickeln dich um den kleinen Finger und dann – peng, holen sie sich, was sie brauchen.«

»Nein, so war es nicht!«, widersprach Samuel.

»Ach nein? Du musst deinem Bruder doch nichts vormachen, oder?« Er lachte kurz auf und wurde sofort wieder ernst. Kniff die Augen zusammen und fixierte ihn, sodass Samuel ein Schauder über den Rücken lief. *Macht es dir nichts aus, dass dich dein Bruder so behandelt?*, hörte Samuel Laurie sagen.

»Nein!«, sagte er heftig. »So war es überhaupt nicht!«

Lucs Züge gefroren. Er war es nicht gewohnt, dass Samuel so mit ihm sprach.

»Erzähl doch keinen Bullshit!«, entgegnete Luc genauso heftig. »Wie war's denn dann? Hast du ihr schon gleich nach dem ersten Kuss alles erzählt?«

Samuel dachte nicht mehr nach. Irgendwann war alles zu viel. Mit aller Kraft rammte er seinem Bruder die Faust in den Magen. Der, völlig überrascht, knickte ein, Samuel versetzte ihm einen Kinnhaken, der es in sich hatte. Luc verlor das Gleichgewicht, taumelte, stolperte über das Gewehr und fiel mit dem Oberkörper auf einen Baumstumpf, der aus dem Schnee aufragte.

Samuel hielt erschrocken in der Bewegung inne. »Luc?«

Sein Bruder rührte sich nicht mehr.

»Luc!« Bestürzt sank Samuel auf die Knie in den Schnee. War er … tot?

»Luc«, flüsterte er und streckte die Hand nach Lucs Gesicht aus. Berührte seine Wangen. Nein, er konnte doch nicht seinen Bruder getötet haben …

Im selben Augenblick schoss Lucs Faust vor, etwas krachte auf Samuels Nase, dann wurde alles um ihn herum schwarz.

***

Es war längst dunkel. Um diese Jahreszeit ging die Sonne schon fast am Nachmittag unter.

Sie hatten erst überlegt, ob sie Jackson nach Hause bringen sollten. Aber dann entschieden sie, dass es besser wäre, ihn bei sich zu haben. Außerdem hätten sie Félix' Eltern sonst erklären müssen, was passiert war. Und Laurie wusste genauso wenig wie Félix, wo sie ihre Geschichte beginnen lassen sollte.

An einem Parkplatz hielten sie an. Félix gab seinem Hund Wasser und überprüfte den Verband. Der sah gut aus. Und Jackson machte auch einen ganz guten Eindruck, nachdem er sich auf dem Campingplatz so aufgeregt hatte.

»Bist du noch böse?«, fragte Félix, als er sich wieder hinters Steuer setzte.

Was sollte sie ihm antworten? War sie ihm noch böse?

»Wenn du zur Polizei gegangen wärst und vor Gericht ausgesagt hättest, hätten sie meine Mom vielleicht nicht verurteilt.«

Er biss sich auf die Lippen.

Sie sah hinaus. Autos fuhren vorbei, Streiflichter in der kalten Dunkelheit.

»Aber vielleicht …« Sie wandte sich zu ihm und sah ihm in die Augen. Er sah nicht weg, das rechnete sie ihm an. »Vielleicht hätte ich es an deiner Stelle auch nicht gemacht.«

Félix hatte die Hände ans Lenkrad gelegt und sah durch die Scheibe in die Dämmerung. »Ich konnte kaum noch schlafen«, fing er an. »Und wenn ich eingeschlafen bin, bin ich mitten in der Nacht aus einem Albtraum aufgewacht. Ich konnte Jackson nicht mehr in die Augen sehen. Und mir auch nicht. So wollte ich nicht leben. Aber ich hatte auch Angst, zur Polizei zu gehen.«

Laurie blickte auf den Ringhefter, den sie immer noch auf ihren Knien hielt. »Ich hatte manchmal auch Angst, dass … dass die anderen doch recht haben könnten. Ist ganz schön hart, wenn jemand, dem man vertraut, etwas so Schreckliches getan haben soll. Wenn du ihn gegen alle anderen verteidigst, weil du an ihn glaubst.«

Félix nickte und in dem Augenblick fühlte sie sich ihm ganz nah.

Sie sahen nun beide hinaus auf die Straße. Von hinten kam ein leises Schnarchen.

»Fahren wir.« Félix ließ den Motor an.

»Warte«, sagte Laurie und legte ihm die Hand auf den Arm. »Egal, welche Wahrheit wir finden, wir suchen sie zusammen, ja?«

Er nickte. »Ja. Wir suchen sie zusammen.«

Félix fand die Straße mithilfe seines Navis auf Anhieb. Die Rue de la Montagne war eine ruhige, von Bäumen gesäumte Straße mit zweistöckigen, frei stehenden Einfamilienhäusern. Alles sah irgendwie idyllisch aus. Der Schnee in den Vorgärten, die Schneemänner, die von Schnee überzogenen Büsche, die Schneehäubchen auf den Briefkästen und die leuchtende Weihnachtsdekoration an den Häusern.

Laurie versuchte, die Hausnummern zu lesen.

»113, 115 ... weiter, die 139 muss noch ein ganzes Stück weiter sein.« Je näher sie kamen, umso nervöser wurde sie. Und wenn alles schiefging? Oder sie sich geirrt hatte? Wenn die Leute falsche Namen und eine falsche Adresse angegeben hatten, wenn ... Stopp!, befahl sie sich. Stopp!

Vor ihnen rangierte ein Auto aus der Einfahrt. Félix fuhr langsamer.

»Also, hast du eine Idee, wie wir an eine DNA-Probe von dem Kind kommen? Vorausgesetzt natürlich, da ist ein Kind und ich komme in die Wohnung rein.«

»Na ja ... es dürfte doch nicht so schwer sein, ein Kinderhaar zu klauen«, murmelte Laurie.

»Wie, soll ich ihm etwa eins ausrupfen?« Félix kratzte sich den Bart.

»Félix, wir müssen das einfach hinkriegen! Übermorgen ist der Prozess, und wenn wir bis dahin nicht ... Hier!« Laurie deutete auf das Haus mit den sauber gestutzten Bäumen und dem dicken Kranz aus Tannenzweigen an der Haustür. »139!«

Félix fuhr noch ein bisschen langsamer.

Laurie überfiel ein unangenehmes Gefühl, als sie den Schneemann mit der schwarzen Wollmütze und der Karottennase im Vorgarten sah. Ein Van neueren Baujahrs stand in der Einfahrt.

»Hübsche Gegend«, bemerkte sie. »Bestimmt nicht billig.« Sie stellte sich vor, wie Olivier hier lebte. In einem großen hellen Zimmer voller Spielsachen. Und im Sommer würden diese Leute nicht auf einen Campingplatz fahren, sondern ans Meer.

Bestimmt würden sie sich auch nicht so streiten ... Ob Olivier hier eine Schwester hatte? Oder einen Bruder?

Und wenn – ihre Kehle wurde ganz eng bei dem Gedanken – und wenn es Olivier in dieser Familie viel besser ging? Selbst wenn ihre Mutter aus dem Gefängnis käme, würde sie sich überhaupt wieder mit ihrem Vater verstehen?

»Was soll ich tun? Einfach klingeln?« Félix hatte angehalten. »Wir brauchen einen Plan, Laurie.«

Die bunten Lichter der Weihnachtsdekoration an einigen Häusern flackerten auf und brannten sich in die Dämmerung.

Am Haus gegenüber erstrahlte auf einmal ein meterhoher Weihnachtsmann aus Hunderten von bunten Lichtern. Er trug einen Sack und einen langen weißen Bart. Félix und Laurie sahen sich an.

»Ich hab da eine Idee«, sagte Félix.

»Ich auch«, sagte Laurie.

Der Supermarkt drei Straßen weiter verkaufte alles Mögliche an Weihnachtsdeko. Darunter rote Weihnachtsmannmützen für zwei Dollar. Félix hielt Laurie einen weißen Bart vors Gesicht. »Damit würden sie dich auch nicht erkennen.«

Trotz ihrer Anspannung musste Laurie ein bisschen lachen.

»Nehmen wir den?« Er ließ den weißen Bart mit dem Gummizug am Finger baumeln.

»Ja, sehr hübsch. Und dann noch einen roten Mantel und einen Rucksack und ... ein paar Spielsachen.«

Den Mantel gab es bloß in einer recht billigen Ausführung. »Das Wichtigste ist: Du trägst ihn mit Würde«, sagte Laurie.

»Klar mach ich das – und he …« Er sah sie an. »Du hast schon wieder gelächelt.«

Sie wurde rot und sagte schnell: »Bringen wir das hinter uns, Félix. Dann kann ich vielleicht noch öfter lächeln.«

»Das … das wäre schön«, sagte er leise.

Laurie spürte ein warmes Gefühl, das durch ihren Körper strömte. Doch dafür war jetzt keine Zeit. Schnell suchte sie noch einen beigen Wäschesack, drei billige Stofftiere und drei leere Geschenkkartons. Der Sack musste ja gefüllt aussehen.

Wieder draußen fiel Laurie auf, dass nun überall an den Häusern und in den Schaufenstern die Weihnachtsbeleuchtung brannte. Für einen kurzen Moment dachte sie an ihre Mutter. Und wie viele Weihnachten sie in einer Zelle verbringen würde, wenn Laurie es nicht schaffte, ihre Unschuld zu beweisen.

»Hast du Angst?«, fragte Félix, als hätte er ihre Gedanken gelesen.

»Ein bisschen«, sagte sie.

»Dass es doch nicht dein Bruder ist?«

Sie nickte. »Denn dann … dann ist er wahrscheinlich doch tot.« Dann habe ich alles verloren, dachte sie, meine Mutter und meinen Bruder.

Félix sah in den Himmel. »Was ist dein größter Wunsch?«

Sie legte den Kopf in den Nacken. Über ihnen blitzten die winzigen Sterne, als habe das Universum auch schon für Weihnachten dekoriert.

»Dass es diesen Tag nie gegeben hätte«, sagte sie.

»Ja. Das wünsche ich mir auch«, sagte Félix.

»Selten, dass man sich genau dasselbe wünscht, oder?«

Sie merkte, wie sie nach Félix' Hand griff. Und seine Hand war ganz warm. Diesen Moment wollte sie festhalten, egal, was gleich passieren würde.

Sie parkten drei Häuser vor dem der Verrets. In den meisten Vorgärten brannte Licht. Zusammen mit der Weihnachtsbeleuchtung war die Straße recht hell.

Der Plan war, dass Félix als Weihnachtsmann am Haus des Ehepaars klingeln sollte. Er sollte behaupten, die Gemeinde hätte ihn geschickt, um ihrem Kind ein Geschenk zu bringen.

»Hoffentlich nehmen sie nicht nur das Geschenk und schicken mich wieder weg! Manche Leute sind ja so drauf.« Félix zog das Gummiband mit dem Bart über den Kopf.

»Dir fällt schon was ein«, ermutigte sie ihn, obwohl sie selbst so nervös war, dass sie kaum atmen konnte. »Hoffentlich sind sie überhaupt da. Nicht, dass sie auf einer Weihnachtsparty eingeladen sind«, sagte Félix und betrachtete sich im Rückspiegel.

»Dann haben sie ...«, sie wollte noch nicht Olivier sagen, »das Kind bestimmt nicht mitgenommen. Dann ist ein Babysitter da.«

»Oder eine Schwester oder ein Bruder?«

»Meinetwegen.« Sie konnte sich nicht vorstellen, dass Olivier eine andere Schwester als sie haben konnte.

»Wo ist die Mütze?«, fragte er und wühlte in der Tüte.

»Hier.« Laurie hatte sie schon rausgenommen. Ihre Hand zitterte, als sie sie ihm gab.

Er setzte sie auf. »Und, steht sie mir?«

»Solltest du immer tragen.«

»He, du hast schon wieder gelächelt.«

»Wirklich?«

»Ja!«

»Und wenn sie nach einem Ausweis fragen?«, fiel Laurie plötzlich ein.

Félix zog seinen Bibliotheksausweis aus der Hosentasche. »Ist zwar kein Weihnachtsmann-Ausweis, aber der geht doch. Oder?«

»Muss gehen.« Laurie reichte ihm den roten Mantel mit der weißen Borte. »Das Wichtigste! Nur mit dem weißen Bart und dem Sack siehst du sonst aus wie ein Freak. Da lassen die dich bestimmt nicht rein.«

Er nahm ihn und beugte sich zu ihr und gab ihr einen Kuss auf den Mund.

Sie starrte ihn an. Seine Augen glänzten. Oder sah das nur so aus, weil ihr plötzlich Tränen kamen?

Für einen kurzen Moment war ihr, als hätte sie ihre schützende Rüstung abgelegt, sodass sie auch etwas anderes spüren konnte als Angst und Wut und Verzweiflung.

»Bis gleich«, sagte er

»Viel Glück«, brachte sie leise heraus.

Sie spürte den Kuss noch, als er schon die Straße hinunterging. Laurie drehte sich zu Jackson um, der erschöpft schnarchte.

Vorsichtig streckte sie die Hand nach ihm aus. Aber dann wagte sie doch noch nicht, ihn zu streicheln.

17.

Er hatte nicht darüber nachgedacht. Es war einfach über ihn gekommen. Der Kuss. Wie weich ihre Lippen waren. Er hätte noch viel mehr für sie getan, als sich als Weihnachtsmann verkleidet Zutritt zu einem Haus zu verschaffen und sich Haare von einem Kleinkind zu besorgen! Mit jedem Schritt, dem er sich dem Haus näherte, wurde ihm klarer, dass er das hier nicht versieben durfte. Wenn er versagte, würde sie ihn nicht lieben können. Und er wollte, dass sie ihn liebte. Trotz allem, was passiert war. Er hatte ja nicht wissen können, dass er sich in sie verlieben würde. Das war doch Liebe? Dieses flirrende Gefühl im Bauch? War das Liebe, wenn er dauernd an Laurie dachte? War das Liebe, wenn er ihr Gesicht vor sich sah, sobald er die Augen schloss? Nein, er durfte das jetzt nicht versieben.

Als er vor dem Haus stand, atmete er tief durch. *Nein, ich versiebe es nicht. Ich versiebe es nicht.*

Mit festen Schritten marschierte er über einen penibel geräumten Weg zur Haustür, an der ein Kranz mit roten Schleifen hing. Er warf einen Seitenblick auf das Auto, das in der Garageneinfahrt parkte, doch in der Dunkelheit konnte er nicht sehen, ob ein Kindersitz darin war. Gut, er würde es gleich feststellen ... Noch einmal holte er tief Atem und streckte die Hand nach der Klingel aus – da wurde die Tür schon von innen geöffnet.

»Hallo! Ich hab Sie schon kommen sehen«, begrüßte ihn eine Frau mit einer hohen, leisen Stimme. Sie schien ganz erfreut.

»Nun ja, ein Weihnachtsmann ist nicht ganz unauffällig, das gebe ich zu«, sagte er, so sonor er konnte, und wunderte sich über sich selbst, wie leicht er das über die Lippen brachte.

Die Frau lächelte freundlich. Ihre Haut war blass und ihr Haar von einem bleichen Blond. Die grauen Leggins und der graue Fleecepulli ließen sie ein bisschen farblos erscheinen. Sie hatte die Tür einen Spaltbreit geöffnet, die Sicherheitskette aber nicht ausgehakt.

»Die Gemeinde schickt mich.« Wo hatte er denn jetzt den Ausweis stecken? Verflucht. »Sind Sie Madame Verret?«

»Ja.« Sie lächelte immer noch, wenn auch ein wenig verhalten, als hätte sie Angst, etwas Falsches zu tun.

»Schön. Ich würde gern Ihrem Sohn ein kleines Geschenk bringen.«

»Meinem Sohn?« Ihr blasses Gesicht wurde um eine Nuance farbiger.

Sie hat keinen Sohn, schoss es ihm durch den Kopf, wir haben uns geirrt.

»Ja!«, sagte Félix dennoch so selbstverständlich er konnte.

»Das ist aber nett!«

Félix hatte Mühe, seine Freude und Aufregung nicht allzu offen zu zeigen. Und so schlug er wieder seine sonore Weihnachtsmannstimme an: »Ich habe gehört, dass er immer brav ist und seinen Eltern viel Freude macht.« Er drohte mit dem Zeigefinger. »Oder irre ich mich da?«

»Aber nein! Er ist das bravste Kind auf der Welt!« Madame Verret lächelte zart. Irgendwie hatte sie etwas Mädchenhaftes. Dabei war sie sicher schon so um die dreißig. »Wie heißt er denn?«, wollte er wissen.

»Alexandre.«

Natürlich nannten sie ihn nicht Olivier, war ja klar.

»Alexandre!«, rief er durch den Türspalt. Die Kette hatte sie immer noch nicht ausgehängt. »Der Weihnachtsmann hat ein Geschenk für dich!«

»Alexandre!«, rief nun auch die Mutter mit heller Stimme.

Von drinnen kamen schnelle, unbeholfene Schritte und Kindergeplapper.

Die Frau drehte sich um und sagte etwas, das er nicht verstand. Wie sollte das jetzt weitergehen? Würde sie von ihm verlangen, das Geschenk durch den Spalt zu schieben?

Doch wenn er ihr sagen würde, sie solle die Kette aushängen, würde sie vielleicht denken, er wäre ein Einbrecher. Was ja nicht ganz falsch war – auch wenn er nur ein paar Haare rauben wollte.

»Ach – haben Sie einen Ausweis?«, fragte sie ihn da auf einmal.

»Selbstverständlich. Einen Moment.« Umständlich kramte er unter dem Mantel in seinen Hosentaschen.

»Mama!«, rief eine Kinderstimme. Ein kleiner Junge drängte sich an die Beine der Frau.

Alexandre. War das Olivier? Lauries kleiner Bruder?

Endlich hatte er den Ausweis gefunden. Er steckte in der vorderen Hosentasche. Hoffentlich merkt sie nicht gleich, dass es nur ein Bibliotheksausweis ist, dachte er, als er ihn an den Türspalt hielt.

Tatsächlich warf sie nur einen kurzen Blick darauf.

»Schon okay, man muss heute ja so vorsichtig sein.«

»Klar«, sagte er.

Sie hob die Hand zur Türkette. Na endlich.

***

Laurie merkte, wie sie sich vor lauter Aufregung an den Ringhefter krallte. Sie hatte Félix bis zum Haus gehen sehen, aber dann war er hinter der schneebedeckten Hecke im Vorgarten verschwunden. Sie stellte sich vor, wie er läutete. Laut Handyuhr waren sechs Minuten vergangen. Wenn niemand geöffnet hätte, wäre er schon wieder umgekehrt. Wahrscheinlich war er bereits im Haus. Sie stellte sich vor, wie er dort im roten Weihnachtsmannkostüm stand und seine Story erzählte. Und da war auch ein kleiner Junge, oder? Mitsamt einer Frau, die ihn auf dem Arm hielt, so wie ihre Mom ihn auf dem Arm gehalten hatte, und dann sah sie, wie Félix den Sack mit den Geschenken aufmachte und das weiße Plüschhäschen herausholte und wie das Kind sein Ärmchen ausstreckte und danach griff ... und Félix würde dem Kind über den Kopf streichen ... Hier stoppte ihre Fantasie. Wie sollte das gehen? Ihr Mom hätte nie erlaubt, dass ein Fremder Olivier übers Haar strich, jedenfalls nicht einfach so. Allerdings – wenn das der Weihnachtsmann tat ...

Sie biss weiter nervös auf ihre Fingerknöchel, als plötzlich am Anfang der Straße Scheinwerfer aufblendeten. Ein Wagen war seitlich eingebogen und fuhr auf sie zu. Laurie setzte sich kerzengerade auf. Das Auto kam näher, die grellen Scheinwerfer brannten in ihren Augen. Wenn sie sich nicht vollkommen irrte, dann war der Wagen eben auf das Grundstück von Jean und Véronique gefahren. Wer war das? War vielleicht doch niemand zu Hause gewesen? Aber was machte Félix dann die ganze Zeit dort?

Ihr wurde erst heiß und dann eiskalt. Sie konnte doch

nicht einfach hier sitzen und warten. Mit einem Ruck hatte sie die Tür aufgestoßen, war in wenigen Sekunden um die Motorhaube herumgelaufen, ließ sich hinters Steuer fallen und drehte den Schlüssel. Sie war noch nie Auto gefahren. Doch das war jetzt egal.

***

Erst hörte er den Motor, dann fiel das Scheinwerferlicht von hinten über ihn und warf seinen grotesken Weihnachtsmannschatten an die Hauswand. Er durfte es nicht vermasseln. Das hier war seine Chance, es wiedergutzumachen.

»Da kommt der Papa!«, sagte Madame Verret und ließ die Hand wieder sinken, ohne die Kette auszuhängen.

»Papa ...«, plapperte das Kind und hielt sich am Bein seiner Mutter fest.

Verdammt!, dachte Félix, das gibt's doch nicht! Ausgerechnet jetzt.

»Ja, mein Schatz! Das ist der Papa!« Madame Verret bückte sich und nahm das Kind auf den Arm. Sein Kopf befand sich jetzt fast auf gleicher Höhe. Félix müsste nur die Hand durch den Türspalt strecken, dem Kleinen über den Kopf streicheln und *zack* ein Haar auszupfen. Hörte sich aber leichter an, als es war. Die Mutter hätte sicher was dagegen, wenn er einfach so seine Hand durch den Spalt stecken würde. Und wenn das Kind anfinge zu schreien, wäre ihr Mann gleich zur Stelle. All diese Überlegungen hinderten ihn daran, überhaupt irgendetwas zu tun. So stand er bloß da und wartete auf das, was gleich geschehen würde – was auch immer das war.

Mit einem *Plopp* schnappten die Türschlösser zu, dann knirschten energische Schritte im Schnee.

»Wen haben wir denn da?«, fragte eine herrische Stimme.

Félix drehte sich um. Der Mann trug eine Wollmütze und einen gesteppten Kurzmantel. Der linke Ärmel hing schlaff an seiner Schulter herunter. In der rechten Hand hielt er einen Aktenkoffer.

»Den Weihnachtsmann«, gab Félix ernst zur Antwort.

»Ich sehe, dass Sie nicht der Osterhase sind«, erwiderte der Mann, ohne das Gesicht zu verziehen.

»Der Weihnachtsmann kommt von der Gemeinde, Schatz. Er hat ein Geschenk für Alexandre«, sagte die Frau in leisem, unterwürfigem Ton.

Der Mann musterte Félix. »Tut mir leid, junger Mann, aber da müssen Sie weiterziehen. Wir feiern nicht diese Art von Weihnachten.«

Félix begriff nicht. Fragend sah er zu der Frau. Diese biss sich auf die Lippen und senkte den Blick.

»Nicht diese Art von Weihnachten?«, fragte Félix. »Was meinen Sie damit?«

Über das Gesicht des Mannes flog ein kurzes, nachsichtiges Lächeln. »Wir feiern Weihnachten nicht als Fest des Konsums. Und das fängt mit Ihnen, dem Weihnachtsmann, an. Bei uns kommt der heilige Nikolaus, und zwar am sechsten Dezember. Und nicht schon Wochen früher. Entschuldigung, ist nicht persönlich gemeint.«

Félix überlegte fieberhaft, was er jetzt sagen könnte.

»Papa!«, rief der Kleine wieder und versuchte, nach Félix' roter Mütze zu grapschen.

»Nein, Alexandre, nicht!«, sagte die Mutter und trat ein

bisschen zurück. Félix fluchte stumm. Verdammt! Was sollte er bloß tun? So war das nicht geplant gewesen!

»Darling, lass mich mal rein«, sagte der Mann ungeduldig und ging energisch einen Schritt auf Félix zu. Er stand nun direkt neben ihm. Félix konnte sein Aftershave riechen und einen Hauch nach Zigaretten. Die Kette wurde ausgehängt, die Tür öffnete sich, der Mann erwartete, dass Félix zurücktrat, das Kind war jetzt zum Greifen nah. Da ließ aufgeregtes lautes Hupen alle zur Straße sehen.

***

Laurie hatte zwar schon ein paarmal mit dem alten Kombi ihres Vaters in der Hauseinfahrt geübt, aber noch nie war sie auf einer richtigen Straße gefahren. Wenigstens hatte der Wagen von Félix' Eltern auch ein Automatikgetriebe. Und sie wusste, dass D Drive hieß und P Park und R Reverse und dass sie aufs Bremspedal treten musste, um den Schalter auf D zu schieben. Ja, es ging ganz einfach und schon fuhr der Wagen geradeaus – zwar auf der falschen Straßenseite, aber egal, es war ja nur drei Grundstücke weiter.

Sie sah das Auto im Vorgarten parken, neben dem großen Van. Sie sah den Mann, sie sah Félix im roten Mantel, wie er vor der Tür stand, und sie sah ein Kind auf dem Arm einer Frau. In diesem Moment überlegte sie noch, ob sie einfach abwarten und sich auf Félix' spontane Idee verlassen sollte. Da blendeten aus der Seitenstraße Scheinwerfer auf und kurz darauf erkannte sie Lucs schwarzen Pick-up. So fest sie konnte, drückte sie auf die Hupe.

»Félix!«, schrie sie Félix zu, der in seinem roten Mantel

durch den Vorgarten auf sie zurannte. Als er da war, riss er die Beifahrertür auf und ließ sich auf den Sitz fallen.

»Fahr! Fahr! Fahr!«, schrie er.

Sie starrte auf das Kind in seinem Arm.

»Aber du solltest doch nur ein Scheißhaar klauen!«, schrie sie vor Aufregung.

»Laurie, ich hab ein Kind entführt, fahr endlich los!«

Plötzlich konnte sich Laurie nicht mehr an Oliviers Gesicht erinnern. Die blonden Haare, die blauen Augen ... war er das wirklich?

»Fahr!«, brüllte Félix.

Endlich trat sie aufs Gaspedal. Der Wagen schoss davon und schlitterte an dem schwarzen Pick-up vorbei.

»Ist das etwa ... Luc?«, schrie Félix.

Laurie umklammerte krampfhaft das Lenkrad und fuhr quer über die Straße auf die richtige Seite. Geschafft. Das Kind weinte und boxte auf Félix ein.

Laurie war so konzentriert, dass sie Félix nicht antworten konnte.

»Laurie, pass auf!«, rief Félix.

»Ich pass schon auf!« Ihr Herz hämmerte in ihrem ganzen Körper, sie schwitzte, sie fror, sie zitterte. »Kommt er hinter uns her?«, rief sie.

Félix drehte sich wieder um. »Nein, ich kann im Moment niemanden sehen. Fahr da rein!« Er deutete nach rechts. »Da, Laurie!«

Laurie riss das Steuer herum, der Wagen schlingerte und Félix machte: »Ohhhh!«

»Mann, Félix, was machen wir denn jetzt? Du solltest doch nur ...«

»Es ging nicht anders! Und, erkennst du ihn?«, wollte

Félix wissen, während er damit beschäftigt war, das Kind zu bändigen. »He, du machst einen Ausflug mit dem Weihnachtsmann! Nicht hauen! Du darfst den Weihnachtsmann nicht hauen, hörst du!« Der Kleine ließ sich nicht beeindrucken und schrie und boxte und trat weiter.

»Ich weiß nicht«, sagte Laurie unsicher, außerdem konnte sie den Blick nicht von der Straße nehmen. »Keine Ahnung! Er sah früher doch ganz anders aus!«

»He, Alexandre, das ist deine Schwester Laurie, na, erinnerst du dich?«

»Alexandre?«

»Sie haben ihn Alexandre genannt.«

»Landre!«, lallte das Kind.

»Alexandre!«, wiederholte Félix. »Achtung, Laurie, die Ampel.«

Der Name hallte in ihrem Kopf. »Sie haben ihm einfach einen anderen Namen gegeben ...« In ihr zog sich etwas zusammen. Wut. Zorn. Ja, unendliche Wut.

»Rot, Laurie, Rot! Pass doch auf! Du hast gerade eine rote Ampel überfahren!«

»Oh! Die hab ich nicht ...« Erschrocken trat sie auf die Bremse.

»Egal«, sagte Félix. »Jetzt musst du auch nicht mehr anhalten, fahr weiter, Laurie! Verdammt noch mal, fahr weiter!«

Sie senkte den Fuß aufs Gaspedal, dass sie in den Sitz gedrückt wurde.

Félix stöhnte. »Du bist eine fürchterliche Autofahrerin!«

»Halt die Klappe, Félix«, sagte sie hoch konzentriert. Im Rückspiegel verfolgten sie brennende Scheinwerfer, die immer näher kamen.

»Hey, so hast du noch nie mit mir gesprochen.«

»Ich bin auch noch nie Auto gefahren«, gab sie zurück.

»Oh Gott!« Félix krallte sich mit der einen Hand an den Haltegriff über der Tür, mit der anderen hielt er das Kind fest. »Pass auf, hier ist alles vereist. Langsam, langsam, sonst kommen wir ins Schleudern!«

»Langsam?« Ihre Stimme klang selbst in ihren Ohren schrill. »Luc ist hinter uns her!« Die Panik drückte ihr die Kehle zu.

Félix drehte sich um. »Scheiße.«

Das Kind schrie wie am Spieß. Aber Laurie nahm sowieso alles nur wie durch einen Filter wahr. Da vorne war ein Schild. Man durfte hier nur links abbiegen. Nur daran durfte sie denken, ans Linksabbiegen. Und dann ans Geradeausfahren. Und dann an das, was als Nächstes kam. Sie wunderte sich, wie rational sie plötzlich funktionierte.

»Luc war bei der Armee«, sagte Laurie und trat das Gas noch weiter durch.

»Scheiße«, wiederholte er.

Das Kind schrie weiter.

»He, Champion, heißt du Olivier?«, fragte Félix überfordert. »Olivier? Laurie? Na, klingelt da was?«

Das Kind schrie noch lauter.

»Hör auf, Félix!« Dieses Schreien machte sie ganz verrückt, sie musste doch Auto fahren.

»Ja, ist ja gut, Laurie. Aber was, wenn das gar nicht Olivier ist? Die haben die Autonummer! Laurie, wenn die die Autonummer notiert haben! Ich hab ein Kind entführt, weißt du, wie viele Jahre ich dafür kriege?«

»Wahrscheinlich lebenslänglich«, sagte sie ungerührt und riss das Steuer an der Kurve nach rechts. Ein bisschen zu heftig, sodass der Wagen kurz ins Schleudern kam. Rechts ging es zur Hauptstraße, da musste sie hin.

»Der Typ hatte nur einen Arm«, hörte sie Félix zwischen dem Kindergeschrei sagen.

»Was? Welcher Typ?«, fragte sie.

»Dieser Verret eben! Er hatte nur einen Arm. War irgendwie komisch, ich meine, er ist ja noch nicht so alt ... und hat nur einen Arm.«

Seine Worte hallten in ihrem Kopf und plötzlich begann in Laurie ein Film abzulaufen ...

»Und das ist meine Tochter!«, sagt ihre Mutter stolz zu der Frau, die in dem Bett am Fenster liegt. Sie ist seit gestern, als die Wehen anfingen, im Krankenhaus.

»Laurie, das ist ...«

Laurie hört nicht zu. Ihr ist es egal, wie die Frau heißt, mit der ihre Mutter das Zimmer im Krankenhaus teilt. Laurie ist viel zu aufgeregt. Sie würde einen kleinen Bruder bekommen! Oft schon ist sie nachts aufgewacht und hat sich vorgestellt, wie er wohl aussieht und wie es wohl ist, ihn in den Armen zu halten. Eigentlich hat sie noch nie ein Baby in den Armen gehalten. Die Freundinnen ihrer Mutter haben alle Kinder in Lauries Alter – oder sie haben gar keine.

Ja, sie freut sich sehr! Und sie hat das Gefühl, auf ihn aufpassen zu müssen. Denn ihre Eltern streiten sich in letzter Zeit so oft. Laurie setzt sich aufs Bett zu ihrer Mutter. In der Nacht zuvor haben die Wehen eingesetzt, Lauries Vater hat sie in die Klinik gefahren. Doch das Baby ist noch nicht gekommen.

Am Mittag nach der Schule hat ihr Vater Laurie mit ins

Krankenhaus genommen. Jetzt ist er unten in der Cafeteria. Und als jetzt die Krankenzimmertür aufgeht, erwartet sie ihren Vater. Doch da kommt ein anderer Mann herein. Das Erste, was ihr an ihm auffällt, ist der schlaffe Ärmel. Rasch sieht sie weg, denn sie weiß ja, man darf Menschen mit Behinderungen nicht anstarren.

Der Mann sagt freundlich Hallo zu ihrer Mutter, sie kennt ihn offenbar schon. Dann steuert er das Bett seiner blassen Frau an und gibt ihr einen Kuss.

»Hallo, Liebling.«

Laurie bemerkt eine breite dunkle Linie auf seinem kahl geschorenen Schädel. Eine Narbe. Sie sieht aber gleich wieder weg, als der Mann aufblickt.

»Jean war bei der Armee«, flüstert ihre Mutter ihr zu und hebt bedeutungsvoll die Brauen. Sie will sagen, dass er dort seinen Arm verloren hat, denkt Laurie und stellt sich vor, wie schwierig alles sein muss, wenn man nur einen Arm hat. Wie will man da etwas Schweres oder Großes tragen? Wie schreibt man auf dem Handy, wenn man es mit einer Hand festhalten muss? Und wie mühselig auf dem normalen Computer? Und plötzlich geht alles ganz schnell. Bei ihrer Mutter setzen die Wehen ein, die Krankenschwester eilt herbei und schickt Laurie aus dem Zimmer. Kurz darauf kommt ein Pfleger und ihre Mutter wird im Bett aus dem Zimmer gerollt.

»Mama!«, ruft Laurie und will mitgehen, doch der Pfleger hält sie zurück. »Du musst jetzt hierbleiben!«, sagt er noch. Sie sucht den Blick ihrer Mutter, doch die stöhnt vor Schmerzen und nimmt Laurie gar nicht mehr wahr.

Laurie lässt das Bett nicht los und läuft über die Flure mit bis zu der breiten Tür. Dort hält sie ein anderer Pfleger zurück. »Warte da«, sagt er und weist auf die Reihe Plastikstühle.

Benommen setzt sie sich. Wo ist ihr Vater? Aufgeregt sieht sich Laurie um. Ihre Hände sind feucht und zittern. Früher sind Frauen oft bei der Geburt eines Kindes gestorben, das hat sie gelesen. Aber heute passiert das nur noch selten, beruhigt sie sich. Außerdem ist ihre Mutter ja im Krankenhaus. Da gibt es OPs und Ärzte und Hebammen. Da kann nichts passieren. Sie muss keine Angst haben, das sagt sie sich gerade zum dritten Mal, als sie rasche Schritte hört. Zwei Pfleger rollen ein Bett durch den Flur auf die Tür des Kreißsaals zu. Und da ist auch der Mann mit dem schlaffen Ärmel. Er läuft neben dem Bett her und hält die Hand seiner Frau.

»Liebling, es wird alles gut!«, hört sie ihn sagen. »Es wird alles gut.«

Laurie sieht zu, wie sie das Bett durch die Tür schieben. Der Mann bleibt eine Zeit lang vor der Tür stehen. Schließlich setzt er sich auf einen Stuhl, lässt aber mehrere Plätze zwischen sich und Laurie frei. Sie ist sicher, dass er sie gar nicht bemerkt hat. Er beugt sich nach vorn, stützt den Kopf mit der Narbe in die Hand und rührt sich nicht mehr.

Kurz darauf kommt ihr Vater und legt ihr den Arm um die Schulter. »Laurie«, sagt er leise. »Wir warten besser unten.« Sie sträubt sich nicht, als er sie hochzieht. Die freudige Aufregung, die sie vorhin noch gespürt hat, ist einer großen Angst gewichen.

»Papa, Mama wird doch nichts passieren?«, fragt sie noch. Da streicht er ihr über die Haare und lächelt. »Nein, Laurie, ihr wird nichts passieren.«

Sie wartet mit ihrem Vater in der Cafeteria. Stumm löffelt sie einen Eisbecher, während ihr Vater immer wieder an der Rezeption nachfragt. Irgendwann kommt er zurück und sieht sie ernst an. Erschrocken lässt sie den Löffel sinken. Nein, es darf nichts passiert sein. Er hat doch gesagt, dass nichts passieren wird!

»Dein Bruder ist da«, sagt ihr Vater. Laurie springt auf und fällt ihm um den Hals. Das Lächeln ihres Vaters hat etwas Trauriges. »Tut mir leid, Laurie«, sagt er leise. »Ich hätte es euch gern einfacher gemacht. Dir und Mama und ... dem Baby. Ich hätte gewollt, dass wir keine Geldsorgen haben und dass wir nicht umziehen müssen.«

»Aber ... das ist doch alles nicht so schlimm«, entgegnet sie. »Das neue Haus ist doch auch okay, Hauptsache, wir sind alle zusammen ... und du und Mama versteht euch wieder!«

Er nickt abwesend und da weiß sie, dass nicht alles gut werden wird.

An diesem Abend darf sie das Baby nur noch durch die Glasscheibe sehen. Ein so kleines, zartes Wesen mit dunklen Haaren und schrumpeliger Haut.

Laurie legt die Hand an die Scheibe und flüstert: »Hallo, Olivier. Ich bin deine Schwester Laurie. Ich verspreche dir, egal, was passiert, ich passe auf dich auf.«

»Laurie! Halt an!«, schrie Félix und holte sie in die Gegenwart zurück. Ein Lastwagen schoss von links auf sie zu.

Für Sekundenbruchteile war sie wie gelähmt, dann riss sie das Steuer herum, der Wagen drehte sich, sie wurde erst nach rechts geschleudert, dann nach links. Mit aller Macht krallte sie sich ans Lenkrad, nein, sie durfte nicht loslassen! Wenn sie losließ, wäre alles umsonst! Das Kind neben ihr brüllte wie am Spieß. »Laurie«, hörte sie Félix noch rufen, dann sah sie etwas auf sie zuschießen. Ein Auto ... Instinktiv machte sie die Augen zu und wartete auf den Knall, die Explosion. Auf das Aus.

Aber es kam nichts, nur ein empörtes, lang gezogenes Hupen, und so riss sie die Augen wieder auf. Der Lastwagen war weg, die Straße frei. Gerade als Laurie erleichtert aufatmen wolle, blitzten hinter ihnen Scheinwerfer auf. Ein großer Wagen kam die Straße entlanggejagt. Luc ...

»Fahr da rein, Laurie!«, rief Félix panisch und deutete auf eine dunkle, tunnelartige Öffnung.

Mein Gott, dachte Laurie, wenn wir alle sterben, ist niemand anders schuld als ich!

Mit diesem Gedanken hielt sie auf den dunklen Schlund da vor sich zu. Dann begriff sie. Der Schlund führte in ...

»Ein Parkhaus! Da kommen wir doch nie mehr raus!« Jetzt ist es zu Ende, dachte Laurie, jetzt ist alles aus.

»Fahr einfach weiter!« Félix hielt die Arme schützend vor sich und das Kind.

Laurie nahm den Fuß nicht vom Gas. Sie hätte sowieso nicht mehr umdrehen können. Das Auto durchbrach die Schranke, Holz krachte und der Wagen schoss die Rampe hinauf. Jetzt war ihr alles egal. Es gab nur noch eine Richtung, in die sie steuern konnte: direkt hinein in die Falle.

Die Windung der Rampe war so eng, dass Laurie mit der Karosserie die Wand streifte. Metall kratzte und quietschte.

Funken sprühten.

Sie schraubten sich bis ins oberste Parkdeck hinauf.

»Wohin jetzt?« Ihre Hände waren feucht und eiskalt, sie kribbelten, so sehr hatte sie sich ans Steuer gekrallt.

Félix deutete über das halb leere Deck. »Da, fahr zu den

Aufzügen!« Dort standen ein dunkler Lieferwagen und ein weißer Pkw. »Halte da!«

Laurie trat auf die Bremse. Quietschend kam das Auto zum Stehen. Ihr Herz hämmerte und sie war schweißnass. »Und jetzt?«

Félix drückte ihr das Kind in den Arm. »Nimm die Treppe runter. Ich versuche, sie aufzuhalten.«

»Aber ...« Laurie blickte auf das Kind, das sich laut brüllend in ihren Armen wand. War das wirklich Olivier? Angestrengt suchte sie nach einer Ähnlichkeit mit sich selbst, mit ihrer Mutter oder ihrem Vater. Vergebens.

»Wir treffen uns bei deiner Anwältin«, sagte Félix und ging zur Fahrerseite hinüber. »Lauf jetzt los, Laurie! Schnell! Luc wird gleich da sein.«

»Félix ...« Plötzlich kam sie sich völlig hilflos vor. Aber wenn sie jetzt nicht handelte, wäre alles umsonst gewesen.

Mit dem schreienden Kind auf dem Arm rannte sie zu dem Wegweiser, der zur Treppe zeigte. Genau in dem Moment, als Scheinwerfer die Rampe hinaufkrochen, zog sie die graue Eisentür zum Notausgang auf.

***

Der Schmerz bohrte sich in seine Stirn wie ein Pfeil. Samuel versuchte, die Augen zu öffnen. Stechend fuhr ein Lichtstrahl zwischen seine Lider und sofort kniff er sie wieder zu.

Langsam kehrte die Erinnerung zurück. Luc hatte ihm ins Gesicht geschlagen, hatte genau seine Nasenwurzel getroffen und ihm das Bewusstsein genommen. Er war in den Schnee gefallen.

Seine Hände fühlten Stoff. Eine Decke. Jetzt riss er die Augen auf. Er lag im Wohnzimmer, auf der Couch. Luc musste ihn hier hereingetragen und zugedeckt haben. Das Licht hatte er angelassen.

»Luc? Luc?«

Mühsam setzte er sich auf. In seinem Kopf drehte sich alles und zwischen den Augen pulsierte es. Vorsichtig tastete er an seine Nase und zuckte vor Schmerz zurück. Sie war angeschwollen und ganz heiß. Auf seiner Oberlippe klebte etwas. Als er mit der Zunge darüberfuhr, schmeckte er Eisen. Blut.

Er holte tief Luft und stand dann ganz langsam auf, schaffte die paar Schritte zum Fenster und sah hinaus. Der Scheinwerfer am Haus beleuchtete den Platz bis zum Tor. Der Platz war leer. Lucs Auto war weg. Nur seins stand noch da.

Samuel sah sich nach seinem Handy um. Er musste Luc anrufen.

Verdammt, wo war er hingefahren?

Und plötzlich wusste er, wo sein Bruder war.

Luc wollte mit aller Macht verhindern, dass Laurie und dieser Typ alles aufdeckten, dass sie Jean und Véronique aufspürten. Er hatte schließlich dreißigtausend Dollar dafür bekommen.

»Verdammt, Luc!«

Hektisch durchwühlte er seine Jackentaschen. Aber da war kein Handy. Und im Wohnzimmer lag es auch nicht. Er taumelte ins Büro. Kein Handy. Aber ein Telefon. Wie war noch mal Lucs Handynummer? Er hatte kein gutes Zahlengedächtnis. »Verflucht!«

Laurie, fiel ihm ein. Er musste Laurie anrufen und sie

warnen. Aber auch ihre Nummer wusste er natürlich nicht.

Entmutigt ließ er sich auf den Bürostuhl sinken und starrte auf den dunklen Monitor. »Verdammt, Luc, warum tust du mir das an?« Wütend trat er gegen den Papierkorb. Den Tritt spürte er bis in die Nase und er zuckte vor Schmerz zurück.

***

Laurie rannte die Stufen hinunter, die nicht enden wollten. »Pst!«, sagte sie zu dem schreienden Kind auf ihrem Arm. »Das ist ein Spiel, okay? Du musst jetzt ganz, ganz leise sein. Ja?«

Über sich hörte sie Bremsenquietschen und das Aufheulen eines Motors.

»Psst, hörst du?«

Der Kleine sah sie an. Kamen ihr die Augen jetzt nicht doch vertraut vor? Dieses Blau ...

Sie drückte den Kleinen fest an sich und spürte, wie sein Herz klopfte. Und wie ihre Hand den Kopf hielt, berührte ihr Finger einen feinen Wulst, direkt unter dem Haarwirbel.

Olivier war mit fünf Monaten mit dem Hinterkopf auf die Kante der Wickelkommode geknallt. Ihre Mutter hatte ihn sofort ins Krankenhaus gebracht. Die Wunde war nicht schlimm, aber sie musste genäht werden. Und so war eine feine Narbe zurückgeblieben ...

Laurie stand einen Moment reglos da, dann küsste sie den Kleinen auf den Kopf. »Olivier«, flüsterte sie und konnte nichts gegen die Tränen tun, die ihr in die Augen schossen.

»Ich habe dir versprochen, immer auf dich aufzupassen. Ich hab's nicht getan, damals auf dem Campingplatz, aber ab jetzt lasse ich dich nie mehr aus den Augen, das schwör ich dir ...« Sie hielt den kleinen, warmen Körper an ihr Herz gedrückt. Sie konnte es noch immer nicht glauben. Olivier lebte! Sie hielt ihn auf dem Arm! Ihre Mutter würde freigesprochen werden! War das alles wirklich wahr?

»Mama?«, fragte der Kleine.

»Ja, ich bring dich zu deiner Mama.«

»Mama?« Seine Stimme klang jämmerlich.

In diesem Augenblick wurde ihr klar, dass für ihn seine Mama die Frau sein musste, der Félix das Kind aus den Armen gerissen hatte. An seine richtige Mutter erinnerte er sich wahrscheinlich gar nicht mehr.

»Mama ...« Jetzt weinte er wieder.

»Denk an das Spiel, okay. Psssst.« Sie legte ihm den Finger auf die Lippen. »Pst.« Dann rannte sie die letzten Treppenstufen hinunter und drückte die Tür ins Freie auf.

Sie prallte gegen eine breite Brust.

Nein ...!

Luc. Er grinste sie an.

»Hallo, Laurie«, begrüßte er sie. »Und da ist ja auch der kleine Ausreißer. Kann ich euch irgendwohin mitnehmen?«

Er füllte fast den ganzen Türrahmen aus. Unmöglich, an ihm vorbeizukommen. Aber jetzt konnte sie nicht aufgeben. Olivier schrie wieder. Fieberhaft überlegte sie, was sie jetzt tun könnte. Schließlich nahm sie all ihren Mut zusammen und sagte mit fester Stimme: »Ja, das kannst du. Ich will Olivier zu seiner richtigen Mutter zurückbringen.«

»Woher weißt du, dass sie seine richtige Mutter ist?«, sagte er in herausforderndem Ton.

»Weil ich im Krankenhaus dabei war!« Olivier weinte und Laurie drückte seinen Kopf an ihre Schulter. Nein, sie würde ihn nicht mehr loslassen.

»Ach ja?«, sagte Luc mit Belustigung in der Stimme, während seine Augen bedrohlich schmal wurden.

»Und Jean und Véronique wissen es auch!« Sie hatte keine Angst mehr.

»Das ist deine Wahrheit, Laurie. Aber vielleicht ist es ja nicht die richtige.«

Der Kleine schrie.

»Lass uns durch, Luc«, sagte sie bestimmt.

Doch Luc rührte sich nicht von der Stelle, sondern streckte die Arme nach dem Kind aus. »Gib ihn mir, Laurie, und ich bezeuge vor Gericht, dass ich einen Wolf gesehen habe!«

»Nein!« Sie drückte den Kleinen noch fester an sich, während sich die Gedanken in ihrem Kopf überschlugen. Dann kam ihr plötzlich eine Idee. »Luc, Gott ist mit den Gerechten. Ist es nicht so?«

Sie sah, wie sein linkes Auge nervös zuckte. Ja, das war es. Das war es, womit sie ihn ködern konnte. »Hör zu, Luc. Das hier ist Olivier, mein Bruder.« Sie schluckte. Ihr Mund fühlte sich so furchtbar trocken an. »Das Baby von Véronique und Jean ist tot.« Mit Schaudern dachte Laurie daran, wie sie einen Tag nach Oliviers Geburt ins Krankenhaus gekommen war und die schreckliche Nachricht von ihrer Mutter erfahren hatte. Und dann fügte sie noch hinzu – sie wusste gar nicht, woher sie die Kraft auf einmal nahm: »Du bist ein guter Mensch, Luc. Du hast deinen Bruder gerettet. Und ich rette jetzt meinen.«

Und dann ging sie an ihm vorbei.

Einfach so.

Das Herz klopfte Laurie bis zum Hals. Jeden Moment erwartete sie, Lucs Hand an ihrem Arm zu spüren. Aber nichts geschah.

Auf der Straßenseite gegenüber hielt ein Auto. Die Scheinwerfer streiften über den Bordstein, dann versickerte ihr Licht in der Dunkelheit.

Sie überquerte mit Olivier auf dem Arm die Straße und stieg in das wartende Auto ein.

»Wir müssen Luc irgendwo abgehängt haben!« Félix legte die Hände ans Steuer und sah sie an. »Haben wir's wirklich geschafft, Laurie?«

Sie warf einen Blick zurück zum Eingang. Doch Luc stand nicht mehr da.

»Ja, sieht ganz so aus«, sagte sie und konnte es selbst kaum fassen. Auf einmal fühlte sie sich ganz ruhig.

»Landre essen!«, jammerte Olivier.

»Ich auch!« Félix lachte erleichtert auf. Da musste auch Laurie lachen. Sie lachten so laut, dass Olivier erstaunt verstummte.

DER PROZESSTAG (TAG NULL)

18.

Laurie hatte in der Nacht vor dem Prozess kaum geschlafen. Die ganze Zeit hatte sie im Zeugenstand Fragen beantworten müssen. Zum Glück war Mousie irgendwann zu ihr gekommen und hatte sich an sie gekuschelt. Doch am frühen Morgen hielt sie es schließlich nicht mehr aus und schaltete das Licht an. Ihr Blick fiel auf das Buch, das auf dem Boden neben ihrem Bett lag. Jetzt verstand sie, warum Félix es gelesen hatte. Wie musste er sich gefühlt haben, als er dachte, Jackson hätte Olivier verschleppt?

In der Nacht davor war sie mit Félix noch zu Isabelle Deschamps gefahren, nachdem sie in einem Supermarkt etwas zu essen und eine warme Decke für Olivier gekauft hatten. Isabelle, die gerade erst von ihrem Auswärtstermin zurückgekommen war und noch ihr Businessoutfit trug, war ganz entsetzt gewesen, als sie und Félix mit dem Kind vor ihrer Tür gestanden hatten. Sie hatte Laurie zur Seite genommen und ihr eine Standpauke gehalten von wegen Kindesentführung und so weiter. Und dass sie Olivier zu den Eltern zurückbringen müsste. Damit meinte sie: zu den Verrets. Da war Laurie ausgerastet. Isabelle führte daraufhin ein paar Telefonate. Wenn Laurie richtig verstand, telefonierte sie sogar mit dem Richter.

»Am besten nehme ich Olivier mit nach Hause«, sagte Laurie, als Isabelle endlich aufgelegt hatte.

»Unmöglich«, entschied Isabelle und griff wieder zum Telefon. Eine halbe Stunde später kam eine Freundin von Isabelle, die beim Jugendamt arbeitete, und nahm den kleinen Olivier mit zu sich. Laurie war erst misstrauisch, doch Isabelle konnte sie schließlich beruhigen.

»Jetzt müssen sie Mom freilassen!«, sagte Laurie. »Oder? Olivier lebt doch!«

»Wir müssen die Regeln beachten, Laurie. Wir brauchen einen DNA-Test und dann ist da noch die Sache mit eurer Entführung.«

Laurie wollte schon wieder protestieren, da beschwichtigte Isabelle sie mit einer Geste. »Mach dir jetzt darüber keine Sorgen.«

»Und wer verhaftet die Verrets?«, wollte Laurie dann noch wissen.

»Die Polizei kümmert sich um sie«, erklärte Isabelle. »Keine Sorge, es wird alles gut. Ihr könnt jetzt nach Hause gehen.«

Im Auto, auf dem Rückweg durch die weihnachtlich geschmückten Straßen der Stadt, dachte sie an Olivier, der jetzt bei einer fremden Frau war, ohne zu wissen, warum, und sie dachte an den Schneemann und an das schöne Haus der Verrets.

»Meinst du, Olivier gefällt es wieder bei uns?«, fragte sie.

Félix überlegte kurz. »Wenn er merkt, dass ihr glücklich seid, bestimmt.«

Ja, dachte Laurie, so war es wohl.

Lauries Vater war mit der neuen Situation völlig überfordert. So lange hatte er geglaubt, Olivier sei tot, und jetzt kam Laurie und behauptete, ihn gerettet zu haben. Wieder und wieder hatte sie ihm erzählen müssen, was geschehen war. Wie sie von der Geburtstagspostkarte ihrer Mom auf die Verrets gestoßen war. Wie die Sache mit Lucs Bissverletzung sie stutzig gemacht hatte. Auch wenn sie selbst noch immer nicht verstand, was genau Lucs Rolle bei der ganzen Geschichte war. Was hatte sich in jener Julinacht auf dem Campingplatz wirklich abgespielt? Wie hatten die Verrets es geschafft, Olivier zu entführen? Und vor allem, warum? Doch sie würden warten müssen. Warten, ob der heutige Prozess ihnen Antworten auf diese Fragen geben würde.

»Meinst du, Dad«, hatte Laurie ihn gestern Abend gefragt, »wir könnten wieder eine richtige Familie sein?«

»Wenn wir es alle wollen.«

»Ich will es!«, sagte sie.

Da nahm er sie in die Arme und sagte tränenerstickt: »Ich auch, Laurie, ich auch. Ob deine Mom mir verzeihen kann?«

»Vielleicht«, sagte Laurie und hoffte, dass sie es tat. Sie spürte, dass ihr Vater sich schämte. Sie, Laurie, hatte immer wieder gehofft und nicht aufgegeben. Er schon.

Félix hatte sie gestern nicht getroffen, sie war auch nicht zur Schule und nicht ins Diner gegangen. Nachdem er sich nicht gemeldet hatte, wollte sie ihn anrufen, hatte es dann aber doch nicht getan. So ganz hatte sie ihm noch nicht verziehen, obwohl sie sich vorstellen konnte, wie schwer es auch für ihn gewesen sein musste. Vielleicht brauchte auch er seine Zeit, um alles zu verdauen. So wie sie auch. Natalie hatte sie alles mindestens drei Mal und in allen Details erzählen müssen. Natürlich würde sie zum Prozess kommen, hatte sie versprochen.

Heute war also der Tag, der seit Monaten im Kalender stand. Der Tag, vor dem sie sich seit Monaten fürchtete und den sie zugleich herbeigesehnt hatte.

Sie zog die Kleidung an, die sie sich gestern zurechtgelegt hatte. Bei Gericht kam es darauf an, wie man sich anzog. Das wusste sie nicht nur aus dem Fernsehen. Isabelle hatte es ihr eingeschärft. Die Angeklagten und Zeugen mussten adrett und sauber erscheinen. Die Geschworenen, der Staatsanwalt, der Richter und die Zuschauer sollten Menschen vor sich haben, die wie die zuverlässigsten Mitarbeiter einer Bank oder eines seriösen Unternehmens aussahen.

»Bist du fertig, Laurie?«, rief ihr Vater von unten herauf.

»Gleich!«, rief Laurie zurück. Sie stellte sich vor, wie es wäre, wenn ihre Mutter und Olivier wieder hier wären. Eines war sicher: Nie würden sie vergessen können, was passiert war. Nein, sie würden nie wieder eine »normale« Familie werden, das war klar.

Sie knöpfte die dunkle Bluse zu, zögerte am drittobersten Knopf. Eigentlich würde sie ihn offen lassen, aber dann dachte sie an Isabelle und schloss ihn. Den Faltenrock hatte sie schon lange weggeben wollen, aber sie musste zugeben, dass er perfekt zu ihrem braven Outfit passte. Sie schickte Natalie schnell ein Foto.

Perfekt!, schrieb Natalie zurück. *Bin auch schon fertig. Bis gleich.*

Es musste alles gut gehen. Es musste einfach ...

Und wenn nicht?, fragte wieder die Stimme in ihr. Doch sie antwortete ihr nicht.

Als sie die Treppe herunterkam, trat ihr Vater schon von einem Fuß auf den anderen und klimperte nervös mit den Autoschlüsseln.

»Gut«, sagte sie und ließ ihren Blick an ihm heruntergleiten: über seine frisch geschnittenen Haare, das glatt rasierte Gesicht und den dunklen Anzug mit dem weißen Hemd und der Krawatte.

»Wir schaffen das, was?« Ihr Vater tätschelte ihre Schulter. Lautes Miauen kam aus der Küche.

»Oh, Mousie! Dich hab ich ja ganz vergessen!« Laurie eilte in die Küche und gab der unruhig auf der Arbeitsfläche hin und her laufenden Mousie ihr Frühstück.

»Drück uns ganz fest deine Pfoten, ja?«, sagte sie noch und streichelte die Katze, die sich schmatzend über ihr Futter hermachte.

Ihr Vater schloss die Tür hinter ihnen ab. Als sie sich auf dem Beifahrersitz anschnallte, schloss Laurie kurz die Augen. Wie ihre Mutter sich jetzt wohl fühlte? Jetzt, da sie wusste, dass Olivier lebte? Weder Laurie noch ihr Vater hatten gestern zu ihr ins Gefängnis gedurft, um die Nachricht zu überbringen – das hatte Isabelle Deschamps übernommen, um auch gleich das weitere Vorgehen vor Gericht zu besprechen und einen DNA-Test zu veranlassen.

»Meinst du, Olivier braucht ein neues Zimmer? Neue Farben, ein größeres Bett bestimmt. Er ist ja älter geworden ...«, fing ihr Vater an, als sie an einer roten Ampel halten mussten.

»Kann schon sein«, sagte Laurie.

»Ach, Laurie.« Er sah zu ihr herüber. »Ich hab dich ganz schön alleingelassen, was?« In seinen Augen standen Tränen.

»Ja, hast du.«

»Tut mir leid. Ich ... ich war einfach so mit mir beschäftigt und die ganze Sache hat mich so sehr ... Bitte verzeih mir. Und egal, wie es heute ausgeht ...« Er sah kurz nach vorn, doch die Ampel war immer noch rot. »Egal, wie es heute ausgeht, ich kümmere mich wieder um euch. Wir ... gehören doch zusammen.«

Laurie musste auch mit den Tränen kämpfen. »Ja, wir gehören zusammen«, sagte sie dann und gab ihrem Vater einen Kuss auf die Wange.

»Im Handschuhfach sind Taschentücher«, sagte ihr Vater. »Hol mal zwei raus. Ach was, nimm am besten das ganze Päckchen mit.«

Obwohl sie so früh kamen, war der Saal im Gerichtsgebäude schon gut gefüllt. Ihr Vater hielt ihre Hand fest umklammert, als sie durch die Menge gingen. Schau sie nicht an, hatte ihr Vater vorhin noch gesagt. Schau nach vorn. Nur nach vorn. Und das tat sie jetzt. Übersah die, die auf sie zeigten oder feindselig gafften, die ihr sensationslüstern ihre Mikrofone und Kameras entgegenstreckten.

»Huhu!«, hörte sie jemanden rufen und entdeckte Natalie mit ihrer Mutter. Natalie winkte ihr zu und reckte zusammen mit ihrer Mutter die gedrückten Daumen in die Luft.

Isabelle hatte ihnen in der ersten Reihe zwei Plätze reserviert. Laurie atmete auf, als sie endlich dort waren. Immer mehr Zuschauer drängten herein. Laurie wusste nicht, was sie davon halten sollte. Kamen sie, um ihre Mutter endgültig verurteilt zu sehen oder um ihren Freispruch mitzuerleben? Laurie schwitzte und fröstelte abwechselnd. Wo war Isabelle? Und wo ihre Mutter? Sie hielt nach Félix Ausschau, konnte ihn aber nirgendwo entdecken. Ach, wenn doch nur schon alles vorbei wäre.

Ihr Vater drückte ihre Hand und lächelte ihr beruhigend zu. Glaubte er wirklich, dass alles gut würde? Wer wusste schon, was der Staatsanwalt im Schilde führte? Vielleicht irgendetwas Gemeines, vielleicht warf er ihnen Entführung und rechtswidrige Beweisbeschaffung vor. Und sie *war* ja eingebrochen, um die Anmeldeformulare zu holen. Und Félix *hatte* Olivier ja entführt ... Und was war mit Olivier? Ging es ihm gut? Laurie schaffte es kaum, ruhig dazusitzen.

Da – endlich! Die seitliche Tür ging auf und Laurie sah zuerst Isabelle mit ihrem schwarzen Umhang – und dann einen Polizisten, der ihre Mutter begleitete. Laurie konnte kaum atmen vor Aufregung. Ihre Mutter trug einen schlichten schwarzen Hosenanzug und eine cremefarbene Bluse. Ihr Büro-Outfit, wie sie früher immer gesagt hatte. Laurie hob kurz die Hand, aber ihre Mutter hatte sie sofort entdeckt und lächelte ihr tapfer zu.

Wieder ließ Laurie ihren Blick über die Menge schweifen. Nein, nirgendwo konnte sie Félix entdecken. Ob er auf ihren Anruf gewartet hatte und enttäuscht war? Würde er denn nicht aussagen?

Und dann schweiften ihre Gedanken ab. Sie war wieder auf dem Campingplatz, im Schneesturm in der Jagdhütte, sie lief mit Olivier auf dem Arm durchs Parkhaus ...

»Laurie, aufstehen!«, hörte sie ihren Vater flüstern. »Der Richter!«

Lauries Herz klopfte so laut, dass sie fürchtete, jeder im Saal würde es hören.

Es dauerte nicht lang und Isabelle Deschamps hatte das Wort. Sie stand auf und wandte sich an die Geschworenen.

»Dieser Fall hat das Schicksal vieler Menschen bestimmt«, sagte sie mit ruhiger, fester Stimme. »Es sollte ein Ausflug werden, an einem sonnigen Wochenende – es wurde ein Albtraum.« Isabelle machte eine Kunstpause und ließ ihren strengen Blick über das Publikum und die Geschworenen schweifen.

Im Saal war es so still, dass Laurie kaum zu atmen wagte.

»Die Mutter des verschwundenen Babys wurde angeklagt«, fuhr die Anwältin fort, »und verurteilt – während mehrere Menschen von ihrer eigenen Schuld wussten und nicht verurteilt wurden. Wir sind heute hier, um endgültig Marie Rigauds Unschuld zu beweisen.« Sie räusperte sich. Laurie hing an ihren Lippen, wie alle im Saal. »Der kleine Olivier wurde wiedergefunden. Die DNA-Analyse hat ergeben, dass es sich tatsächlich um Olivier Rigaud handelt.«

Ein lautes Raunen ging durch den Saal. Einige klatschten, andere riefen irgendwas. Resolut klopfte der Richter mit seinem Hammer und drohte an, den Saal räumen zu lassen. Da kehrte allmählich Ruhe ein und der Richter erteilte Isabelle wieder das Wort.

»Vor knapp zwei Jahren erwartete Marie Rigaud, die Angeklagte, ein Baby«, begann die Anwältin. »Sie teilte das Krankenhauszimmer mit Véronique Verret. Beide kamen einen Tag vor der Entbindung in die Klinik. Sie unterhielten sich über alles Mögliche – auch darüber, was sie so in ihrer Freizeit unternahmen. Dann setzten bei Marie Rigaud die Wehen ein – und sie kam in den Kreißsaal. Sie brachte einen gesunden Jungen zur Welt. Véronique Verret hingegen hatte weniger Glück. Ihr Baby, ebenfalls ein Junge, starb kurz nach der Geburt. Heutzutage passiert so etwas selten, aber es passiert. Und es passierte Véronique und ihrem Mann Jean. Sie hatten sich das Baby so sehr gewünscht. Jean war aus dem Krieg heimgekehrt und sehnte sich nach einer Familie. Die beiden Ehepaare verließen am selben Tag kurz nach der Visite das Krankenhaus. Das eine glücklich mit einem Baby, das andere todunglücklich ohne Baby.«

Die Anwältin legte dem Richter eine Akte vor.

»Hier finden Sie die Protokolle der zuständigen Ärzte über die Vorgänge im Kreißsaal.«

Laurie warf ihrer Mutter einen Blick zu, den diese vor Aufregung nur knapp erwiderte.

»Jean und Véronique Verret sind inzwischen verschwunden. Sie haben ihr Haus Hals über Kopf verlassen. Die Polizei hat sie zur Fahndung ausgeschrieben, doch bis jetzt fehlt von ihnen jede Spur.«

Laurie fragte sich, was in ihrer Mutter vorging – und in ihrem Vater, der unbeweglich neben ihr saß. Ihre Gedanken schweiften weiter, zu ihrem Buch über die gelöschte Zeit, und als sie wieder im Jetzt angekommen war, hatte Félix im Zeugenstand Platz genommen. Für einen Moment hörte ihr Herz auf zu schlagen. Sie hatte nicht gewusst, dass er aussagen würde. Deshalb also war er nicht im Saal gewesen. Sie schluckte. Was würde er erzählen? Vielleicht etwas, was sie noch nicht wusste?

Nachdem ihn die Anwältin vorgestellt hatte, fasste sie erst kurz zusammen: »Félix und sein Freund Adrian – er hat eine Aussage zu Protokoll gegeben, die sich mit der von Félix deckt – sind am elften Juli letzten Jahres unweit des Campingplatzes am See, um zu angeln. Eigentlich dürften sie gar nicht hier sein. Denn Adrian hat unerlaubterweise das Auto seiner Eltern genommen, obwohl er die

Führerscheinprüfung eine Woche zuvor nicht bestanden hat. Doch seine Eltern sind auf einer Jubiläumsfeier und werden im Hotel übernachten. Er braucht nicht lange, um seinen Freund Félix zu diesem Ausflug zu überreden. Félix nimmt seinen Hund Jackson mit, einen großen Mischlingshund. Während die beiden Jungs also angeln, am Bach Bier trinken und sich sonnen, jagt Jackson hin und wieder Kaninchen. Der Hund kommt jedes Mal nach ein paar Minuten zurück. Bis zuletzt. Da ist es schon dunkel. Die beiden Jungs haben gar nicht so recht bemerkt, wie die Zeit verging. Beim Biertrinken in der Sonne wird man schläfrig. Félix ruft. Aber Jackson kommt nicht.« Isabelle machte eine kurze Pause. Und alle im Gerichtssaal schienen die Luft anzuhalten.

»Während er nämlich einem Kaninchen hinterhergejagt ist«, sprach sie dann weiter, »hat irgendetwas Neues seine Aufmerksamkeit geweckt. Er kehrt zurück. Mit seiner Beute: einer Babydecke. Félix lässt sie ihm und entdeckt erst zu Hause die Blutspritzer darauf. Als er am nächsten Tag von den Ereignissen auf dem Campingplatz hört, kommt er zu der entsetzlichen Erkenntnis, dass sein Hund das Baby verschleppt und getötet haben muss. Diese Befürchtung wird noch bestärkt, als Laurie Rigaud der Polizei erklärt, sie habe einen Wolf oder etwas Ähnliches gesehen, der mit etwas Hellem im Maul durch den Wald gejagt ist.« Sie wandte sich an Félix. »Ist meine Zusammenfassung so weit korrekt?«

Félix räusperte sich und nickte. »Ja. Das ist korrekt.«

»Gut«, sagte Isabelle. »Warum sind Sie damals nicht sofort zur Polizei gegangen?«

Félix sah kurz zu Laurie, räusperte sich wieder und

beugte sich ein wenig vor zum Mikrofon. »Ich weiß, ich hätte mich gleich melden müssen. Aber ich konnte nicht glauben, dass mein Hund so etwas Schreckliches getan hat. Und ich hatte Angst davor, dass die Polizei mir Jackson wegnehmen und ihn töten würde. Es gibt ja keine Anwälte für Hunde …«

Aus der Menge war leises Gelächter zu hören, doch Félix sprach unbeirrt weiter: »Außerdem hatte Adrian Angst vor seinem Vater. Er hatte sich das Auto ja einfach genommen, noch dazu ohne Führerschein. Und dann hat er auf dem Nachhauseweg auch noch ein Auto angefahren und ist abgehauen.«

»Aber warum sitzen Sie jetzt hier? Warum haben Sie Ihr Schweigen gebrochen?«, fragte Isabelle. »Madame Rigaud wurde verurteilt, niemand hatte Sie und Ihren Hund in Verdacht. Es lief doch alles gut – aus Ihrer Sicht jedenfalls.«

»Nein, es lief nicht gut!«, erwiderte Félix heftig und sah zu Laurie. Laurie grub vor Aufregung ihre Nägel so fest in die Handflächen, dass es wehtat. Sie konnte kaum atmen.

»Es lief überhaupt nicht gut«, wiederholte er leiser. »Am Anfang, als alle behaupteten, es wäre die Mutter gewesen, und es hieß, sie hätte Stress mit ihrem Mann und ihrer Familie gehabt, da wollte ich es glauben. Ich hab mir fest eingeredet, dass sie natürlich alle recht haben und ich mir keine Sorgen machen muss. So viele Menschen können sich doch nicht irren, oder? Und ein Richter erst recht nicht!«

Wieder ging ein Raunen durch die Menge. Viele fragten sich offenbar, ob sie nicht auch so gedacht und gehandelt hätten.

»Als der Prozess dann endlich vorbei war und Lauries Mutter, ich meine Madame Rigaud, verurteilt wurde, hab ich gedacht, der Albtraum sei erst mal vorbei. War er aber nicht. Ich konnte es einfach nicht vergessen. Jedes Mal, wenn ich Jackson – meinen Hund – gesehen habe, musste ich wieder daran denken, was er vielleicht doch getan haben könnte. Als ich dann von der Berufung gelesen habe und von der Tochter, die nicht daran glaubt, dass es ihre Mutter war, da hab ich es nicht mehr ausgehalten. Ich wollte unbedingt wissen, was sie über ihre Mutter dachte, ob sie ihr zutraute, so ein Verbrechen zu begehen. Ich hab dann herausgefunden, wo sie arbeitet, und hab sie getroffen.«

Noch immer war es ganz still im Saal.

Laurie fühlte sich Félix auf einmal ganz nah. Mit einem Mal verstand sie ihn. Und war Verstehen nicht immer der erste Schritt zum Verzeihen?

»Und gemeinsam haben Sie dann herausgefunden, wie es wirklich gewesen ist?«, fragte Isabelle.

»Ja.« Er nickte.

»Danke«, sagte die Anwältin.

Félix durfte gehen. Als er an Lauries Platz vorbeikam, lächelte er erleichtert. »Mach's gut«, raunte er ihr zu und es klang, als ob er glaubte, sie würden sich niemals wiedersehen.

Da redete Isabelle schon weiter und Laurie flüsterte nur kurz: »Du auch.« Sie musste erst diesen Prozess hinter sich kriegen. Dann konnte sie sich darüber Gedanken machen, wie es mit Félix und ihr weiterging.

»Das ist die eine Geschichte, verehrte Geschworene«, sagte die Anwältin gerade. »Aber es gibt noch eine zweite.« In dem Augenblick hallten Schritte. Die Köpfe wandten sich zum Eingang. Lauries Herz stand still.

***

Samuel schwitzte und fror abwechselnd, während er darauf wartete, in den Zeugenstand gerufen zu werden. Seit zwei Tagen, seit Laurie bei ihnen eingebrochen und Luc so ausgerastet war, war in seinem Kopf nur noch Platz für diese eine Geschichte. Jean und Véronique.

Sie waren mit ihrem blitzenden Chevy gekommen. An einem sonnigen, warmen Montag Anfang Juni …

Auf dem Kofferraum steht: *Gott ist mit den Gerechten.* Das findet er ziemlich anmaßend. Und die beiden haben auch was Anmaßendes. Sie benehmen sich wie Heilige. Jean ist kaum älter als Luc. Er war auch in der Armee, wie Luc, und auch in Afghanistan. Dort hat er bei einem Bombenangriff seinen linken Arm verloren.

Das erzählt er gleich bei der Anmeldung. Samuel holt gerade die Schlüssel für Blockhaus vier. Dort muss er den Griff der Kamintür reparieren. Der ist schon eine ganze Weile locker und der letzte Gast hat ihn dann ganz ruiniert.

Die Frau, Véronique, ist ziemlich blass. Sie sieht aus, als würde sie die meiste Zeit hinterm Schreibtisch sitzen. Ihre hellen Haare wirken spröde und farblos. Sie trägt etwas Beiges, eine Fleecejacke und ausgewaschene Jeans. Ihr Gesicht ist leer und ausgehungert und ihre hellen, durchscheinenden Augen glänzen seltsam. Vielleicht ist sie auf Droge, denkt er, oder nimmt irgendwelche Beruhigungspillen. Als sie in seine Richtung blickt, kommt es ihm vor, als nähme sie ihn gar nicht wahr. Samuel macht sich an die Arbeit. Nach der Kamintür tauscht er im Bad von Blockhaus zwei den Duschkopf aus und in der Küche von der Sechs tropft der Wasserhahn. Er dichtet ihn ab. Danach hackt er Holz und räumt den Barbecue-Platz auf. Als er nach vier Stunden ins Büro zurückkommt, sieht Luc ihn ganz merkwürdig an, sagt aber nichts.

Samuel vermutet, dass Luc wieder an die Zeit in Afghanistan erinnert wurde, und das nimmt ihn jedes Mal total mit. Luc war nach seinem Einsatz lange krank. »Ich leide unter dem Posttraumatischen Stress-Syndrom, sagen die Ärzte«, hat Luc ihm vor drei Jahren erklärt, als Samuel ihn mal gefragt hatte. »Weil ich zu viel Scheiße mitgemacht habe.«

Samuel hat genickt. Damals war er vierzehn und noch im Heim.

»Die gute Nachricht«, hatte Luc dann gesagt, »ich hab ganz gut Kohle verdient. Und damit hol ich dich hier raus. Und einen Job hab ich auch schon für dich. Wir wohnen in einem Blockhaus mitten im Wald! Du und ich. Wir vermieten Ferienhäuser!«

Luc regelte den ganzen Papierkram und ein Jahr später fuhr Samuel mit seinem Bruder in sein neues Zuhause. Auf den Campingplatz.

Samuel hat nicht mehr nach dem Paar gefragt, aber ein paar Tage nach dem merkwürdigen Besuch kommt eine Postkarte. Und der Text darauf ist mindestens genauso merkwürdig wie der Besuch: *Danke. Gott ist mit den Gerechten. Jean und Véronique*

Luc liest die Karte ernst und aufmerksam und hängt sie dann an die Pinnwand, neben andere Karten von Gästen, die sich für den schönen Urlaub, die erholsamen Tage, die unberührte Natur bedankten.

Erst am nächsten Tag sagt Luc, er müsse mit ihm reden.

Es ist Abend. Draußen grillen ein paar Urlauber Steaks und Würstchen, es ist Juni. Luc schließt die Haustür.

»Setz dich.« Samuel denkt, es geht um ein Problem mit den Häusern, vielleicht stehen größere Umbauarbeiten an. Doch als Luc die Lippen zusammenpresst, ahnt er, dass es etwas anderes sein muss.

Luc stellt den Schreibtischsessel Sams Stuhl gegenüber, dreht ihn um und verschränkt die Arme auf der Rückenlehne. Dann sieht er Samuel in die Augen und sagt ernst: »Ich hab einen Auftrag angenommen.«

Was Luc ihm dann erzählt, klingt für Samuel wie aus einem Film.

Véronique, Jeans Frau, hatte vor einigen Monaten ein Kind zur Welt gebracht, doch es geschah etwas Schreckliches: Die Ärzte sagten, das Baby sei kurz nach der Geburt gestorben. Véronique aber wusste genau, dass das nicht stimmte. Sie hatte es doch gesehen. So klein und nackt und rosig. Sie schrie und protestierte, aber man gab ihr Medikamente, um sie ruhigzustellen.

Sie sah, wie ihr Baby – sie wusste ganz genau, dass es ihr Baby war – in den Armen einer anderen Frau lag. In den Armen der Frau, mit der sie das Zimmer geteilt hatte.

Die Ärzte nahmen einen DNA-Test vor und behaupteten wieder, ihr Baby sei tot. Aber sie war sicher, dass die Ärzte sie belogen.

Jean hatte seiner Frau lange nicht geglaubt, doch ihr Zustand wurde in den folgenden Monaten immer schlimmer. Sie war ganz sicher, dass ihr Kind in der falschen Familie lebte. Als sie versuchte, sich mit Schlaftabletten umzubringen, fasste ihr Mann einen Entschluss. Er würde ihnen ihr Kind zurückholen.

Im Krankenhaus war er mit dem Ehemann der anderen Frau öfter ins Gespräch gekommen und wusste, dass sie regelmäßig die Wochenenden auf dem Campingplatz verbrachten. Jean beschloss, bei einem ihrer Trips das Kind zu entführen. Dafür brauchte er Hilfe.

»Wenn ich nicht bei der Armee gewesen wäre wie er und wir uns nicht so gut verstanden hätten, dann hätte er mir das alles natürlich nicht anvertraut«, sagt Luc. »Kannst du das verstehen, Sam? Jean glaubt wie ich an einen gerechten Gott und wir haben beide ganz schön viel Scheiße dort unten erlebt. Und da hat er mich ins Vertrauen gezogen. Außerdem«, Luc macht eine Pause, und als er weiterspricht, grinst er kurz. »Der Auftrag wird bezahlt. Dreißigtausend Dollar! Weißt du, was das heißt? Ich kann den Rest für all das hier endlich bezahlen! Na, was sagst du?«

Samuel sieht ihn an. Er braucht eine Weile, um zu begreifen, was Luc da gerade gesagt hat. »Du ... du willst ein Baby klauen?«

»Nein, nein! Ich habe den Auftrag, für Gerechtigkeit zu sorgen. Verstehst du, Sam? Deshalb haben sie sich an mich gewandt. Weil ich zuverlässig bin. Weil ich meine Mission ernst nehme. Jean und Véronique sind die wahren Eltern. Sie müssen ihr Baby zurückbekommen. Und ich werde ihnen dabei helfen.«

Lucs Augen glänzen. Die Arbeit auf dem Campingplatz, das begreift Sam in dem Moment, befriedigt ihn nicht wirklich. Er braucht etwas anderes. Etwas, woran er glaubt und wofür er kämpfen kann. Eine Mission.

Samuel schrak zusammen, als ein Justizwachtmeister ihn aufforderte, ihm zu folgen. Sobald er den Gerichtssaal betrat, brach ihm der Schweiß aus. Alle starrten ihn an – wirklich alle! Er musste einen Moment stehen bleiben, atmen. Da in der ersten Reihe erkannte er Laurie und auf der anderen Seite ihre Mutter. Und da vorn war der Richter.

Er musste es jetzt tun. Seinem Bruder beweisen, dass er es wert war. Und er musste es für sich selbst tun. Damit er endlich nicht mehr in Lucs Schuld stand. Jetzt würde er das Gericht von *seiner* Version der Geschichte überzeugen.

***

Er kam den Gang herunter. Samuel. Aber wie sah er aus? Wer hatte ihn so zugerichtet? Das Gesicht geschwollen, die Nase blutunterlaufen und unter seinen Augen hatten sich die Blutergüsse grünlich gefärbt. Seine schwarzen Haare fielen ihm über die dichten Augenbrauen in die Stirn. Alle Augen waren auf ihn gerichtet und Laurie hielt vor Aufregung die Luft an. Gleich, gleich würden sie Antworten bekommen, Antworten auf die letzten offenen Fragen. Fragen nach dem Wie und Warum. Endlich würden die letzten Puzzleteile an ihren Platz rücken.

Samuel setzte sich und fing nach Isabelles Aufforderung ohne Umschweife an zu reden.

»Ich, Samuel Mottard, habe einen Auftrag ausgeführt. Erteilt von Jean Verret«, erklärte er mit fester, klarer Stimme. »Er und seine Frau Véronique sagten mir, man hätte im Krankenhaus ihr Baby vertauscht. In Wahrheit sei nicht *ihr* Baby tot, sondern das von ihrer Zimmernachbarin. Véronique Verret ging es deshalb total schlecht. Aber die Ärzte blieben bei ihrer Version. Jean beschloss, die Sache selbst in die Hand zu nehmen und das Baby zu holen. Er wusste, dass das Ehepaar Rigaud, also die Zimmernachbarin, die Sommerwochenenden regelmäßig auf meinem Campingplatz verbrachte. Er zahlte mir dreißigtausend Dollar für den Auftrag.«

Durch die Menge ging wieder ein Raunen. Doch Laurie registrierte es kaum. Fassungslos starrte sie Samuel an. Alles war wie eingefroren: ihre Gedanken, ihre Gefühle. Ihr Herz.

Samuel schluckte kurz, sprach dann aber gleich weiter. »Ich brauchte das Geld und ich war davon überzeugt, richtig zu handeln. Am elften Juli, um neun Uhr abends, bin ich zum Zelt von Marie Rigaud gegangen. Die Gäste vom Campingplatz saßen am Feuer. Jemand grillte, die meisten tranken Bier. Die Stimmung war gut. Sie lachten und erzählten Geschichten. Einer zupfte auf der Gitarre herum. Richtige Lagerfeuerstimmung. Da hab ich das Kind in seiner Decke aus dem Zelt herausgeholt. Dann bin ich durch den Wald gelaufen, zu meinem Auto, das ich dort auf dem Forstweg abgestellt hatte.«

Laurie konnte nicht glauben, was sie da hörte. Samuel? Samuel sollte ihren kleinen Bruder entführt haben?

»Doch unterwegs«, berichtete Samuel mit fester Stimme, »fiel mich plötzlich ein Hund an. Er brach irgendwo aus dem Unterholz hervor und riss an der Decke. Als ich ihn abwehren wollte, biss er mir in die Hand. Da ließ ich die Decke fallen und rannte mit dem Kind zum Auto. Ich fuhr sofort los. Am Ende der Straße warteten meine Auftraggeber in ihrem Auto auf mich. Ich übergab ihnen das Baby, sie gaben mir dreißigtausend Dollar. Ich wünschte ihnen alles Gute und fuhr wieder zurück auf den Campingplatz. Die Verletzung hab ich erst mal selbst verarztet. Dass Marie

Rigaud verdächtigt wurde, ihr Kind umgebracht zu haben, war nicht die Absicht.« Leiser fügte er hinzu: »Das hat niemand gewollt.«

Isabelle räusperte sich. »Wir haben hier die Aussage eines gewissen Doktor François Neuve vorliegen, der am Morgen des zwölften Juli Ihren *Bruder* wegen einer Bisswunde verarztet hat, nicht Sie«, sagte sie und sah Samuel scharf an.

»Er hat sich geirrt.« Samuel hob die Hand. »Hier sieht man noch die Narbe.« Er drehte die Handfläche mit der Wunde von der Bohnendose zum Publikum.

Laurie starrte ihn an. Was sollte sie tun? Aufspringen und rufen »Samuel war es nicht«? Samuel würde für Luc ins Gefängnis gehen. Das durfte er nicht! Laurie griff nach der Hand ihres Vaters. »Es stimmt nicht, was er sagt!«

»Nein!«, erscholl im selben Augenblick eine Stimme am Eingang des Gerichtssaals. Alle Köpfe drehten sich dorthin. Luc. Er stand breitbeinig da, die Arme hinter dem Rücken. Laurie wusste nicht, ob der kakifarbene Overall die offizielle Uniform war oder seine persönliche.

»Samuel hat nichts mit der ganzen Sache zu tun. *Ich* habe es getan«, sagte er.

»Nein!« Samuel sprang im Zeugenstand auf. »Er will mich nur schützen!«

Energisch schob Luc den Ärmel seiner Uniform hoch. Selbst aus ein paar Reihen Entfernung konnte man die vernarbte Bisswunde am Unterarm erkennen, die noch immer rötlich blau verfärbt war.

»Das war der Hund, der mir nachgelaufen ist, als ich das Baby in seiner Decke aus dem Zelt geholt habe. Er hat mich angefallen und mich gebissen.« Er ließ den Arm wieder sinken. »Ich habe es getan. Aus finanziellen Gründen.«

»Er hat es aus Überzeugung getan!«, rief Samuel. »Er hat den beiden geglaubt! Er wollte etwas Gerechtes tun!«

»Nein! Ich hab es wegen dem Geld gemacht!«, widersprach Luc. »Ich wollte den Campingplatz kaufen und hatte nicht genug Geld. Verurteilen Sie mich. Ich nehme meine gerechte Strafe an.« Er streckte die Arme nach vorn, damit man ihm Handschellen anlegen konnte. Aber es rührte sich niemand. Es sprach niemand. Es war einfach nur totenstill.

Jedenfalls für ein paar Sekunden. Dann kamen Polizisten und führten ihn ab.

Die letzte halbe Stunde erlebte Laurie in einem seltsamen Zustand zwischen Wachen und Träumen. Und dann war alles vorbei. Marie Rigaud wurde freigesprochen.

Ihre Mutter lief auf Laurie zu und umarmte sie.

»Es ist vorbei«, sagte sie und weinte vor Glück. »Es ist endlich vorbei, Laurie! Und das hab ich dir zu verdanken!«

Als sich Laurie umdrehte, stand ihr Vater da. »Es ... es tut mir leid, Marie«, sagte er zu seiner Frau. Laurie sah die Tränen in seinen Augen. »Bitte ... bitte verzeih mir.«

Laurie drehte sich weg, und als sie wieder hinsah, standen sie da und hielten sich in den Armen. Laurie weinte vor Glück.

Als sie fünf Minuten später aus dem Saal gingen, sah sie Félix mit seinen Eltern. Er winkte ihr zu, sie winkte zurück, aber da war auf einmal Samuel neben ihr. Er sah sie unsicher an.

»Hi«, sagte sie und dann wusste sie nicht weiter.

»Hi«, sagte er. »Ich wünsch dir alles Gute.«

»Ich dir auch. Was machst du jetzt? Was wird jetzt mit dem Campingplatz?«

Er zuckte die Schultern. »Irgendwas werde ich schon finden.«

»Ohne Luc?«

»Irgendwann muss man es allein schaffen, oder?« Er lächelte ein bisschen. »Sonst ist man ewig abhängig. Ich besuch ihn. Er bleibt mein Bruder.«

Laurie nickte. »Mach's gut«, sagte sie und streckte die Hand aus. Er nahm sie.

»Du auch. Und, Laurie: Sag dem Kleinen nie, dass er dir ewig dankbar sein muss, okay?«

Ein halbes Jahr später

Laurie blies sich eine Strähne aus der Stirn und nahm einen Schluck Eistee. Was für ein wahnsinnig heißer Frühsommertag! Sie konnte es kaum abwarten, endlich rauszukommen. Wenn sie nur nicht noch diese Schularbeiten zu erledigen hätte. Sie saß unten im Wohnzimmer am großen Esstisch, den sie aus der Küche dorthin gestellt hatten. Schließlich waren sie jetzt immer mindestens vier Personen zum Essen. Ihr Dad hatte den Nachtwächter-Job aufgegeben und war nun immer zum Abendessen zu Hause und ihre Mutter arbeitete tagsüber stundenweise, sodass auch sie abends zu Hause war.

Nur noch zwei Seiten!, dachte Laurie. Die Sonne schien durch die Terrassentür und von draußen drang das Lachen von Olivier herein, der in dem aufblasbaren Schwimmbecken planschte. Ihre Mutter würde gleich von der Arbeit kommen, ihr Vater eine halbe Stunde nach ihr. Félix wollte später mit ihr noch ins Schwimmbad. Schon am Abend nach dem Prozess hatte er ihr eine Nachricht geschickt. *Auch wenn jetzt alles vorbei ist, würde ich dich gern wiedersehen.*

Da hatte sie zurückgeschrieben: *Wenn Amélie nichts dagegen hat ...*

Er schrieb zurück: *Was soll meine Mutter dagegen haben? Okay, von den Schrammen am Auto und deinen Fahrkünsten war sie nicht so begeistert ...*

Da hatte sie laut gelacht.

Und es hatte sich auf einmal so anders angefühlt, weil sie sich keine Lügen mehr über ihre Mutter ausdenken musste.

Ihr Handy piepte. Obwohl sie sich vorgenommen hatte, nicht dranzugehen, sondern ihre Schularbeiten fertig zu machen, konnte sie doch nicht widerstehen. Félix. Sie stutzte. Er würde ihr doch nicht absagen?

Guck mal hier, schrieb er und schickte ihr einen Link zu einer Internetseite.

Dazu hatte sie jetzt gar keine Zeit. Aber wie immer siegte die Neugier.

MELDUNG

Region Québec
Seit gestern wird der zweijährige Ricard Lejeune vermisst.
Seine Mutter hatte ihn im Kinderwagen vor dem Auto stehen lassen, während sie am Automaten ihre Parkgebühren bezahlte.
Als sie zurückkam, war der Kinderwagen leer.
Für sachdienliche Hinweise wenden Sie sich bitte an Ihre nächste Polizeidienststelle.

Entsetzt starrte Laurie auf die Seite. Sofort dachte sie an die Verrets. Von ihnen fehlte noch immer jede Spur. Sie waren wie vom Erdboden verschluckt. Waren sie ins Ausland geflohen oder lebten sie irgendwo unter einem anderen Namen? Und – suchten sie immer noch nach einem Ersatz für ihr totes Kind?

Manchmal hatte sie das Gefühl, beobachtet zu werden, auf dem Weg zur Schule oder wenn sie ins Diner zum Arbeiten ging. Aber vielleicht bildete sie sich das auch nur ein.

In diesem Moment fiel ihr die Ruhe auf. Die ganze Zeit hatte Olivier geplanscht und gelacht, gesungen oder vor Freude gequietscht, während Laurie durch das große Wohnzimmerfenster ein Auge auf ihn hatte. Von einem unangenehmen Gefühl gepackt stand sie auf und ging zur Terrassentür. Der Garten lag ruhig da. Und die Wasseroberfläche in dem kleinen aufblasbaren Schwimmbecken auf dem Rasen war glatt. Ganz glatt ...

Die Welt stand still. Und dann stürzte Laurie hinaus.

»Olivier?«, schrie sie. »Olivier?«

Mit großen Schritten lief sie zur Hecke, teilte die kratzigen Äste mit den bloßen Armen. »Olivier?« Ihr Herz hämmerte, als wollte es explodieren.

Es konnte nicht sein! Es durfte nicht sein!

»Olivier!«

Alles kam wieder hoch. Die Nacht auf dem Campingplatz. Der vierbeinige Schatten, die Angst, ihre Mutter im Gefängnis ...

Sie brüllte: »Olivier!«

Da schoss Mousie unter den Büschen hervor und hinter ihr ...

»Olivier!« Laurie hätte vor Erleichterung heulen können. »Da bist du ja!«, rief sie, schnappte ihren Bruder in seiner nassen Badehose und drückte ihn fest an sich. »Das darfst du nie wieder machen, hörst du?«

In ihren Armen zappelnd deutete der Kleine aufs Planschbecken.

»Nie, nie wieder!« Sie war noch ganz außer Atem.

»Olivje planschen!«, kreischte er vor Spaß.

Sie gab ihm einen Kuss, setzte ihn ab und sah zu, wie er mit lautem Quietschen auf das Planschbecken zulief. »Ich hab dich einmal gerettet«, murmelte sie, »ich kann dich bestimmt nicht noch ein zweites Mal retten.«